AtV

Barbara Frischmuth wurde 1941 in Altaussee (Steiermark) geboren. Sie studierte Türkisch und Ungarisch und von 1964 bis 1967 Orientalistik in Wien. Lebt als freie Schriftstellerin und Übersetzerin in Altaussee.

Wichtigste Werke: Die Klosterschule (1968); Das Verschwinden des Schattens in der Sonne (Roman, 1973); die Trilogie: Die Mystifikationen der Sophie Silber (1976), Amy oder Die Metamorphose (1978) und Kai und die Liebe zu den Modellen (1979); die Trilogie: Herrin der Tiere (1986), Über die Verhältnisse (1987) und Einander Kind (1990); Hexenherz (Erzählungen, 1994); Die Schrift des Freundes (Roman, 1998); Fingerkraut und Feenhandschuh. Ein literarisches Gartentagebuch (1999) und Das Heimliche und das Unheimliche. Drei Reden (1999). Zahlreiche Kinderbücher (zuletzt »Alice im Wunderland« nach Lewis Carroll), Hör- und Fernsehspiele.

»Barbara Frischmuth ist eine außergewöhnliche Menschengestalterin. ›Einander Kind‹ bedeutet in dieser Hinsicht einen besonderen Glücksfall. Sprache, Figuren sind in ein raffiniertes Konzept eingebaut und rücken doch nah heran. Ein in Einzelfiguren, Einzelpaare, Einzelansichten auseinandergelegter Zeitenraum schließt sich zusammen zu einer Gesamtheit, die man am Schluß als atmende Lebenswelt empfindet.«

Neue Zürcher Zeitung

»Beides, persönliche Lebensgeschichten und öffentliche Zeit, verbindet Barbara Frischmuth bravourös.«

Süddeutsche Zeitung

»… wie wunderbar ist das gelungen: wie zart in der Intimität der Beobachtungen, wie schonungslos ohne Voyeurismus, wie liebevoll ohne Sentimentalität, wie traurig ohne Larmoyanz.«

FAZ

Barbara Frischmuth

Einander Kind

Roman

Aufbau Taschenbuch Verlag

ISBN 3-7466-1634-4

1. Auflage 2000

Umschlaggestaltung Henkel/Lemme unter Verwendung
eines Fotos von John Rush, Zefa
Druck Elsnerdruck GmbH, Berlin
Printed in Germany

www.aufbau-taschenbuch.de

DIE ANDERE WELT

»Der Befund ist nicht rosig«, hatte Trudes Hausärztin gesagt und die Brille abgenommen, um sie besser zu sehen.
»Rosig, rosig, was ist schon rosig?« Trudes Haut war es nicht mehr und ihre Zukunft auch nicht. Ihre Katze hatte sie nur noch Rosig genannt, seit sie ihr — wahrscheinlich aus Langeweile — den ersten Rosenstock ausgegraben hatte. Mord und Totschlag in der Natur allenthalben. Sie war nicht zynisch, sie sah sich die Welt genau an.
All die Rosen, die Blüten- und Blattgewächse auf der Terrasse, auf Trudes Dachterrasse, umschlangen einander in räuberischer Absicht, griffen sich gegenseitig in die Töpfe, sogen schmatzend den Saft ein, den sie ihnen aus Eimern voller Beinwell- und Brennesseljauche mischte. Sie hatte eine Hand dafür. Im großen und ganzen. Es gab Pflanzen, die sich ihr verweigerten, trotz Steinmehl, Holzasche und frischen Grasmulchs, den sie in ihrer Einkaufstasche mitnahm, wenn im Park hinter dem Verlagsgebäude gemäht wurde.
Dann eben nicht. Sie nahm die Abgestorbenen und warf sie in ihre kleine Kompostiertrommel, die neben der Gießtonne stand. Gelegentlich rückte sie dem sauren Regen mit einer Handvoll Kalk zuleibe, das funktionierte. Die Pflanzen soffen sich voll und stellten Blüten, Blattgrün und Sauerstoff her, kleine, in verschiedenen Farben leuchtende Fabriken, die ohne rauchenden Schlot auskamen.
Manche Wildsorten hatten keine Freude an ihren Keramiktöpfen, überschlürften sich an dem, womit Trude sie

aus der Erde lockte, und fielen in sich zusammen. Aus, Schluß. Zu schlaffes Gewebe, schwach und zu fett, am Mangel an Widerstand erstorben. Vielleicht aber schrien ihnen auch nur die Tauben zu viel. Oder Rosig, die Katze, fraß heimlich an ihnen, dort, wo es wehtat. Von den Kümmerlingen nahm Trude an, daß sie sie einfach nicht mochten. Auch ein Urteil. Sie wußte, daß Zuneigung in dieser Welt nicht zu erzwingen war. Es tat ihr nicht leid, die Terrasse wuchs auch so bereits zu. Ihre Mauerkriecher stiegen schon in die unteren Balkone ein, und diejenigen von ihren Blütenpflanzen, die sich selber aussamten, setzten sich in vorkragende, fremde Blumenkästen, was die anderen Mieter wohl gar nicht merkten, kaum einer wußte etwas vom Ausmaß ihrer Pracht. Trude hatte nie jemanden vom Haus eingeladen in diesen zehn Jahren. Eine lange Zeit für Haftwurzeln und Kletterspiralen. Da entsteht aus Stecklingen Gehölz zum Schutz für das Zartere.

Sieben Stockwerke mit dem Rücken zur Wand, zur Steinwand, Trudes kleine Wohnung befand sich im achten, im Dachgeschoß, im Hintergrund der Terrasse, wie zurückgenommen in den Berg, einer Felsnase wegen, die nicht gesprengt werden durfte. Die Zimmer klein, nur das eine mit beidseitigem Lichteinfall, das andere eine Art Grotte, bei Hitze Ort der Kühlung, ansonsten Pflanzenkeller für die nicht Winterharten.

Das Urgestein steil aufsteigend, ohne Bewuchs, Moos vielleicht und Flechten, aber sonst zu glatt, selbst für Samen. Auch Rosig hatte es aufgegeben, seit sie hilflos in der Wand gehangen war und von Trude mit einem zum Lasso geknüpften Wäschestrick geborgen werden mußte — fauchend, sich sträubend, mit gespreizten Krallen. Danach begann Rosig die Rosen auszugraben. Es kam sie hart an, daß sie über die Terrasse nicht hinausgelangen konnte.

»Ich kaufe.« Vor mehr als zehn Jahren hatte Trude das gesagt. Sehr bestimmt, und ohne daß jemand es erwartet hätte.

»Haben Sie denn so viel, Trude?« Der Verleger war baff.

»Bei dem Gehalt?« hatte sie schlagfertig geantwortet. »Natürlich nicht, Eugen. Aber in Anbetracht meiner langen und wie ich hoffe verdienstvollen Zugehörigkeit zum Haus werden Sie mir gestatten abzustottern.« Sie hatten beide nach dem Krieg für die Amerikaner gearbeitet, wahrscheinlich kam daher die Angewohnheit, sich per Sie, jedoch beim Vornamen anzureden. Der Verleger erholte sich langsam von der Überraschung. Er hatte an ein gewinnbringendes Abstoßen der Liegenschaft gedacht, warum durchkreuzte sie seine Pläne?

»Und wie stellen Sie sich das vor, Trude?«

»Alles, was ich habe, bekommen Sie gleich, Eugen.« Das war gelogen. Sie konnte ihm doch nicht alles geben. Man brauchte einen Rückhalt in dieser Welt. »Den Rest dann übers Gehalt.« Man war gerade mitten in der Verlagskonferenz, und alle fünfundzwanzig Mitarbeiter hatten es gehört. Es ließ sich nicht mehr ungesagt machen.

»Darüber reden wir noch, Trude«, es war klar, daß er seine Zeit brauchte. Sie teilten das eine oder andere kleine Geheimnis aus der Anfangszeit des Betriebs miteinander, das gereichte ihr in kleineren Dingen zum Vorteil. Sie hoffte, daß die Dachwohnung im Berg zu den kleineren Dingen gehörte, denn sie hatte sich entschlossen, da zu wohnen.

»Sie verderben mir ein Geschäft, Trude.« Aber als der Verleger das sagte, wußten sie beide schon, wer gewonnen hatte. Der Preis, den sie ausgehandelt hatten, war ziemlich realistisch und von Geschenk weit entfernt. Was regte er sich also auf? Dafür war sie ihm sicher. Und hätte je noch einmal jemand versucht, sie abzuwerben, hätte er sie auskaufen müssen. Aber dazu war sie jetzt ohnehin zu alt.

Vor etwa drei Jahren war ihr ein Kind auf die Terrasse gestürzt, während sie gerade vor der weißen Fliederhecke saß und an ihrem Tee nippte. Es starb, als sie versuchte, es aufzuheben. Zu Tode erschrocken, preßte sie das Kind an sich, bis sie spürte, wie sein Blut durch ihre Bluse sickerte.
Damals waren zum ersten Mal Menschen zu ihr heraufgekommen. Ein Arzt, Krankenträger und später die Polizei. Sie war bemüht, sich das Gesicht des Kindes einzuprägen, um es einmal wiederzuerkennen. Und bevor der Arzt es an sich nahm, flüsterte sie ihren Namen in sein Ohr. Sie wunderte sich später selber darüber. Es war ein schönes Kind gewesen, vielleicht drei oder vier, mit langen dunklen Wimpern über dem entfliehenden Blick. Sie würde es gewiß nie vergessen und vielleicht …
Die beiden Polizisten stellten viele Fragen, die sie bis auf die eine, wann das Kind hier aufgeschlagen war, nicht mit Sicherheit beantworten konnte.
»Ohne vorhergehenden Schrei?« fragte der eine der Polizisten, während der andere bewundernd auf ihre Kamelien starrte.
»Nein«, sagte sie, »geschrien hat niemand. Oder doch?«
Vielleicht hatte der Felswulst über dem Dach den Schall geschluckt.
»Tatsächlich? Kein Schrei?«
Und wenn das Kind nun gar nicht ausgerutscht, sondern herabgestürzt worden wäre?
Die Angehörigen seien noch gar nicht verständigt, sagte der Polizist. Man habe keinerlei Anhaltspunkt.
»Wieso? Es muß doch jemand bei dem Kind gewesen sein.«
»Vielleicht eine Aufsichtsperson, die im Schock davongelaufen ist …«
In ihr setzte sich der Gedanke fest, daß das Kind ermordet worden sei, einfach vom Felsen gestoßen, wie Hektors kleiner Sohn. Wieder eine Tat, die sie der Menschheit nie

verzeihen wollte. Nie. Und so schrecklich ihr der Tod dieses Kindes, sein furchtbares Aufschlagen auf ihrer Terrasse auch war, sie hätte wenig dagegen gehabt, seine Mörder ihm nachstürzen zu sehen. Natürlich hätte sie sofort den Blick abgewendet, um ein Wiedererkennen unmöglich zu machen. Mördern dieser Art wollte sie auch im Tod nicht begegnen.

Rosig kaute an manchem Blatt und grub noch immer den einen oder anderen Rosenstock aus, dennoch wuchsen die Pflanzen von Jahr zu Jahr üppiger. Rosig wurde fett und ließ ihr ganzes Unbefriedigtsein an Trude aus, die, besonders im Frühjahr, völlig zerkratzt ins Büro kam.
»Und das Sterilisieren hat auch nichts geholfen«, sagte sie zu der Kollegin aus der Abteilung Verträge und Lizenzen. »Aber das war vorauszusehen.« Andererseits konnte Rosig überaus anschmiegsam sein. Wenn Trude nach Hause kam, schmollte sie erst eine Weile, weil sie sie schon wieder einen Tag lang allein gelassen hatte, später aber schob sie ihren Kopf unter Trudes Arm und wollte gestreichelt werden. Auch auf dem Bauch. Eine Zeitlang schnurrte sie, dann umfing sie Trudes Hand mit den Vorderpfoten und trat mit den hinteren gegen ihren Arm, ohne die Krallen einzuziehen. Gelegentlich biß sie sie dabei in den Finger.
Wenn Trude sich kämmte, warf sie die ausgefallenen Haare nicht weg, sondern schnippte sie in die Töpfe ihrer Pflanzen, um das Erdreich auf natürliche Weise zu verbessern.

Ursprünglich war das die Junggesellenwohnung des Verlegers gewesen. »Er zieht sich mit der Beute in die Höhle zurück!« hatte der damalige Hersteller manchmal in den Kaffeepausen gesagt, was soviel bedeutete wie, daß der Verleger wieder einmal die Dachterrassenwohnung mit jemandem teilte.

In den sechziger Jahren begann der Verlag sich auszudehnen, der Verleger heiratete und baute ein Haus. Die Dachterrassenwohnung diente durchreisenden Autoren, die in der Stadt zu tun hatten, als Nachtquartier — ein Privileg für die Erfolgreicheren. Aber auch bedeutendere Rezensenten und Feuilletonredakteure kamen in den Genuß. Und bei all denen, die die Dachterrassenwohnung gelegentlich benutzen durften, war sie in hohem Maß beliebt.
Trude wohnte damals noch außerhalb der Stadt. Der Lektor hatte sie gebeten, auf dem Nachhauseweg dem Kritiker, der gerade Logiergast war, die Fahnen des neuen Buches eines Verlagsautors vorbeizubringen, und da sah sie zum ersten Mal die Dachterrasse, von der sie bis dahin nur gehört hatte. Der Kritiker war bester Laune, bot ihr zu trinken an und lobte die Vorteile der Wohnung, während er in allen Räumen gleichzeitig nach einem Stift suchte, mit dem er sich sogleich notierenderweise über die Fahnen hermachen wollte. So gewann Trude einen Überblick, ja, sie überlegte bereits, wie und ob sie die paar ererbten Möbelstücke, von denen sie sich nicht trennen wollte, unterbringen könnte.
Die Terrasse ging nach Südosten, ein Segen für die Pflanzen, die meisten lieben die Morgensonne.
Trudes Klematis hatte nach anfänglichem Zögern nun beinah die ganze Wand des in den Felsen gebauten Raumes bedeckt, und einige ihrer Triebe suchten weiter nach Halt und krallten sich im dünnen Belag aus Moos und Flechten fest, mitsamt dem sie dann abrutschten, sobald ihnen Blätter und Blüten wuchsen und sie zu schwer wurden.
Trude kannte die Hausautoren von den Verlagsfesten und von ihren Abrechnungen her. Sie selbst wäre von den meisten außer Haus übersehen worden. Nur ihre Stimme war allen geläufig, da sie sich in Geldangelegenheiten meist an sie zu wenden hatten.

»Die Autoren, die Autoren ...«, sagte Trude damals häufig und meinte vor allem jene, die das Privileg hatten, in der Dachterrassenwohnung zu übernachten, »...bekrähen den Morgen wie die Gockel und pischen anschließend in die Blumenkübel.« Dabei bezog sie sich auf zwei große, mit Ornamenten verzierte Tongefäße, in denen Zwergzypressen kümmerten. Kein Wunder bei der Behandlung. Beweisen ließ sich das natürlich nicht, nur die Putzfrau, die Trude einmal daraufhin angesprochen hatte, nickte bestätigend und sog die Luft geräuschvoll durch die Nase ein.

Trude hatte einen ganzen Kasten voller Gemshorn ausgesät, einer nachts stark duftenden Pflanze, der es gelang, die pelzigen Falter vom Berg herunterzulocken; und es gehörte zu Rosigs größtem Vergnügen, sich einen dieser dicken Flieger zu fangen und ihn dann geräuschvoll gnatschend zu verzehren, was Trude nur in ihrer Meinung bestätigte, daß in dieser Welt Mord und Totschlag auf allen Ebenen vorherrschten.

Trude war von Anfang an in der Buchhaltung des Verlags tätig gewesen. Sie hatte ein gutes Verhältnis zu Zahlen und eine Begabung zum Überblick. Der Verleger hielt das für eine Art der Inspiration und war bestrebt, diese für das Unternehmen zu nutzen. Er erwartete von ihr sofortige Warnungen, wenn etwas sich als unrentabel erwies oder als Fehlspekulation. Oft genug kam er unangemeldet die Treppen zu ihrem Büro herunter, verlangte, daß sie ihm die Bücher zeigte, und sie verschwendete viel ihrer ebenso guten Zeit darauf, ihn mit dem Finger auf sich anbahnende Abwärtskurven oder prozentuell zu hohe Spesenabrechnungen zu stoßen.

Als sie die ersten Male das Gespräch auf die Dachterrassenwohnung brachte, meinte der Verleger noch, sowas müsse der Verlag sich einfach leisten können, doch als sie wie beiläufig, aber hartnäckig immer wieder darauf zu-

rückkam, zog er den Steuerberater zu. Trude hatte genau vorausgesehen, was der sagen würde. »Ich glaube ...«, dabei polierte er mit dem Zeigefinger seinen Nasenflügel, »ich glaube, auf die Dauer werden wir nicht damit durchkommen, die Wohnung als Ganzes abzuschreiben!«
Es dauerte etwa ein Jahr, bis der Verleger sich endgültig zum Verkauf entschließen konnte. Trude stockte inzwischen ihren Bausparvertrag auf und sammelte Samen und Stecklinge.

Trude fütterte Rosig nur einmal am Tag. Bei schönem Wetter stellte sie ihr den Freßnapf neben den Topf mit Katzenminze und setzte sich in den großen Korbstuhl. Rosig kaute mit schief gelegtem Kopf an den Knorpeln und Flechsen und leckte sich danach das lange Fell. Wie viele weiße Angorakatzen war sie taub und hatte ein blaues und ein rotes Auge. Als das Kind auf der Terrasse aufschlug, hatte Rosig, die sich bereits putzte und dabei mit dem Rücken zur Terrasse dasaß, es wohl nur an der Erschütterung des Bodens gemerkt. Ohne sich umzusehen, flüchtete sie in die Wohnung.
Trude trank türkischen Kaffee, wenn sie aus dem Verlag nach Hause kam, und rauchte eine langstielige Filterzigarette. Den in ihrer Tasse und im Kännchen zurückbleibenden Kaffeesatz kompostierte sie, während sie die Reste ihres Abendbiers direkt in die Kübel und Kästen goß.
Neun Jahre lang hatte Rosig jede Nacht am Fußende ihres Bettes geschlafen, bis auf jene paar Wochen, in denen sie ihre Jungen in einer mit einem alten Pullover von Trude ausgelegten Schachtel säugte und großzog; aber selbst diese Jungen hatte sie am Fußende von Trudes Bett geworfen. Ein einziges Mal war Rosig ihr entwischt — und nicht einmal bis auf die Straße hinuntergekommen. Irgendwo im Treppenhaus mußte bereits ein Kater gelauert haben, den sie ahnte. Trude selbst fuhr immer im Lift. Nach drei Wo-

chen hatte Rosig damit begonnen, die Jungen wieder in Trudes Bett zu tragen, und ihr schliefen nachts vom Gewicht der Katzen die Füße ein.

Erst als Rosig sterbenskrank war, stieß sie wieder ähnliche Laute aus wie damals, als Trude ihr die Jungen, für die sie alle einen Platz gefunden hatte, wegnahm. Durchdringende, hohe Laute des Schmerzes und der Unruhe, und sie blieb nicht auf dem Bett, wollte hinaus vor die Tür, um ihre Krallen in die Wurzeln der Rosenstöcke zu schlagen.

Trude war nicht darauf vorbereitet. Doch als sie die Geschwulst tasten konnte, Rosig vor Schmerz zusammenfuhr und sie in den Handballen biß, war ihr klar, was das bedeutete. Sie redete mit dem Tierarzt und entschloß sich dann, mit Rosig ein Ende zu machen. Wozu sollte sie all das erleiden, was diese Krankheit mit sich brachte?

Rosig schien etwas gemerkt zu haben, wurde wild, so daß es kaum möglich war, ihr die Spritze zu geben, und lag dann in ihrem Arm. Es war ihr so wichtig, den letzten Blick, mit dem Rosig diese Welt erfaßte, auf sich zu lenken. Sie war sich aber nicht sicher, ob es ihr gelungen war, denn Rosig hatte offenbar etwas ganz anderes im Auge, ehe ihre Pupillen starr wurden.

An jenem Abend trank Trude eine zweite Flasche Bier, und dann ertappte sie sich dabei, wie sie einen der kleinen Rosenstöcke, in Gedanken versunken, auszugraben versuchte.

Nach Rosigs Tod verspürte sie mit einemmal keine Angst mehr vor der seit Jahren hinausgezögerten Pensionierung. Bisher hatte sie es immer verstanden, sich dem Verleger als unersetzlich zu erweisen. Natürlich wußte sie am besten Bescheid nach all den Jahren, sie war Abrechnungsspezialistin geworden, und ihr Abgang würde auch den anderen, zumindest während der Phase der Umstellung, Unannehmlichkeiten bereiten, aber sie war nun entschlossen, um kein weiteres Jahr mehr zu bitten. Unter welchem Vorwand auch? Sie hatte Beschäftigung genug.

Ihre Zwerggranatäpfelbäumchen waren auf der Terrasse so heimisch geworden, daß sie von Juni an bis spät in den Herbst hinein blühten. Gedankenverloren zupfte sie ein paar Nadeln vom Rosmarinstrauch, zerrieb sie und hielt sich die Finger unter die Nase. Düfte, Gerüche, der Gesang der Vögel ... und vor und unter ihr diese gelbgrüne, südländisch wirkende Stadt, in ihrer Folie aus Dunst und Glast, eine Stadt, die so viel Atem aushauchte, daß man die Schwaden über den Fluß ziehen sah, der sich, aus den Bergen kommend, seinen Weg gemächlich zwischen all den verschnörkelten Fassaden hindurchbahnte. Das meiste an Gestank drang nicht mehr bis zu ihr herauf, und was heraufkam, wurde gemildert, denn sie hatte ihre Pflanzen auch danach gezogen, wie gut sie dufteten. Die äußeren, robusteren Sträucher entlang den Simsen hielten Staub und Geräusche ab, danach kamen schon die vielen Blatt- und Blüten-, Tag- oder Nachtdufter. Fliederspeer, Pfeifenstrauch, Engelstrompete.

Sie hatte aus dem Stück Dachterrasse, das größer als die Wohnung war, einen Garten gemacht, mit kleinen Wegen, die über ein Stück Thymianrasen führten, in dem auch noch vereinzelt Kamille blühte.

Wenn sie morgens ins Büro aufbrach, hatte sie ihren Garten bereits bestellt, zumindest in der schönen Jahreszeit. Und wenn sie abends nach Hause kam, goß sie höchstens die starken Verdunster noch einmal nach. Dann schaute sie, roch, strich über einen Stamm, eine Blüte, bei den Pflanzen, die das duldeten, ohne die Blätter abzuwerfen.

Sie hatte kein Fernsehen, wozu auch? Wenn sie nicht allzu müde war, hörte sie Musik oder las einen jener englischen Kriminalromane, die sie so liebte, aber nur selten einen Verlagsautor. Als Buchhalterin war sie dazu auch nicht verpflichtet, und wenn sie sich doch aufraffte, ein im Haus lektoriertes Buch in die Hand zu nehmen, dann nur von einem Autor oder einer Autorin, die sie noch nicht zu Gesicht bekommen hatte. Die Unabhängigkeit von der Person des Autors war ihr beim Lesen wichtig. Auch traute sie all denen, die da im Haus ein und aus gingen, nicht allzu viel zu. Unter internationalen Maßstäben verstand sie etwas anderes. Daß der Verlag florierte, mußte ihr recht sein. Kein Wunder, bei all dem Nachhol- und Aufholbedarf. Sie selber war vor fünfzig Jahren schon so gut wie erwachsen gewesen, was sollte also aus dieser Welt, und sie meinte das auch geographisch, was sollte also aus einer Welt wie dieser noch viel kommen? Diejenigen, die jetzt jung waren, ähnelten denen, die, so wie sie, damals jung gewesen waren. Sie wußten es nur nicht. Und glaubten, weil sie der Gunst der Geschichte etwas mehr Freiheit verdankten, daß sie sich in wunderweißwas unterschieden. Als sie vor zwanzig Jahren einmal ein bißchen auf die Barrikaden gestiegen waren, schwoll ihnen gleich auf unerträgliche Weise der Hals, und sie dachten, sie hätten schon etwas erreicht, nur weil sie sich für ein paar Tage nicht hatten einschüchtern lassen. Sie kannte dieses Gefühl, war sie ihm doch seinerzeit auf ihre Weise erlegen.

Nichts hörte auf. Sie wußte es mit ihrem ganzen Wesen. In Wirklichkeit konnte gar nichts aufhören. Alles, was einmal entstanden war, existierte nicht nur in der Spur, die es hinterließ, weiter, sondern auch als zustandegekommene Möglichkeit, und als solche war sie ewig, wenn auch der Seinszustand sich ändern mochte. Bestimmt hatten die Alten es auch nicht genauer gewußt, aber der Ausdruck SCHATTENREICH hatte ihr immer zu denken gegeben.

Nach dem Krieg, als es nichts mehr gab außer Arbeit, und sie zurück in die Stadt gekommen war, hatte sie sich mit einem Mädchen angefreundet, dessen Vater Besitzer einer Friedhofsgärtnerei war. Da gab es noch Rollen mit Kranzschleifenatlas. Sie und ihre Freundin machten sich steife Unterröcke daraus, eine Pioniertat, wie sich spätestens nach dem Aufkommen der Petticoats herausstellen sollte. In dem ihrer Freundin stand in goldenen Lettern ZUM ANDENKEN, während auf ihrem LETZTE GRÜSSE RUDOLF zu lesen war.

Nichts hörte auf, aber einiges verblaßte. Das Gesicht ihres Mannes war ihr nur mehr von den Fotos bekannt. »Kinder«, hatte ihre spätere Schwiegermutter gesagt, als Werner sie nach Hause mitbrachte, »was soll denn aus euch werden?«

»Ich lass' euch die Trude da, weil ich demnächst einrücken muß!« Damals ging das schnell mit dem Heiraten. Sie war noch nicht zwanzig und obendrein schwanger, was aber außer der Mama niemand merkte.

Werner hatte sie von oben bis unten abgeleckt und geküßt und umarmt und wieder abgeleckt, so lange, bis sie gar nicht mehr mitbekam, wie ihr geschah und daß er viel weiter gegangen war, als er versprochen hatte, und dann hatten sie sich wieder und in den Schlaf geküßt. Und das in jeder der paar Nächte, die sie einander gekannt hatten, bevor sie heirateten.

Werner hatte nach einigen Jahren Betriebspraxis gerade noch die Hotelfachschule absolvieren können, dann bekam er die Einberufung. Er war schon vor 1938 zur Partei gegangen, aber das half ihm jetzt auch nichts.

»Es kann nur besser werden«, hatte er gesagt. »Wart nur, wenn alles vorbei ist und ich zurückkomme, wirst du stolz sein auf mich.«

»Und wenn du nicht zurückkommst?«

»Große Lösungen erfordern große Einsätze. Aus nichts wird nichts. Jetzt haben sich endlich einmal alle aufgerafft, für die neue Ordnung. Du wirst schon sehen ...«

»Und wenn du nicht zurückkommst?«

»Ich hock doch schon wieder in dir drin!« Und er hatte la-

chend ihren Bauch getätschelt, in dem ein knapp dreimonatiger Embryo im Fruchtwasser schwamm.
Trude würde ihn nur wiedererkennen, wenn er noch immer so wäre wie auf den Fotos. Nicht mit einem wochenalten Bart und in einer verdreckten Uniform. Und er sie? Wer ihm wohl in den Städten und Dörfern entlang der Front noch aller begegnet war, ihn an sich gerissen hatte, und sei es für eine Nacht? Werner hatte das Grauen noch erfahren, das so anders war als seine Vorstellung von Kampf. Und wenn es da noch ein Gesicht für ihn gegeben hätte, ein anderes, das ihn verstand, besser als sie, die — so mußte es ihm vorkommen — im Warmen zurückgeblieben war? Sie konnte also nicht mit ihm rechnen.
Als Eheleute hatten sie nur eine knappe Woche miteinander gehabt. Eine Woche voller Lust und Lachen, mit Wirtshaus, Schwägerinnen und Schwagern. In dieser Woche war sie nicht nur Werners Frau, sondern Mitglied einer großen Familie geworden. Und sie spürte die Furcht, ja die Abneigung der Söhne gegen einen Vater, der sie allesamt für Versager hielt und argwöhnisch dabei beobachtete, wie sie sein Geld ausgaben, das er ihnen nur unter Klauseln und erpreßten Versprechungen überlassen hatte.
Insgesamt eine Woche, von der sie beide zehren wollten. Aber schließlich hatte diese Woche sie das Kind gekostet, das vorehelich empfangene. Ein Waldgasthaus und zu viel Bier, höchstwahrscheinlich zu viel Bier, und auch Schnaps.
Werner hatte sich das Motorrad seines Bruders Toni geborgt. Sie hätte nicht aufsteigen dürfen, erst recht nicht beim Nachhauseweg. Was hätte ihr schon passieren können, außer Blasen an den Füßen vom langen Marsch. Aber sie war aufgestiegen. Auch auf dem Nachhauseweg. Es hatte ihr Spaß gemacht, sich an Werner festzuhalten und zu spüren, wie der Fahrtwind ihr durchs Haar fuhr. Viel war nicht passiert. Weder Werner noch dem Motor-

rad. Nur daß sie, infolge des Schrecks wahrscheinlich, zu bluten begann und ins Krankenhaus mußte.

»Sie hat die Handelsschule fertiggemacht und kann dir in der Buchhaltung helfen«, hatte Werner zu seinem Vater gesagt, als er sich verabschiedete. Er war dann noch ein einziges Mal für ein paar Tage gekommen, aber da hatte sie gerade die Regel. Sie wußte nicht, ob das verlorene Kind ein Bub oder ein Mädchen gewesen wäre. Man hatte es ihr nicht gesagt, und sie hatte sich nicht zu fragen getraut.

BEGLEITUMSTÄNDE –
DIE NAMEN DER SIGUNE PRÖBSTL

Die Sache war nämlich die, daß ihr früherer Mann, Botond, eine Frau umgebracht hatte, die so aussah wie sie oder beinah so, soweit sich das auf den Fotos erkennen ließ. Anderntags hatte auch noch die Kollegin aus der Buchhaltung sie auf die Ähnlichkeit aufmerksam gemacht, und diese Bestätigung von außen gab dem Ganzen noch mehr Gewicht.

Vor mehr als tausend Jahren soll schon einmal ein Botond ins Land gekommen sein und jemanden umgebracht haben, einen Kaiser Konrad. Aber das ist nicht historisch, sondern gehört zu den Erzählungen aus der Nomadenzeit. Botond soll diesen Konrad mit einem Trinkhorn erschlagen haben, damit er ihm im Jenseits diene.

Ihr ehemaliger Mann Botond war 1956 ins Land gekommen, nicht als marodierender Reiterfürst, sondern als Flüchtling auf einem Lastwagen. Und er hatte jene Frau auch nicht erschlagen, sondern erwürgt. Kein Mensch weiß warum. Und Botond hat nichts dazu gesagt, bis heute nicht. So wie er auch nicht will, daß sie ihn besucht. Sie hat ihm geschrieben, und er hat ihr geantwortet, sie möge ihn bitte in Ruhe lassen. Es bleibt ihr nichts anderes übrig, als das zu respektieren. Doch hat sich in ihrem Kopf die Idee eingenistet, daß dieser Mord etwas mit ihr zu tun haben könnte und mit Aron, ihrer beider Sohn. Weiß Gott, sie hätte Aron das alles gerne erspart, sich und Botond, seinen Vater, aber dann gäbe es ihn gar nicht, und das wäre

schade. Aron scheint das einzige zu sein, was ihr im Leben geglückt ist.
Aron hätte ursprünglich Lehel heißen sollen, wie der Kampf- und Raubgefährte des alten Botond, aber sie hatte sich gewehrt und gesagt, hierzulande verstehe kein Mensch den Zusammenhang, die anderen Kinder würden den Namen immer falsch aussprechen und damit seine Bedeutung verändern. Da hatte Botond nachgegeben, nicht sofort, aber doch.
Aron verweigert jedes Gespräch mit ihr über seinen Vater. Er hat selber schon eine kleine Tochter, und da er mit seiner Familie in die Hauptstadt gezogen ist, sehen sie einander immer seltener.
»Irgendwann wird mein Vater schon reden«, hat Aron gesagt. »Niemand hält das auf ewig durch. Ich möchte nicht, daß wir uns etwas zusammenreimen.«

Sie war in so umfassendes Nachdenken versunken, daß sie eines Abends zu trinken begann, weil das, wie sie glaubte, ihre Gedanken anregte. Doch all die Anregungen waren anderntags in der pochenden Leere ihres Kopfes versunken, und die Übelkeit hielt sie im Bett zurück. Die Kolleginnen redeten ihr zu, sich zusammenzunehmen, und der Verleger erklärte, nachdem ihr das immer häufiger passierte, er wolle ihr noch eine Chance geben, aber auch seine Geduld habe einmal ein Ende. Und dieses Ende kam, nachdem sie, Sigune Molnár, wie auf ihrer Abrechnung aus der Buchhaltung stand, mehrere Verträge falsch aufgesetzt und einem japanischen Verlag die Lizenz für einen Kunstband verweigert hatte, nur weil die Leere in ihrem Kopf sich auch um elf Uhr vormittags noch nicht hatte auflösen lassen.
»Mein Gott, Sigi, was mach ich denn ohne dich«, hatte die Kollegin aus der Presse-Abteilung, für die sie immer Kaffee mitkochte, gesagt und ihr eine Menthol-Zigarette

angeboten, die ein wenig Frische in ihre Atemwege brachte.

Als sie sich von der Buchhalterin verabschiedete, sagte diese lächelnd: »Sie werden sich zugrunderichten, jawohl zugrunde, es sei denn, Sie steigen wieder empor, so wie ich jeden Abend.« Die Buchhalterin hatte das übliche Pensionsalter längst überschritten und ähnelte, zäh und weiß, einer Art Silberdistel, war aber eine hervorragende Kraft, wie der Verleger zu betonen nicht müde wurde, die unter den Jüngeren ihresgleichen suche. Die Buchhaltung befand sich im Souterrain in einem Raum ohne Tageslicht, einer mit vielen Ordnern ausgepolsterten Höhle, in die niemand außer dem Verleger ohne besonderen Grund hinunterstieg.

Sigune Molnárs letzter Tag im Haus war jener, für den der Besuch des Allround-Genies Vevi Schwarz im Lektorat angekündigt war. Vevi Schwarz trug sich mit dem Gedanken, ein Buch über ihr bisheriges Leben unter besonderer Betonung von Kindheit und Jugend zu schreiben, und dieses Vorhaben schien dem Lektor interessant genug, um mit ihr ein Gespräch darüber zu führen und einen Vorvertrag abzuschließen.

Sigune Molnár waren die Vorbereitungen für diesen Besuch entgangen. Den Vertragsentwurf hatte bereits ihre Nachfolgerin aufgesetzt, und so traf sie beinah der Schlag, als sie jemanden lauthals »Pröbstl!« rufen hörte. »Du bist es doch, oder?« Vevi Schwarz und sie kannten einander aus der Kindheit. Sie war, als sie noch Pröbstl geheißen hatte, mit Mutter und Bruder evakuiert worden, und im Anschluß daran lebten sie eine Zeitlang in dem Ort, in dem die Familie Schwarz im Gastgewerbe tätig war. Der Nebel in ihrem Kopf begann sich zu lichten und ließ einen See, Berge, Wiesen und viel Wald erkennen. »Vevi?«

Sie fielen einander um den Hals, und Vevi Schwarz schlug ihr lachend auf den Rücken, fest genug, um sie zum Husten zu bringen. Der Lektor, der Vevi Schwarz persönlich zum Ausgang hatte bringen wollen, schaute befremdet von einer zur anderen und verabschiedete sich dann auf dem Flur.

Vevi hatte sie in ein Restaurant in der Innenstadt mitgenommen und sie dazu gebracht, ihr von der merkwürdigen Situation zu erzählen, in die sie geraten war. Darüber verging der Nachmittag.

»Sauf nicht, Pröbstl«, hatte Vevi gegen Abend zu ihr gesagt. »Es besteht keinerlei Grund. Du hast Familie gehabt, lebst und schaust immer noch passabel aus, auch wenn du Großmutter bist.«

»Und jetzt?« hatte sie gefragt. »Was mache ich jetzt?«

Vevi war sich mit beiden Händen durch ihren noch immer beachtlichen, wenn auch von grauen Fäden durchzogenen Haarschwall gefahren und hatte sie eine Zeitlang mit zusammengekniffenen Augen angestarrt.

»Kannst du autofahren?«

»Nein.«

»Kannst du maschinschreiben?«

»Nicht besonders.«

»Was hast du bisher gemacht?«

»Verträge und Lizenzen.«

»Mit der Hand?«

»Das nicht. Aber es mußte nicht besonders schnell gehen.«

»Kannst du ein Tonband bedienen und dann davon abschreiben?«

»Käme auf den Versuch an.«

»Wach auf, Pröbstl, das ist ein Einstellungsgespräch.«

»Wer wen und als was?«

»Ich dich als Mädchen für alles. Leider kannst du nicht autofahren, das wird sich auf dein Gehalt auswirken.«

»Du kaufst mich mit allem, was ich nicht kann?«

»Ich lese dich auf. Aus der Gosse.«
»Aus der Gosse?«
»Aus der bevorstehenden Gosse. Schau der Wahrheit ins Auge, Pröbstl, und halt dich fest an mir.«
Seither arbeitet sie für ihre alte Kinderfreundin Vevi Schwarz, das Allround-Genie. Unbarmherzig nennt Vevi sie immer noch Pröbstl. Sigune sei kein Name, sagt sie, sondern ein Indiz unserer Geschichte. Und ihr ehelicher Name Molnár gehe sie, Vevi, überhaupt nichts an.
Botond hatte sie Sigusch oder Cicusch (Kätzchen) genannt, während ihre Mutter und die Kolleginnen sie Sigi riefen. Von nun an hieß sie wieder Pröbstl, wie damals in der Schule. »Pröbstl, halt dich gerade! Pröbstl, du hast wieder nichts verstanden!«

Es hat natürlich mit diesem Jahr zu tun, mit dem Jahr 1988, in dem endgültig und von Amts wegen aufgeklärt werden soll, daß sie seit Wochen mit der Fackel der Erinnerung von Provinzstadt zu Provinzstadt unterwegs sind. Das Ministerium für Unterricht und Kunst bezahlt die Spesen und ein mageres Honorar. Die Termine wurden von Pröbstl und der Sekretärin des Sektionsrats koordiniert. Das Programm hat Vevi selber zusammengestellt, in mehreren Varianten, je nachdem, was dem Publikum da oder dort zuzumuten wäre.
Der Sektionsrat hat ihr nur mit ein paar guten Ratschlägen zur Verfügung gestanden. »Fünfzig Jahre — Zeit genug, um vieles zu vergessen. Dennoch, hüten Sie sich vor einseitigen Schuldzuweisungen. Was hätten Sie auch von zu vielen aktuellen Bezügen in der Provinz? Na also — sehen Sie! Ich meine, wir sind uns doch im klaren darüber, was wir erreichen sollen. Zeigen Sie, was mit all den armen Menschen geschehen ist. Darauf sind sogar in der Provinz die verschiedenen Lager ansprechbar. Sie haben klarerweise völlig freie Hand, aber ich denke, es ist am besten, Sie

kehren das allgemein Menschliche hervor. Aufklärung, Aufklärung und noch einmal Aufklärung! Ein bißchen Kraus und ein bißchen Canetti, ein bißchen Horvath und ein bißchen Grünbaum, ein bißchen Zeitzeugen innerhalb und außerhalb des Widerstandes, ein bißchen MEIN KAMPF und ein bißchen NIE WIEDER. Ausgewogen halt!«
Sie sind in einem Wohnmobil unterwegs, völlig überflüssigerweise, weil sie jede Nacht im Hotel schlafen. Nur für die Bücher, die Plakate und als Garderobe hat der geräumige Wagen einen Sinn. Ein Leben auf Rädern — eine angerissene Idee, die auf dem Weg zur Durchführung ihre äußere und innere Notwendigkeit verliert, und nur mehr als Zitat weiterbesteht, als solches aber noch immer Berücksichtigung fordert. So halten sie manchmal kurz vor dem Ziel und trinken im SALON Kaffee, damit der Komfort des Wohnwagens auch genützt wird.
Vevi konnte es nicht verborgen bleiben, daß sie auch noch schlecht im Kartenlesen ist. Nicht daß sie es nicht begriffe, begreifen schon — nur zu langsam. Es dauert zu lang, bis sie eine eingezeichnete Abzweigung mit einer tatsächlichen in Zusammenhang bringen kann. Sie liebt Landkarten, die verschiedenen Linien, Zeichen, Farben; sie sucht auch gerne mit dem Finger günstige Verbindungen heraus, aber es fällt ihr schwer, diese Art bildlicher Darstellung auf die Wirklichkeit zu übertragen.
Schon als sie und Botond das erste Auto gekauft hatten, erwies sich das als Schwierigkeit, und sie konnte Botond damit zur Weißglut bringen, wenn sie sagte »Ich fürchte, wir hätten jetzt abbiegen müssen«. Botond trug es ihr auch nach, und das war mit ein Grund, warum er sie nicht ans Steuer lassen wollte. »Jemand, der sich so schlecht orientieren kann, bedeutet eine Gefahr für die Straße!« Aber sie hatte einen ausgesprochen guten Orientierungssinn und erkannte so gut wie jeden Weg, den sie einmal gegangen oder gefahren war, wieder.

»Wie heißt das blöde Hotel?« fragt Vevi, sobald sie den Stadtkern erreicht haben. Meist wohnen sie im ersten oder im zweiten ersten Haus am Platz, und meist gibt es keinen Parkplatz davor, und Vevi muß mehrmals um die Dreifaltigkeitssäule oder den Springbrunnen oder die uralte Linde herumfahren, bis sie die Zufahrt zu den an der Rückseite gelegenen Parkplätzen für Hausgäste ausfindig gemacht haben.

Wie wird es schon heißen? Zum Goldenen Ochsen, Zum Roten Hirschen, Zum Weißen Lamm. Pröbstl blättert in den Unterlagen. Bevor sie in Panik gerät, stellt sich meist heraus, daß es das Hotel Post oder Die Blaue Kugel ist und daß sie ohnehin davorstehen. Warum so ein Gasthof nie Zum Kupfernen Schwein heißt, bei all dem Schweinernen, das da verzehrt wird? »Wenn ich so ein Lokal hätte«, sagt Vevi, »würde ich es Zur Wildsau oder Zum Löffelnden Hasen nennen.«

Gewinn ist sie gewiß keiner für Vevi, das weiß sie. Was sie nicht weiß, ist, warum Vevi darauf bestanden hat, sie anzustellen. »Weil ich dich brauchen kann, Pröbstl.«

Ihr fehlen noch an die zehn Jahre bis zur Pensionierung, irgendwo muß sie also angestellt sein. Aber ausgerechnet bei Vevi? Manchmal befällt sie die erstickende Angst, so alt geworden zu sein und nichts, aber auch gar nichts begriffen zu haben.

»Du mußt dich zur Geltung bringen«, hatte ihre Mutter schon gesagt, als sie fünfzehn war. Das bedeutete nicht etwa, daß sie Schauspielerin oder Mannequin hätte werden sollen, das hätte ihre Mutter ihr glattweg verboten. Wie aber sollte sie sich sonst zur Geltung bringen? Bei dem Namen? Sigune Pröbstl. Selbst bei ihrem Vater, dem Major, schien ihr das Pröbstl den Major der Lächerlichkeit preiszugeben. Sie hatte geglaubt, diesen Namen ein für alle Male losgeworden zu sein, doch jetzt war sie wieder eine Pröbstl. Vevis wegen. Nur Vevis wegen? Das konnte sie

alles nicht mehr auseinanderhalten. Jedenfalls war, seit sie miteinander unterwegs waren, nicht nur dieser Name zurückgekommen.
»Du hast eigentlich ein schönes Gesicht.«
»Von dir, Mutter.«
»Und eine gute Figur.«
»Von meinem Vater, dem Herrn Major.«
»Du mußt das zur Geltung bringen.«
»Ich weiß nicht wie.«
»Anmut und Haltung.«
»Wem soll ich mich zeigen?«
»Schau dazu, daß man dich sieht.«
»Was soll ich tun?«
»Nichts übereilen und wissen, was du wert bist.«
Ihre Mutter hatte sie mit den Essensmarken und einem Traggeschirr aus Blech in die Pension der Familie Schwarz geschickt, und Vevis Mutter hatte sie angesehen und gesagt »Kind, du mußt essen, sonst brichst du noch in der Mitte auseinander«. Und dann hatte sie ihr jedes Mal einen Schöpfer mehr gegeben. Und wenn sie mit Vevi spielte, hatte sie einen Apfel bekommen oder ein Schmalzbrot.

»Natur oder Bleiche?« hatte Botond gefragt, als sie ihm das erste Mal gestattet hatte, mit ihrem Haar zu spielen.
»Schau ich aus, als würde ich meine Haare bleichen?« Er selbst hatte die Frage sofort als unpassend empfunden und sich entschuldigt. »Wie schön du bist.«
»Ich hab es doch richtig gemacht? Am Anfang hab ich es ganz richtig gemacht. Nichts übereilt. Er hat sich anstrengen müssen, um meine Aufmerksamkeit auf sich zu ziehen.«
»Am Anfang ja.«
»Er mußte warten, bis es mir beliebte.«

»Es war der falsche Mann. Du hättest den Kopf oben und deinen Anspruch besser im Auge behalten müssen.«
»Ich war verliebt.«
»Verliebt in einen Preisdrücker.«
»Ich hab mich nicht kaufen lassen, es war Liebe.«
»Werd nicht sentimental. Du hast dem Zufall eine Chance gegeben, nicht der Zufall dir.«
»Du meinst, ich war dumm genug.«
»Sehr dumm, geradezu vertrottelt. Sich mit dem ersten besten einzulassen.«
»Das sagst du, weil Botond Flüchtling war.«
»Das besagt nichts. Es sind auch Leute aus den alten Familien geflüchtet.«
»Und du? Du hast einen Pröbstl geheiratet.«
»Einen Major namens Pröbstl.«
»Laß mich doch damit in Ruhe.«
»Du siehst ja, wohin dein Leben geführt hat.«
»Was hätte ich denn tun sollen?«
»Hättest du Haltung bewahrt, hätte er es nicht gewagt.«
»Was denn? Mich auszuführen, zu heiraten, zu schwängern? In dieser Reihenfolge. Ich habe schließlich auf dich gehört.«
»Es war der falsche Mann.«
»Das hast du damals auch nicht gewußt.«
»Gewußt, gewußt. Ich mußte dich und deinen Bruder großziehen.«
»Du hast gebangt und gelitten und geschuftet und nichts von deinem Leben gehabt ... ich hab das alles noch im Ohr. Bis du eines schönen Tages mit diesem holländischen Seifensieder auf und davon gegangen bist.«
»Inhaber einer Kosmetikfirma.«
»Wo ist der Unterschied?«
»Ihr wart erwachsen oder so gut wie erwachsen. Ich konnte mich wieder ein wenig zur Geltung bringen.«
»Was heißt das, zur Geltung bringen?«

»Mein Gott, so begreif endlich. Mach die Augen auf und schau dich um. Die Welt bleibt nicht stehen. Du mußt weiter, um mit ihr Schritt zu halten.«

Sie ist bei jedem Auftritt dabei. Falls Vevi etwas brauchen sollte, doch nicht nur deshalb. Sie versucht Vevi und das Programm mit den Augen der anderen zu sehen. Mit den Augen des Kulturfunktionärs, der meist auch als Veranstalter auftritt, mit den Augen des kleinstädtischen Publikums, das sich aus Ehefrauen, Beamten und Gewerbetreibenden zusammensetzt, mit den Augen der Schüler und Lehrlinge, die man dazu anhält. »Geht hin und lernt was! Wozu haben wir ein Volkshaus, ein Kulturhaus, einen Stadtsaal, einen Pfarrsaal?«

Pröbstl beobachtet in Vevis Auftrag die Reaktionen der Kulturnation auf ihre aufklärerischen Darbietungen. Die Kulturinteressierten sollen an die Unkultur vor fünfzig Jahren erinnert werden, damit sie begreifen, wozu ein Kulturvolk imstande ist. Auch ein Kulturvolk.

Sie weiß nicht, warum Vevi sich das antut, abgesehen davon, daß es ein Solo-Programm ist und sie tun kann, was sie und ihr Publikum wollen. Jeden Abend woanders. Und manchmal kommen gar nicht so viele, wie das Programm es verdiente.

»Hast du Plakate geschickt, Pröbstl?« fragt Vevi, wenn sie nicht schon beim Ortseingang eines hängen sieht. Sie hat. Dennoch zieht sie den Kopf ein.

Manchmal liegen die Städte nur zwei bis drei Stunden voneinander entfernt. Dann verwendet Vevi den Vormittag dazu, ihr Leben in das kleine Gerät zu diktieren, und Pröbstl schreibt es mit der Reiseschreibmaschine Satz für Satz ab. Dann lesen sie es gemeinsam durch, und Vevi fragt: »Erkennst du mich eigentlich wieder?«

Sie hat Botond beim Tanzen kennengelernt. In einem Ausflugslokal, Anfang der sechziger Jahre. Während ihre Freundin mit dem jungen Mann schmuste, der sie beide in dieses Gasthaus eingeladen hatte, schaute sie auf die Tanzenden. Da war auf einmal Botond. Sie sah ihn mit einem dicken rothaarigen Mädchen dahingleiten, und sie bewunderte die Sicherheit und Geschmeidigkeit seiner Bewegungen. Er hatte bemerkt, daß sie ihm zuschaute, und führte die Rothaarige an ihren Platz zurück, verbeugte sich und kam auf sie zu, verbeugte sich wiederum, sagte seinen Namen und bat sie um den nächsten Tanz.
Wie im Traum war sie aufgestanden, streckte ihm die Hände entgegen und wurde plötzlich rot. »Ich bin eine schlechte Tänzerin.« Botond lächelte. »Schauen Sie mir in die Augen und vergessen Sie Ihre Füße.« Er führte sie mit dem Druck seiner Finger gegen ihre Wirbelsäule, und sie tanzten über die ganze freie Fläche und wieder zurück, ohne daß sich ihre Beine auch nur einmal zwischen den seinen verfangen hätten. Sie spürte, daß sie es richtig machte, und sie war mit ihrem ganzen Körper glücklich. So glücklich, daß sie es gar nicht fassen konnte, als ihre Freundin zum Aufbruch drängte.
»Ich möchte Sie wiedersehen«, sagte Botond, »es gibt noch so viele Tänze, die wir nicht getanzt haben.« Sie wußte nicht, was darauf sagen. Sie konnte ihm nicht antworten, ja, am nächsten Sonntag im Kur-Café oder so. Das mußte schon er vorschlagen. Sie waren bereits gegangen, als er ihnen bis zur Bus-Haltestelle nachkam. »Darf ich Sie anrufen?« Sie gab ihm die Telefonnummer. »Ich bin Ungar.« Sie hatte es sich schon gedacht, wegen des Akzents.

»Meinst du, die Leute denken mit bei dem, was ich tue?«
»Ich weiß nicht. Ich glaube, es gefällt ihnen.«
»Ich will, daß sie mitdenken. Nicht mehr und nicht weniger.«

»Glaubst du, sie ändern sich, wenn sie mitdenken?«
»Vielleicht. Zu irgendwas soll das Ganze doch gut sein.«
»Sie hören dir zu und haben ein Erlebnis dabei.«
»Selbst wenn du recht hättest, Pröbstl, dürftest du sowas nicht sagen. Mein ganzes Programm ist auf geistige Mitarbeit aufgebaut.«
Sie zweifelt nicht an Vevis Absichten, aber was sie sieht, ist eine umwerfende Interpretin umwerfender Texte und ein Publikum, das vor Begeisterung in die Hände klatscht. Was immer es dazu auch noch denken mag.
Die Texte sind alle älter als sie beide. Was aus dieser Zeit in ihr, Pröbstls Leben hereinreicht, sind Erzählungen, Bilder, der Fliegeralarm und die ersten Bombenangriffe, die Evakuierung, die schlechte Zeit nach dem Krieg.
Die Scham kommt erst viel später und ist eine erlernte Scham, die im Widerspruch zum Erlebten steht. Der Hausaltar, den ihre Mutter aus den Bildern des Vaters mit Orden und in Uniform in sämtlichen Wohnungen während und nach dem Krieg errichtet, erscheint plötzlich in einem anderen Licht. Ihr Vater, der Major, war immer nur ein Foto für sie gewesen, ein Foto und Erzählungen.
»Dein Vater war ein Idealist«, hatte ihre Mutter gesagt. Inzwischen wußte sie, was das bedeutete, und Botond, dessen Vater ebenfalls Idealist gewesen war, wenn auch auf der anderen Seite, hatte einiges zu ihrer Aufklärung beigetragen. Im Grunde schien es ihr gleichgültig, wer oder was ihr Vater gewesen war, schließlich hatte sie ihn nicht gekannt. Und er hatte gebüßt, hatte sich abschlachten lassen, wie sein Führer es befahl. Wenn es nach ihr gegangen wäre, sie hätte ihn in Frieden ruhen lassen. Bei Botond war das etwas anderes. Sein Vater war erst kurz vor Botonds Flucht gestorben, an den Folgen einer mehrjährigen Haft. Sein Idealismus war so weit gegangen, daß er aus dem Gefängnis schrieb, die Mutter solle Botond in dem Bewußtsein erziehen, der Sohn eines Verbrechers zu sein. Das

einzige, was er sich als Funktionär der Ungarischen Arbeiterpartei zuschulden kommen hatte lassen, war, daß er einen Freund, der ihm gestand, die Jugoslawen hätten ihn als Spion angeworben, nicht meldete, sondern dazu überreden wollte, abzuspringen. Der Freund aber war kein Freund, sondern Stabsoffizier beim Staatssicherheitsdienst gewesen. Und in Wahrheit ging es um ganz etwas anderes. Botond hatte ihr das zu erklären versucht. »Wenn man eine Säuberung der Partei als Notwendigkeit akzeptiert, wenn man mit messianischem Bewußtsein davon überzeugt ist, für eine welterlösende Idee und Ordnung zu kämpfen, dann folgt daraus, daß man auch sich selber opfert. Zweifel können da nicht kommen, wofür hat man sonst gelebt?!«
»Und deine Mutter?«
»Ist Partei-Mitglied geblieben. Nur scheiden wollte sie sich nicht lassen.« Mein Vater ist dann kurz vor seinem Tod rehabilitiert worden. Meine Mutter war ein ganzes Jahr lang die Witwe eines Märtyrers. 1956 wurden dann die Märtyrer neuerlich ausgetauscht.«

»Du hast ein gutes Gedächtnis, Pröbstl. Du brauchst zwar eine Weile, bis du kapierst, aber dann merkst du es dir ewig.« Das stimmt nicht wirklich. Auch sie vergißt vieles, zu vieles, wie ihr scheint, aber mitunter gelingt es ihr, auch weit Zurückliegendes im Wortlaut wiederzugeben. Sie hört es sofort, wenn Vevi auch nur mit einem Wort vom Text abweicht.
»Du wärst eine ideale Regie-Assistentin. Vielleicht überlegst du es dir noch.«
Sie hat es anfangs für Koketterie gehalten, wenn Vevi sie jedes Mal nach der Vorstellung fragte: »Wie war ich?«
»Gut.«
»Ich will wissen, ob ich rübergekommen bin. Und was ist dir sonst aufgefallen?« Jetzt weiß sie, daß das zur Arbeit

gehört. Daß Vevi ihren genauen Bericht braucht, um sagen zu können, was sie selber schon bemerkt hat oder was sie nun vielleicht doch anders machen will. Vevi verläßt sich darauf, daß ihr, Pröbstl, nichts entgeht.

Sie kann noch ein paar Brocken Ungarisch, obwohl es ihr damals so schwergefallen ist, die ihrer Zunge widerstrebenden Laute zu behalten, und Botond es längst aufgegeben hatte, ihr die Wörter vorzusagen. Es machte ihn nervös, wenn sie einen Satz auch nach dem fünften Mal nicht richtig behielt. Plötzlich, über Nacht, ging es dann. Manchmal sagt sie sich heimlich die Sätze vor, sie probiert aus, was alles ihr noch zur Verfügung steht, und freut sich daran, obwohl sie und Botond längst nicht mehr zusammenleben.

»Ich will mich mit dem Buch ja nicht wichtig machen«, sagt Vevi. »Aber ich will wissen, wer ich bin, unter all den Rollen, die ich spiele, verstehst du, ich höchstpersönlich.«
Sie versteht das gar nicht. Vevi ist sich so sehr gleich geblieben wie kein anderer Mensch, den sie kennt. Eine Zumutung, ein Monster, aber jemand, den sie mögen muß. Eine absurde Erscheinung, an der nichts ist, wie es sein soll, und dann stimmt doch wieder alles. Als Kinder sind sie zwei Jahre nebeneinander in der Schulbank gesessen. Schneeweißchen und Rabenschwarz. Vevis Haare standen ab wie gesträubte Federn, dicht wie Unterholz, und ihre Stimme konnte wie ein ganzer Krähenschwarm krächzen.
Als die Lehrerin sie in der zweiten Volksschulklasse fragte, was sie werden wollten, sagte Vevi: »Ich geh zum Film.« Alle lachten, manche konnten sich gar nicht halten vor Lachen, auch sie hatte gelacht. »Ich spiel die Bösewichter, den Glöckner von Notre Dame, das Biest, den Grafen Dracula. Und die Pröbstl nehm ich mit«, hatte sie ungerührt hinzugefügt. »Die kann dann all die blonden Weiber spielen.«

Die Wochenenden verbringen sie in der Hauptstadt, wo Pröbstl sich ein Zimmer genommen hat. Vevi lebt mit einem Mann, der sie erwartet. An den Wochenenden gibt es keine Veranstaltungen, das wurde vom Ministerium so arrangiert.
Sie sieht jetzt Aron wieder öfter. Und manchmal bleibt sie Samstag nachts bei dem Kind. Sie macht sich klein, wenn sie zu Aron in die Wohnung kommt, rührt fast nichts an. Ihre Schwiegertochter soll nicht glauben, daß sie Ansprüche geltend machen möchte.
»Eigentlich bist du immer noch schön«, sagt Vevi, »aber man muß wirklich hinschauen.«
Den letzten Antrag hat sie vor einem halben Jahr bekommen. Sie hatte nicht genau zugehört, und erst als Herr Soundso wütend wurde und schrie »Sie hören mir nicht einmal richtig zu, Frau Molnár!« begriff sie. Aber sie war ohnehin nicht interessiert. Chancen wie diese hatte sie schon oft vorübergehen lassen. Und es tat ihr nur selten leid, höchstens nachts, wenn sie im Bett lag, zu müde zum Fernsehen und zu wach, um zu schlafen. Botond hatte sich ihr als erster und unübersehbar in den Weg gestellt. Sie war über diesen Mann nie hinausgekommen, auch nicht, wenn sie mit einem anderen schlief. Und gerade als sie dachte, sie hätte sich endlich von ihm befreit, geschah dieser Mord und bescherte ihr ein grausames Rätsel.
Manchmal, nachts, kann sie Botonds Hände an ihrem Hals spüren, den Druck seiner Daumen gegen ihren Kehlkopf, und sie will es nicht glauben. Sie will es einfach nicht wahrhaben, bis sie in Panik zu keuchen und nach Luft zu schnappen beginnt. Dann setzt sie die Mineralwasserflasche an und trinkt in großen Schlucken, bis ihre Zunge sich wieder vom Gaumen löst.

»Leg ein neues Band ein, Pröbstl, mir ist wieder was eingefallen.« Sie sitzen im Gastgarten eines Schwarzen Rößls, es

ist später Vormittag, und die Spatzen picken die Frühstücksbrösel aus dem Kies.
»Ich fürchte, wir haben keins mehr.«
»Was heißt, du fürchtest? Geh und besorg eines, ich denk inzwischen weiter.« Vevis Gesicht verschwindet hinter einer großen, weiß geränderten Sonnenbrille und ungebändigten Haarspiralen.
»Hast du Geld dabei?«
»Ich geh zuerst zur Bank.«
»Nichts da, du holst das Tonband und kommst auf der Stelle wieder, sonst vergess' ich noch, was ich sagen will.« Sie gibt ihr die Brieftasche. »Schau nach, es müßte reichen.« Die Inspiration verträgt im Moment den Anblick von Geld nicht.
Die Häuser im Stadtkern sind alle renoviert, die spätgotischen, die Renaissance-, die Barock- und die Biedermeierhäuser. Lindgrün, waschblau, pfingstrosenrosa und schönbrunnergelb. Mit grünen oder braunen Läden und weißen Rocaillen oder Simsen, mit Handwerkszeichen und Blumenkästen. Sogar die Mariensäule ist mit frischem Blattgold belegt. Pröbstl schaut und schaut. Sie weiß, daß sie schon einmal in dieser Stadt war. Dort drüben befindet sich ein Hof, durch den man zur Dreifaltigkeitskirche hinüberkommt, die das Wahrzeichen des Ortes ist. Und da vorne muß ein Geschäft sein, das eine große Auswahl an Strohblumen und Gewürzsträußen führt. Sie hat damals so einen Strauß gekauft. Mit Botond? Sie erinnert sich nicht daran. An Zürich ja oder an Paris, Botond wollte all die großen europäischen Städte kennenlernen, aber mit wem war sie in dieser kleinen, geschichtssatten Stadt gewesen?
»Du kommst nicht vor in meinem Buch, solange du mitschreibst. Es wäre mir peinlich, etwas über dich zu sagen und mir dein Gesicht vorzustellen, während du es ins Reine schreibst. Entweder du läßt dir selber etwas über dich

und unsere Bekanntschaft einfallen, oder ich füge dich erst ganz am Schluß hinzu und lass' es dann im Verlag abschreiben. Ich kann dich ja nicht gut weglassen oder?«

»Am liebsten komm ich nirgendwo vor.«

»Pröbstl, sei nicht kindisch, du spielst nun einmal eine Rolle in meinem Leben. Was ist übrigens aus deinem Bruder geworden?«

»Harro? Der ist in Amerika.«

»In Amerika? Als was?«

»Bankfachmann. In Columbus, Ohio. Drei Frauen, sechs Kinder, neun Enkel.«

»Groß, blond und älter als wir beide. Sehr arrogant.«

»Er wäre noch gerne eingerückt, zum Glück haben sie ihn nicht genommen mit seinen dreizehneinhalb Jahren.«

»Darum hat er wohl immer ein Messer in der Hosentasche gehabt.«

»Zum Schutz der Frauen und Kinder, wie der Invalide im Luftschutzkeller, der es ihm geschenkt hat, ihm einredete.«

»Sehr arrogant. Trotzdem hat er mir gefallen.«

»Der leibhaftige große Bruder. Er spielte die Rolle mit Leidenschaft. Heute ist er dick und hat eine Glatze, zumindest auf den Fotos. Ich hab ihn seit zwanzig Jahren nicht mehr gesehen.«

»Immerhin, du hast einen Bruder.«

Botond wollte von Anfang an nach Amerika, aber die amerikanischen Quoten waren voll, und er hatte keine Verwandten drüben, also hieß es warten. Er wohnte zusammen mit anderen Studenten in einem Barackenlager außerhalb der Stadt auf einem Hügel unter Büschen und Sträuchern. Als sie ihn dort zum ersten Mal besuchte, sah sie eine Karte der Vereinigten Staaten über seinem Bett hängen. Botond studierte nicht gern, war aber voller Eifer. Manchmal dachte sie, Botond habe sich nur deshalb so rasch entschlossen, sie zu heiraten, weil Harro damals schon in Amerika war. »Er kann uns doch nachkommen lassen.« Aber Harro ließ jahrelang nichts von sich hören, und als er dann doch zur Kenntnis nahm, daß er einen ungarischen Schwager hatte, schrieb er, er brauche sich nun wohl um nichts mehr zu kümmern, der Schwager sei sicher ein tüchtiger Mensch. Von sie nachkommen lassen war gar keine Rede.

Botond hatte den Gedanken an Amerika zeit ihres gemeinsamen Lebens nicht aufgegeben. Und je mehr er sich hier in Beruf und Beziehungen verstrickte, desto intensiver wurde der Traum von Geld und Unabhängigkeit in dem Land, in dem angeblich nur die Fähigkeiten eines Mannes zählten.

Botond war Zahntechniker geworden anstatt Zahnarzt. »Da verdient man mehr.« Auch war Aron bereits unterwegs, und er fühlte sich geradezu verpflichtet, mit dem Studieren aufzuhören und sich mit aller Kraft in die Praxis zu stürzen. Botond verdiente und hatte kindliche Freude an seinem Geld. Aber die Unruhe wich nicht von ihm. Sie bewunderte ihn sehr in diesen ersten Jahren. Und wenn er sie mit seiner raschen heftigen Art zum Weinen gebracht hatte, genügte es, wenn er ihr Kinn zwischen die Finger nahm, es leicht anhob und sagte »Show me your Brownie's smile!«, um sie wieder lächeln zu machen. Natürlich lernte er nebenher noch immer Englisch.

»Pröbstl, bitte beeil dich«, sagt Vevi am Zimmertelefon. »Was immer du gerade tust, beeil dich und komm zu mir. Sofort und nicht gleich, verstehst du?! Deine Strümpfe trocknen von selber. Ich will dich in Bewegung sehen. Nein. Sonst verlange ich nichts von dir. Und nimm ein einziges Mal in deinem Leben zwei Stufen auf einmal.«

TAG- UND NACHTSTÜCKE IN SCHWARZ'SCHER MANIER I

»Gott, wie häßlich!« sagte jene dreizehnte Tante, nachdem sie mich zum ersten Mal länger und mit Interesse angeschaut hatte, und: »Der Herr hat zurückgeschlagen!« Natürlich war es die dreizehnte, sie war ohne Geschenk gekommen. Dann fügte sie noch hinzu: »Genoveva, das auch noch!« Dabei hat dieser Name mich vor Wendlgard oder Erdmute gerettet.

»Man nennt dich Veverl«, behauptete sie, als wisse sie tatsächlich alles.

Jetzt war aber ich dran: »Vevi«, rief ich laut und deutlich. So schön war sie übrigens auch nicht, diese dreizehnte — oder nicht mehr.

Sie nahm mich an den Schultern und drehte mich ins Profil. »Die Nase kannst du dir ja operieren lassen, und die Augen auch, aber die Haare ... also bei den Haaren weiß ich auch nicht ...«

Ich war damals zwölf und hatte nach all den Schielbrillen eine Sehbrille bekommen. Eine sehr wichtige Brille. Es ging darum, daß man mir endlich glaubte, die Dinge, von denen ich sprach, auch gelesen zu haben.

Die dreizehnte war nur eine angeheiratete Tante. Wie ich später erfuhr, soll sie bei der Widerstandsbewegung gewesen sein, obwohl ihr Mann, mein Onkel, ein Illegaler war. Früher zumindest. Aber er ist schon dreiundvierzig gefallen, und da soll es für sie gar nicht so schwer gewesen sein, sich diesen Kreisen anzuschließen. Nach dem Krieg hat es ihr die Familie gedankt — sie hat einige damit herausrei-

ßen können. Auch hatte sie nach dem Onkel geerbt, darum kam sie wohl noch immer zu den Begräbnissen.
Das größte Begräbnis war das von meinem Großvater, den zu Lebzeiten alle den Papa nannten, mit Betonung auf der zweiten Silbe. Die Dreizehnte ist auch nach der Grablegung noch geblieben, ein paar Tage Urlaub machen in dieser schönen Gegend. Da nun mit dem Sterben die nächste Generation dran sei, könne man nicht wissen, wann sich wieder solch eine Gelegenheit biete, da wolle sie ihr Wohnrecht schon noch nützen. Vielleicht ist sie nur geblieben, um sich zu überzeugen, daß der Papa tatsächlich tot war. Nur zwei von den fünf Schwiegertöchtern sollen sich je getraut haben, dem Papa angesichts von Zeugen zu widersprechen. Die eine war die Dreizehnte und die andere meine Mutter.
Meine Mutter ist ein höflicher Mensch, sie entschuldigt sich immer für das, was sie denkt. »Entschuldige schon«, hat meine Mutter damals vor dem Leichenschmaus zu mir gesagt, »aber der Lippenstift, den du dir, ohne mich zu fragen, ausgeborgt hast, wirkt ziemlich ordinär. Du siehst aus, als hättest du dir Ferkelblut um den Mund geschmiert.«
Die Dreizehnte soll, wie ich von meiner Taufpatin erfahren habe, seinerzeit dem Papa mit ihrer Widerstandsbewegungssache die Stirn geboten haben, während meine Mutter mir öfter erzählte, wie sie selber vom Familientisch aufgesprungen war, als der Papa, der genau wußte, daß sie Paradeissauce nicht mochte, ihr erst recht einen großen Schöpfer voll in den Teller gießen mußte, und das, obwohl sie schwanger war. Sie habe auch die Tür zugeschlagen, sie aber dann, weil ihr das den anderen Familienmitgliedern gegenüber als übertrieben vorgekommen sei, noch einmal und leiser geschlossen. Aber der Papa habe sich schon ausgekannt.

Meine Taufpatin war eine Tochter vom Papa. Sie trug Brillen, so wie ich, und ist nach meiner Taufe aus der Kirche aus- und nach Kriegsende wieder in sie eingetreten. Sie war sehr sparsam, womit sie sich schließlich doch noch die Achtung vom Papa hat erringen können, der sie manchmal spöttisch fragte, was sie sich denn jetzt um ihr Doktorat alles kaufen könne. Zuerst hatte sie nämlich keine Stelle, und dann war sie verheiratet und kriegte Kinder. Früher hat sie auch noch einen Kropf gehabt, wie viele andere Menschen in dieser Gegend — angeblich weil man das Salz noch nicht jodierte —, aber der Papa hat ihr die Operation gezahlt, und danach trug sie immer ein Halstuch, damit man die Narbe nicht sah. Das Studium aber hat ihr die Mama von ihrem Körberlgeld ermöglicht, was sie zwar hart angekommen ist, doch war die Mama aus einem reichen Haus und daher wirtschaftlich und konnte mit Geld umgehen.

Die Mama hat fünf von ihren sieben Söhnen überlebt, wobei ihr die Sache mit dem Altar des Vaterlandes, auf den sie sie bahren mußte, wahrscheinlich geholfen hat, auch wenn sie mich ganz entgeistert anschaute, als ich fragte, was denn mit diesem Vaterland los gewesen ist, daß es so viele Altäre hat haben müssen.

»Das verstehst du nicht«, sagte die Mama, meine Großmutter. Immerhin kam sie aus einem Land, in dem man das Vaterland seit eh und je für besonders heilig gehalten hat, nämlich aus Tirol.

Über mich soll die Mama einmal zu meiner fünften Tante, der Witwe ihres dritten Sohnes, gesagt haben, ich komme ihr vor wie die Tochter des berühmten Haarmenschen Petrus Gonsalvus, deren Bildnis sie im Kuriositätenkabinett auf Schloß Amras besichtigen habe können, während sie mit dem Papa, meinem Großvater, zu einem Treffen der Hoteliersvereinigung nach Innsbruck gekommen war.

Ich konnte mir damals nicht viel darunter vorstellen, doch

als ich vor Jahren selbst einmal dieses Museum besuchte, verstand ich, was die Mama, meine Großmutter, gemeint hat. Aber da war Haar gerade in Mode, und ich war ganz gut dran mit meinem Wuschel.
Die Mama soll auch ziemliche Zweifel daran gehabt haben, daß mein Vater, den wir zu Hause das Papili nannten, mein Vater sei. Aber da sie vor meiner Mutter, die zwar Mami, aber nie Mamili hieß, einigen Respekt hatte, traute sie sich nie, das laut zu sagen und machte irgendeinen noch weiter zurückliegenden Seitensprung in der fürschtlichen Familie für mein Aussehen verantwortlich. Obwohl die Mama, meine Großmutter, schon doppelt so lange in unserem Ort wohnte, als ihre ganze Kindheit und Jugend in Tirol gedauert hatten, sagte sie noch immer sch statt s.

Von den Einheimischen ist meine Mutter zeit ihres Lebens die Kipferlbaronin genannt worden. Sie stammte einerseits aus einer Bäckerei, und andererseits war ihr Vater jemand, den niemand kannte, angeblich ein Hochadeliger. Aber so direkt sprach meine Mutter nie darüber. Die vielen Gerüchte und Anspielungen hatten schließlich auch ihren Reiz. Doch soll der Vater ihrer Mutter, ihr Großvater, der ortsansässige Bäckermeister, meine Mutter, nachdem sie geboren war, als echten Sommerfrischling bezeichnet und ihn seiner Tochter sofort verziehen haben. In »Leben und Tod der heiligen Genoveva« von Tieck (natürlich habe ich das Stück gelesen, als geborene Genoveva) heißt es dazu:

> Man spricht, daß solche Kinder, Liebeskinder,
> Wie man sie nennt, stets schöner, größer werden,
> Als Kinder rechter Ehen; oft trifft's zu,
> Und wie es kommt, mag der Allmächtge wissen.

Auch sehen einer jahrhunderte-, ja vielleicht jahrtausendealten abendländischen Gesetzmäßigkeit zufolge die Kegel ihren Vätern immer ähnlicher als die ehelichen Kinder, und so glaubte mein Vater, das Papili, an meiner Mutter sogar die Spuren einer Habsburgerlippe ausmachen zu können, während meine Mutter ihn bei solcher Gelegenheit nur von oben herab ansah. Sie konnte noch arroganter dreinschauen als ein irischer Wolfshund. Was mein Vater dann den »durchlauchten Blick« nannte.

Als ich später einmal die Velazquez-Porträts der Infantinnen im Kunsthistorischen Museum näher betrachtete, mußte ich tatsächlich an meine Mutter denken, nur daß meine Mutter keine solchen Basedow-Augen hatte. Allerdings konnte das Eis aus ihrem herrschaftlichen Blick bröckeln, wenn mein Vater, das Papili, in angetrunkenem Zustand weiter in ihrer Herkunft herumstocherte.

Überhaupt, der Alkohol. Mein Vater sagte, er trinke, weil er im Krieg so viel Schreckliches habe erleben müssen (damit hatte auch zu tun, daß wir ihn das Papili nannten, aber das verstand ich erst später). Während die Mami, meine Mutter, sagte, und das auch nur, wenn sie wirklich böse war, daß das Papili dann gleich zu den Legitimisten oder in den Widerstand hätte gehen können, wenn der Krieg ohnehin so schrecklich war, dann wären wir danach wenigstens anders dagestanden. Sie sei sowieso von Anfang an gegen den Herrn Schickelgruber, diesen Parvenü, gewesen, und der Antisemitismus sei überhaupt vulgär, wenn man bedenke, in welchen Kreisen manche Juden verkehrt hätten. Und deshalb sei ihr meine Nase auch ganz egal, aber insgesamt hat auch sie vor meinem Aussehen kapituliert. Und wenn sie hin und wieder von den ausgereiften Lebensformen früherer Zeiten sprach, meinte sie wohl auch, daß es mir in der Klosterschule gut genug gefallen könnte, um meine Häßlichkeit unbeschadet unter einer Kutte zu verbergen. Heute finde ich ihre Vorsorgebestrebungen geradezu rührend, damals war ich jedoch auf der Hut, um nicht unter die falsche Haube zu kommen. Meine Mutter war nämlich ein großes Organisationstalent.

Trotz aller angeborenen Höflichkeit konnte Mami, meine

Mutter, auch ziemlich scharf werden. »Entschuldige schon«, sagte sie bei Androhung einer Ohrfeige, »aber die wird zischen wie ein nackter Hintern auf einer heißen Herdplatte.« Man muß ihr jedoch zugute halten, daß sie ihre berüchtigten Vergleiche meist nur einmal anstellte — vielleicht hab ich sie mir deshalb so gut gemerkt.

Ich war vielleicht zehn, als ich zufällig nachts dazukam, wie sie meinen angetrunkenen Vater, das Papili, an den Haaren vor den Spiegel ihres Frisiertischchens zerrte, ihm dieselben dann noch zauste und ihn anfauchte: »Na, was siehst du da?« Das Papili ließ den Kopf auf die Arme sinken und starrte sich in die blutunterlaufenen Augen.

»Weißt du jetzt«, schrie Mami, meine Mutter, »von wem deine Tochter die Schönheit hat?«

Das Papili versank immer mehr in den eigenen dräuenden Anblick.

»Das arme Kind hat dein Nachtgesicht geerbt«, sagte Mami, meine Mutter, »und muß damit durchs Leben gehen — auch tagsüber.« Daraufhin ließ sie sich ins Bett fallen, ohne sich weiter um das Papili zu kümmern, das mittlerweile vor dem Frisiertischchen eingeschlafen war.

Ich hatte nicht ganz verstanden, worauf sie hinauswollte, und schlich mich, so leise ich konnte, in mein Zimmer zurück. Mir gefiel der Ausdruck Nachtgesicht, ich stellte mir wunder weiß was darunter vor. Am nächsten Tag fragte ich die Seraf, unser langjähriges Stubenmädchen, was sie von meinem Nachtgesicht halte. Sie schaute mich entgeistert an, sagte: »Jesasmarantana, ein Nachtgesicht auch noch!« Dann streichelte sie meinen Wuschel und seufzte: »War das Papili wieder angesoffen?« Ich nickte. Das war kein Geheimnis. Und die Seraf wußte sowieso alles. Im Grunde ist die Seraf die wahre Chronistin der Familiengeschichte — ich verdanke ihr viel.

Der Papa hatte dafür gesorgt, daß meine Eltern, die Mami und das im Krieg verwundete und für den Rest seines Lebens zu Schaden gekommene Papili, einen seiner Beherbergungsbetriebe übernehmen konnten, in dem vor allem die Gäste mit Kindern und Hunden untergebracht werden sollten, die er im großen Hotel nicht haben wollte.
Unter Beherbergungsbetrieb war eine kleine, etwa dreißigbettige Pension namens SEEBLICK zu verstehen, in exclusiver Lage, mit Frühstück und Parkbenutzung, wie im Prospekt zu lesen stand, und das alles zu bürgerlichen Preisen, was soviel wie erschwinglich heißen sollte. Wir hatten also immer Leute im Haus, bis auf die toten Saisonen im Dezember und im April.
Meine Mutter war eine schöne Frau, und sie hatte die Fähigkeit zuzuhören. »Ich könnte Romane schreiben«, sagte sie manchmal, »wenn ich auch nur einen Bruchteil von dem, was mir die Leute erzählen, zu Papier brächte.« Die unterschiedlichsten Männer haben sich brennend für sie interessiert, worum ich sie sehr beneidete. Ein Freiheitskämpfer der revolutionären Sozialisten, der in den letzten Kriegstagen mit dem Fallschirm in der Gegend abgesprungen war, schenkte ihr Ende der vierziger Jahre das Buch, das er darüber geschrieben hatte, mit der Widmung: »Im Gleichklang der Herzen liegt die Wurzel aller Freundschaft!« obwohl das Herz meiner Mutter eher monarchistisch klang, wenn es sich überhaupt verlauten ließ.
Das Papili versuchte sich über diese »Amour der Mami«, wie er es nannte, lustig zu machen, indem er zum Beispiel sagte: »Heini, der Springer, hat wieder angerufen.« Worauf Mami, meine Mutter, antwortete: »Entschuldige schon, aber der ist wenigstens wieder auf die Füße gekommen.« Da griff sich mein Vater, das Papili, an den Kopf und flüsterte: »Ich weiß, daß du mich für vollkommen vertrottelt hältst, aber so blöd bin ich auch wieder nicht.«
»Entschuldige schon«, erwiderte Mami, meine Mutter,

und blickte ihren irischen Wolfshundblick, »das hat kein Mensch behauptet. Nur deine Witze sind unter deinem sonstigen Niveau.«
Da konnte mein Vater, das Papili, gar nicht mehr viel drauf sagen, wenn sie ihm schon so großzügig ein sonstiges Niveau zugestand.

Mein Vater, das Papili, hatte später immer betont, daß er von Anfang an nicht daran geglaubt habe, daß die Klosterschule für was anderes gut sei, als daß ich ins Gymnasium ginge. Er habe, erklärte er, diese ganze Idee von mir als Klosterschwester ganz und gar nicht ernst genommen, und selbst wenn ich, durch jugendliche Bigotterie verführt, irgendwelche Anstalten dazu getroffen hätte, wäre er mir schon in die Quere gekommen, und notfalls hätte er die Mami schon zur Vernunft gebracht. Denn eigentlich sei das Ganze nur ein Spleen von ihr gewesen.
Es war in der Nacht zu meinem sechzehnten Geburtstag. Die Mami, meine Mutter, war schon schlafen gegangen, und wir hatten uns gerade die zweite Flasche Grünen Veltliner aufgemacht, als das Papili, mein Vater, mich über die Freiheit der Häßlichkeit aufzuklären begann.
»Vevi«, sagte er, »dein Fall ist ein Glücksfall. Du kannst tun, was du willst.« Ich hatte zwar schon derartiges geahnt, war mir aber über die tatsächlichen Möglichkeiten dieses Glücksfalls noch nicht im klaren. »Schau, deine Mutter ist eine schöne Frau, aber was hat sie davon? Zeit ihres Lebens hat sie sich damit herumschlagen müssen, wie sie auf Menschen wie mich, nämlich Männer, wirkt. Ist sie zu freundlich, rückt jeder ihr auf den Pelz, ist sie unfreundlich, heißt es: Dummheit und Stolz … Was immer die Mami tut, es ist wie ein Zeichen. Und je anständiger sie sich benimmt, desto mehr Menschen wie mich macht sie unglücklich.«
»Warum?« Ich hätte das gerne genauer gewußt, aber mein

Vater, das Papili, weigerte sich, weiter über die Mami als schöne Frau zu sprechen. »Es ist dein Geburtstag«, sagte er, »heute wollen wir über dich sprechen. Schau, du weißt gar nicht, was du dir alles ersparst. Komm, stoßen wir an auf deine Freiheit! Kein Mensch erwartet etwas von dir, niemand fällt vor dir auf die Knie, keiner mißgönnt dich einem anderen. Niemand will dich in seine Gewalt bringen und keiner erpreßt dich mit einem angedrohten Selbstmord.«

»Na und ich?« sagte ich, nachdem ich meinem Vater, dem Papili, bis dahin aufmerksam gefolgt war, nicht ohne Stolz und Selbstmitleid, »wo bleibe ich? Ich meine, was werde ich einmal tun?« Ich hätte gerne gesagt: Und wer liebt mich? Aber da unterbrach er mich mit der Bestimmtheit der Überzeugung: »Du suchst dir's aus, vorausgesetzt, du weißt, was du willst. Du kannst dir alles aussuchen.«

Ich war so baff, daß ich erst einmal gar nichts sagte. Ich konnte es mir also aussuchen, damit hatte ich nicht gerechnet. Aber wenn mein Vater, das Papili, es sagte, mußte etwas dran sein. Nicht weil ich ihn für so überaus klug gehalten hätte, sondern weil er eine Art Lebenskünstler war. Selbst seinen Alkoholkonsum hatte er gewissermaßen im Griff, indem er nur nachts trank. Und jetzt war Nacht.

Als ich mich soweit erfangen hatte, um ihn wieder ausfragen zu können, stellte sich heraus, daß er nicht mehr in der Lage war, mir zu antworten. Der Griff meines Vaters hatte sich gelockert, und schon unterschwemmte der Wein sein Sprechvermögen. Er begann zu lallen, und ich brachte ihn zu Bett. Ich hatte Übung darin. Außerdem gehörte mein Vater, das Papili, zu den nicht randalierenden Trinkern. Vielleicht hatte auch das mit seinen schrecklichen Kriegserlebnissen zu tun. Mami, meine Mutter, schlief schon, und ich ließ das Papili vorsichtig in sein Bett, das sich an der anderen Zimmerwand befand, plumpsen, ohne ihm mehr als die Schuhe auszuziehen. Plötzlich kam doch noch

ein zusammenhängender Satz aus seinem Mund: »Deine Freiheit und dem Rothschild sein Geld ...« Darauf versank er endgültig und kichernd in seinen Pölstern.
Daß meine Eltern noch immer im selben Zimmer schliefen, war ein Zugeständnis an den Beherbergungsbetrieb. Da wir in der Pension auch wohnten, hätte jeder weitere Raum ein bis zwei Gästebetten gekostet, und das konnte nicht einmal Mami, meine Mutter, wollen.

Ich war ein frühreifes Kind. Schon mit acht wußte ich, was ich wollte. Die Frage war nur, wie dazu kommen? Den erhaltenen Fotos zufolge ähnelte ich damals mehr einem Waldschrat als einem menschlichen Wesen, dennoch stammt mein großes Erlebnis aus jener Zeit.
Der Cousin meiner Mutter, ein schöner Mensch, der in Wien lebte und nur im Sommer zu Besuch kam, erweckte als erster sogenannte Gefühle in mir. Er kümmerte sich nicht besonders um mich, obgleich er mir jedes Mal ein Säckchen Kirstein Blockmalz mitbrachte. Ja, ich glaube, daß er sich meiner, selbst als Nichte zweiten Grades, ein wenig schämte. Er beschäftigte meine Phantasie in einem Ausmaß, daß ich ihn gar nicht aus den Augen lassen konnte. Ich war immer in seiner Nähe, ohne daß er mich sehen mußte. Eines Abends saß er im Aufenthaltsraum, den wir den Salon nannten und in dem damals das Radio, noch ein sogenannter Volksempfänger, stand, während es später einen Fernseher für die Gäste gab. Ich glaube, er hörte eine Kabarett-Sendung, ein Funk-Brettl, wie sie damals sehr beliebt waren. Ich aber hatte mich heimlich an ihn herangemacht und kauerte neben dem Sofa, während ich meinen Kopf gegen die Armlehne preßte. Und plötzlich begann er, meinen Wuschel zu kraulen. Selbstvergessen, mit einer Hand, die keinen seiner Gedanken beschäftigte, sich aber

umso gründlicher meiner Kopfhaut widmete und meinen Pelz durch die Finger gleiten ließ. Es war himmlisch. Mein ganzes Wesen verlangte danach, zu schnurren oder zu seufzen, und am liebsten hätte ich ihn in jeden Finger einzeln gebissen, um meinem Glück ein wenig Luft zu machen. Er muß mich mit unserem Hund, der eine Hündin war, verwechselt haben, denn als Zottel dann hereinkam — wie jeder kluge Hund, konnte sie sich die Türen selber aufmachen —, schaute der Cousin meiner Mutter verblüfft auf, und da merkte er erst, daß er meinen Wuschel gestreichelt hatte. Natürlich begriff ich viel schneller als er, und obwohl es mir furchtbar leid tat, daß er seine Hand zurückzog, war ich neugierig, wie er sich aus der Affäre ziehen würde.

»Schau an«, sagte er in gespielt kindlichem Ton, der sowohl mir als auch dem Hund galt, »jetzt will ich aber wirklich ausprobieren, wer von euch beiden die seidigeren Lokken hat.« Und er fuhr mit der einen Hand mir und mit der anderen Zottel durch den Pelz.

»Na, wer schon?« fragte ich, die ich die Wahrheit kannte, ich war ja nicht blöd. Ich wußte, daß er lügen würde, schließlich war ich seine Nichte — wenn auch nur zweiten Grades —, aber da hatte ich ihn unterschätzt. Er streichelte uns beide ziemlich ausgiebig, worauf er behauptete, er könne es nicht sagen, wir seien beide so angenehm kuschelig. Mein Herz schlug wild. Aber die Farbe von meinem Haar gefalle ihm besser; so ein nächtliches Rabenschwarz, meinte er dann, nachdem er mehrmals den Blick zwischen Zottel und mir hin und her gehen hatte lassen.

Er war also meiner Leidenschaft würdig.

Wir blieben noch eine Weile so sitzen, und er kraulte uns beide, während die Witze nur so aus dem Volksempfänger polterten. Von da an war ich, was meine Wünsche anging, nie mehr unschuldig.

DIE ANDERE WELT

Nichts hörte auf, kein Ende war endgültig. Auch mit ihr würde es weitergehen in einer anderen Form. Sie wußte nicht in welcher, aber man konnte es vielleicht beeinflussen. Sie war entschlossen einzugreifen, Vorsorge zu tragen. Der fliehende Blick dieses Kindes hatte ihr Bild mitgenommen, es im Sterben aufbewahrt. Auf diese Weise würde sie wiedererkennbar sein. Man konnte sich aussuchen, mit wem man fortleben wollte. Obgleich nicht sicher war, ob das auch auf Rosig zutraf, gab sie die Hoffnung nicht auf. Rosig, rosig, was war schon rosig?! Sie war in einem Alter, in dem man die Dinge im Leib geschehen lassen konnte. Es gab keine Zukunft, bloß Abkunft und Ankunft. Nur kleine Korrekturen zur Linderung, aber keine großen Eingriffe mehr. So schwor sie sich. Wenn es soweit war, würde sie schon in den vorbereiteten Pflanzgraben fallen, eine Mulchdecke überziehen und hinüberwachsen.
Sie ging noch leicht, konnte heben, hörte und sah gut, verrichtete die tausend gewohnten Handgriffe, wenn auch langsamer als vor einem Monat, als sie noch täglich in den Verlag gefahren war. Die Spannung ließ nach, nichts trieb sie, nirgendwohin. Jetzt wollte sie nicht einmal mehr zu Besuch hingehen. Die Neuen, die Nachfolgerin der Kollegin von den Lizenzen und ihre eigene, interessierten sie nicht. Sie suchte nach bekannten Gesichtern, deren Geschichte ihr vertraut war. Sie gestand sich ein, daß auch sie schuld daran hatte, daß die meisten ihrer Beziehungen keine mehr waren. Sie hatte in all den Jahren, die sie auf dem Dach wohnte, nichts dazu getan, sie aufrecht zu halten.

Niemand schien es ihr besonders übel genommen zu haben. Eine alte Frau wie sie wirkte auf die wenigsten Menschen anziehend. Familie hatte sie keine, längst nicht mehr. Da waren natürlich noch welche von seiten ihres Mannes, deren Kinder und Enkelkinder, aber um die hatte sie sich erst recht nicht gekümmert.
Sie sah die kleine Mansardenwohnung über dem Stallgebäude vor sich, in die sie nach der Hochzeit mit Werner gezogen war, vorläufig, bis der Krieg zu Ende wäre und sich herausstellte, ob Werner gleich ins Hotel der Schwiegereltern einsteigen oder ob er sich zuerst in einer der Dependancen zu bewähren haben würde wie Leo, der Mann von Regula.
Der zimtene Geruch der Steinnelken, die in einem Kasten vor dem Fenster hingen, mischte sich mit dem der beiden Kutschpferde darunter. Zwischen einer Tanne und dem Tennisplatz flimmerte ein Stück See, oberhalb der Tanne lief der Berg in eine Felskuppe aus, und wenn sie sich auf die Zehen stellte, konnte sie auch noch das Dach der Badehütte drunten am Ufer erspähen.
Auf der anderen Seite lag der Friedhof. Die Mauer von Efeu überwuchert, die Gräber von fetten Totenblumen besetzt, deren Farben sich leuchtend gegen den Kies abhoben. Sie konnte förmlich zusehen, wie in der nordöstlichen Ecke aus all den weggeworfenen Pflanzenresten und vertrockneten Kränzen schwarze Erde wurde, die der Friedhofsgärtner auf die Beete frischer Gräber kippte.
Unter dem Dach nistete ein Siebenschläfer, der sie nachts hochfahren ließ, in der Angst, es klettere jemand übers Dach. Aber sie gewöhnte sich daran, wie an das Scharren der Kutschpferde und an die Glocken der Kühe, die im Spätherbst die Hangfelder hinter dem Stallgebäude noch einmal abgrasten. Sie hatte im Kopf, wieviel Milch jede einzelne gab. Nach kurzem war sie für ihren Schwiegervater so gut wie unentbehrlich. Sie verrechnete sich nie.

Trude war die einzige der Schwiegertöchter, der er einen gewissen Respekt entgegenbrachte. Manchmal nahm er sie auf einen Spaziergang rund um den See mit, weil sie, wie er der Schwiegermutter gegenüber behauptete, der einzige Mensch in seiner Umgebung sei, der ein Hirn im Kopf habe und damit denken könne. Er ging ein auf ihre Vorschläge und bewunderte, daß sie die Zahlen alle zur Hand hatte. Sie war wohl die einzige, der er hin und wieder einen Blick auf seine Phantasien und Visionen erlaubte, die geradezu von imperialem Zuschnitt waren. Er hatte seit Jahren den Plan, das ganze bebaute Seeufer in seinen Besitz zu bringen, was ihm zum Teil schon gelungen war, sei's durch Erbschaft, sei's durch Erwerb. Er war sogar bereit, Grundstücke, die gegen den Berg oder die Verbindungsstraße zu lagen, einzutauschen, natürlich nur, wenn es gar nicht anders ging. Am gegenüberliegenden, nicht bebaubaren Ufer stellte er sich gelegentlich auf einen großen Stein und reichte ihr den Arm, um sie hochzuziehen.
»Da schau«, sagte er dann, »die Villen und Bootshäuser ...« Er machte eine Bewegung, als streife er sie alle in seinen Sack. »Das gehört zusammen, das gehört in einen Besitz.«
Für sie war es wie ein Spiel, eine Denkaufgabe. In Wirklichkeit interessierten sie die alten Seehäuser nicht. Auch nicht, als der Alte sagte, wenn der Coup zur Gänze gelinge, könne sie sich eins für sich und Werner aussuchen. Das war noch vor Werners letztem Urlaub gewesen. Den Coup hatten sie auf den Spaziergängen weitergesponnen. Die eine der Seevillen, nach der dem Alten die Zähne besonders lang waren, hatte einem jüdischen Industriellen gehört, der mit Schwager Leo befreundet war und diesem angeblich die Villa auch hatte verkaufen wollen, bevor er emigriert war. Aber die Arisierer waren schneller gewesen. Als Leo sein deklariertes Vorkaufsrecht geltend machen woll-

te, hatte man ihn bereits für politisch unzuverlässig erklärt und gleich darauf einberufen, direkt an die Front.
Leos Frau, die schöne Regula, war gerade schwanger und wohnte in der angrenzenden Pension, einer Dependance des großen Hauses, das der Alte noch selber führte. Darauf baute der Coup — Schwangere waren wer unterm Regime —, auch wenn von Regula das Gerücht ging, sie sei anders eingestellt. Einer ihrer Spleens, der wohl mit ihrer Herkunft zu tun hatte. Regula sollte also ihren dicken Bauch zum Bürgermeister schleppen und nochmals die Kaufbewilligung beantragen. »Sie muß sich auf den Bedarf berufen«, riet Trude. Sie und der Schwiegervater hatten ausgerechnet, wieviel das Haus samt Grund maximal kosten durfte, ohne daß die Ausgaben den Gesamtbesitz zu sehr belasteten. Aber Regula hatte dann alles verdorben, in ihrer schüchtern-arroganten Art. Anstatt sich aufs Bitten und Feilschen zu verlegen, hatte sie einfach gesagt: »Entschuldigung, aber ich weiß schon, warum ihr mir das Haus nicht gebt. Ich hab ja gesehen, was ihr schon alles rausgetragen habt.«
Regula war ihr die Liebste unter den Schwägerinnen, bei weitem die Liebste. Aber auch sie hatte sie aus den Augen verloren, seit sie nicht mehr zu den Familienfesten fuhr, und das war lange her.
Sie mußte herausfinden, ob Regula noch wohlauf war. Mit Regula würde sie zusammensein wollen.
»Weißt du, Trude«, hatte Regula einmal zu ihr gesagt, »ich versteh gar nicht, warum die Leute immer so einen Terror machen. Verstehst du, warum dieser Krieg sein muß?«
Für Regula würde sie sogar die Dachterrasse für eine Weile verlassen. Warum Regula ihr nicht längst eingefallen war? Sie holte das Album mit dem Preßspanrücken und den aufgemalten Vögeln und Herzen aus ihrer Kommode und suchte nach Fotos von Regula. Sie fand nur zwei. Auf dem einen waren sie beide und noch eine Schwägerin, die Frau

des ältesten Bruders, zusammen mit drei der jüngeren Brüder, die gerade auf Heimaturlaub waren. Sie standen auf den Stufen zur großen Veranda, trugen Dirndlkleider mit dunkelgrauen, grün ausgenähten Spenzern und lachten, als hätte gerade jemand gesagt, der Krieg sei aus. Aber es war noch lang bis dahin. Auf dem andern Bild stand Regula mit der Schwiegermutter und dem Schwiegervater vor einer hohen Schneewächte, die ihre Köpfe überragte. Regulas Fohlenfellmantel mit dem Fuchskragen klaffte, eng geschnitten, wie er war, über ihrem großen Bauch auseinander, und sie verschränkte schützend die Arme darüber. Der Schwiegervater trug einen Steirerhut und einen Schladminger, einen semmelfarbenen, grau gesprenkelten Überzieher aus gewalktem Filz. Die Schwiegermutter aber verschwand bis zu den Knöcheln in ihrem etwas zu langen Persianer, den sie zu Weihnachten bekommen hatte. Der Schwiegervater hatte ihn ihr seit Jahren versprochen gehabt, sie aber war mittlerweile wohl etwas geschrumpft; zwei ihrer Söhne waren bereits tot.

Seit Trude nicht mehr in den Verlag ging, wo die wichtigsten Zeitungen und Magazine auflagen, kaufte sie sich gelegentlich selber so ein Blatt, obgleich sie es nicht wirklich las, bloß den Leitartikel überflog und die Todesfälle registrierte. Danach hielt sie es ein paar Minuten unter fließendes Wasser und arbeitete es in ihren Kompost ein, damit es schneller verrottete. Sie hatte Duftwicken zu ziehen begonnen, das dauerte nicht so lange, und wer wußte schon, wieviel Zeit sie noch hatte.
Rosig, rosig, was war schon rosig. Ein Befund war ein Befund, das schon, aber man konnte auf verschiedene Weisen verstehen, was er bedeutete. Noch hatte sie keine Schmerzen, und je mehr sie es darauf ankommen ließ, desto schneller würde es dann gehen.
Warum ihr Regula nicht längst eingefallen war? Ob sie

noch immer an der Rezeption saß? Und Leo? Ach ja, Leo war schon vor Jahren gestorben. Man hatte ihr eine Parte geschickt, und sie hatte brieflich kondoliert, das war alles. Was der einmal für ein Mann gewesen war — und dann das! Nichts mehr zu wollen. Entweder war Regula eine Heilige oder sie war besonders raffiniert. Heilige gibt's nicht. Irgendwie wird sie sich zu helfen gewußt haben. Und wenn nicht? Hatte sie sich denn zu helfen gewußt? Vielleicht hatte Regula doch jemanden gehabt. Später. Sie hatte kaum mehr etwas von ihr gehört. Auch nie nachgefragt. Vielleicht als das Kind größer war. Sie hatte die Verbindung abreißen lassen, sich nicht mehr gerührt, auf Einladungen und Postkarten nur förmlich geantwortet. Sie mußte Regula ausfindig machen. Sie würde ins nächste Postamt gehen und sich das Telefonbuch des betreffenden Bundeslandes geben lassen. Die alten Telefonnummern stimmten sicher nicht mehr. Und wenn Regula nicht mehr in der Pension lebte, würde sie mit dem Nachfragen beginnen. Die Sonne setzte das Wachstum dieses Frühsommers weiter in Bewegung, dazwischen fiel eine Wolke in hellauf klatschenden Tropfen aufs Dach und die Terrasse. Sie konnte den Regenbogen nicht entdecken und lehnte sich in den Korbstuhl unterm bereits von Blättern abgedichteten Laubendach zurück, das ihre Augen mit Schatten bedeckte.

Sie sah sich und das Kind, nicht Regulas Kind, das andere, in einem Baum sitzen, besser gesagt haften, mit dem ganzen Körper eingeschmiegt, vielleicht aber waren sie schon ein Teil des Baumes. Ihre Gestalt hatte sich verändert, war umfassend geworden und farbreich. Dennoch wußte sie, daß sie es waren, und von irgendwoher erklang Regulas Stimme, sie konnten miteinander reden. Süß war dieses Reden. Das Kind lachte. »Ich hab die Engel gesehen.« Und dann kam Rosig, kam in die Astgabel gerollt, ohne zu kratzen, nur ihr rotes Auge glühte so stark, daß das weiße

Fell rosa zu schimmern begann. Sie spürte, daß sie nicht allein war, die Luft tönte, ohne daß sie etwas davon verstand. Es redete, es redete allenthalben in den Bäumen. Regulas Stimme und dieses Kind — das waren die Ihren. Und so süß kamen die Worte aus Regulas Mund. Sie lauschte noch lange nach.

Trudes Pensionsverfahren war noch nicht abgeschlossen. Sie wußte auf den Groschen genau, was sie zu bekommen hatte, aber der Beamtenapparat der Republik war ein Hort der Schlamperei und des unnötigen Bürokratismus, und warum? Weil die meisten sich bei dem, was sie taten, nicht auskannten. Mangelnder Einblick und mangelnde Fähigkeiten. Warum immer die falschen Leute in den falschen Büros saßen? Wußte niemand mehr über seine Vorlieben und Begabungen Bescheid? Oder fielen sie schon alle aufs Gerede vom Leben herein, das im Gegensatz zur Arbeit, zum Beruf, zur Funktion stehen sollte? Wie jämmerlich sie an dieses losgelöste Leben herangingen. Hauptsache, es kostete sie was. Es beruhigte Trude nicht, erfüllte sie aber mit einer gewissen Befriedigung: die Jetzigen waren auch nicht gescheiter. Obgleich ihnen so viel mehr zur Verfügung stand, an allem, auch an Wissen. Von dem sie spärlich Gebrauch machten. Und wie sie sich aufplusterten, wenn ihnen ein Brösel im Hals stecken blieb. Wo blieben ihre Taten? Die Gunst der Stunde hatte sich längst verbraucht. Und die Frauen, für die sich angeblich am meisten geändert hatte? Ein Beispiel, die Kollegin aus der Lizenz-Abteilung. Ein einziger unvermuteter Schlag — und sie war vollkommen von den Beinen. Diesbezüglich war wohl alles noch beim alten.

Der Coup mit der Villa am See, die wie ein Fremdkörper — so die Worte des Schwiegervaters — zwischen den anderen, bereits im Familienbesitz befindlichen stand, war nicht geglückt. Im geheimen hatte der Schwiegervater nicht aufgegeben. »Wart nur, wenn das Regime einmal zusammenkracht!« Es war das erste Mal, daß er sich so etwas laut zu denken gestattete. Sie schaute verdutzt. »Ich glaube, der Führer hat keine Ahnung, was seine Kreaturen hier aufführen.«

»Und wenn er es weiß?« Es kam wie ein Reflex bei ihr, dieses Fragen, ihre Stärke in der Betriebswirtschaft.

»Bleib bei deinen Belegen, Trude.« Es klang nicht ungehalten, aber bestimmt. »Bei allem, was ich dir zugestehe, Politik ist nun einmal Männersache.«

»Und was ist mit dem BDM und der NS-Frauenschaft?«

»Soviel ich weiß, gehst du gar nicht hin.«

Sie betrachtete ihre Schuhspitzen, die sich unter einen den Weg überwachsenden Ast bohrten. »Nein, ich gehe nicht hin.« Der Schwiegervater achtete nicht weiter darauf.

»Wie die Dinge stehen, hilft nur die Landwirtschaft. Glaubst du, ist die alte Juli mit den fünf Kühen tatsächlich ausgelastet?«

»Die kann nicht mehr. Ich helfe ihr gern, wenn du erlaubst.«

»Dich brauch ich im Büro, vor allem während der Saison. Sechzig Betten, das heißt sechzig Abrechnungen, von der täglichen Versorgungskalkulation ganz zu schweigen.« Sie hatte genaue Berechnungen darüber angestellt, wieviel täglich an Grundnahrungsmitteln und wieviel von den zugelieferten Extras, je nach Frontverlauf Edelkastanien und Trüffeln oder Krimsekt und Kaviar, verbraucht werden durften, ohne daß die Gäste unzufrieden wurden oder die Mittel ausgingen.

Mittags und abends saß sie abwechselnd mit ihrer Schwiegermutter an der Küchenkasse, spießte die einzelnen Bons auf verschiedene Nägel und achtete darauf, daß die Serviererinnen mit den richtigen Tellern zu den Tischen im Gastgarten liefen. Sie haßte die Küche, das Geschrei der Köchinnen und Zahlkellnerinnen, die geruchsgesättigte Hitze, das Klirren und Klappern von Geschirr und Besteck und die ständige Übereilung. Die Gäste waren hungrig von der scharfen Luft, den Bergen, dem Wasser, und wenn sie nicht sofort zu essen bekamen, wurden sie übellaunig und mißmutig. Sie hätte bei weitem lieber in der Landwirtschaft geholfen.

Trude hatte eine mit Zucchini bepflanzte Kiste neben ihrer Kompostiertrommel stehen und erntete jedes Jahr, natürlich nur für den eigenen Gebrauch. Die Leute waren dumm genug, sich alles aus der Hand nehmen zu lassen. Um weniger zu tun zu haben? Dafür Sport. Je anstrengender, desto lieber. Das war nie eine Herausforderung für sie gewesen. Schwimmen ja. Morgens runter zum See, noch vor dem Frühstück, und sich dann aufwärmen an einer Tasse heißem Tee. Aber schon Schifahren war ihr eine Plage gewesen, sie lernte es nie.

Im Winter von 44 auf 45 waren einige Widerstandskämpfer hinauf in die Almhütten geflüchtet und konnten nur auf Schiern versorgt werden. Das wäre ihr nicht möglich gewesen. Aber sie hatte genau berechnet, wieviel ein Mann pro Tag brauchte, um nicht nur am Leben, sondern einsatzfähig zu bleiben.

Sie hatte sich damals vor zehn Jahren von den meisten ihrer Möbel getrennt und nur das Nötigste mit heraufgenommen, Bett, Tisch, Schrank, ein paar Stühle. Die Küche war eingebaut, das Bad ebenfalls. Ihre Bücher, die Alben und die paar Ordner mit persönlichen Schriftstücken standen in dem Regal, das der Verleger sich seinerzeit gebaut hatte. Er ließ es ihr. »Ein Geschenk«, hatte er lächelnd gesagt. Wohin auch damit? Er hätte es rausreißen lassen müssen, es war in eine Wandnische geschraubt. Die Wohnung gehörte ihr inzwischen, sie hatte sie vor zwei Jahren ausbezahlt.

»Bei den Preisen ist sie heute ein Vermögen wert, Trude«, hatte der Verleger sie noch wissen lassen. »Damit können Sie sich in ein Sanatorium einkaufen, wenn Ihnen nicht mehr danach ist, alles selber zu machen.« Der Befund war tatsächlich nicht rosig, aber was hieß schon rosig?!

Zwei Monate nach Werners Tod machte der Schwiegervater ihr einen Vorschlag, das heißt, er richtete eine Forderung an sie. »Ich möchte dich nicht verlieren, Trude, ich weiß, du bist jung, und wo aus dem Kind nichts geworden ist ... Du wirst den Ferdinand heiraten. Er ist das beste, was ich dir bieten kann. Wie du weißt, kommt er nächste Woche für ein paar Tage auf Urlaub.«
Sie schaute ihn an und lachte das erste Mal seit der Nachricht von Werners Tod. Er meinte es ernst.
»Wie stellst du dir das denn vor, Papa?«
»Ganz einfach. Er ist mein Sohn, und ich sage zu ihm, du heiratest die Trude, das ist das beste, was dir passieren kann.«
»Und ich? Wer kümmert sich um mich?«
Er legte den Arm um ihre Schulter. »Selber kann ich leider nicht, und er ist der einzige, dem ich dich gönn.«
»Und wer fragt mich?«
»Herrschaft, was schreist du denn so?« Sie war tatsächlich laut geworden. »Du weißt doch, daß ich dich brauche. Wie soll ich den Besitz zusammenhalten mit all den Hallodris in der Familie? Schau sie dir an, diese Buben, keiner hat für zehn Kreuzer Verstand, alles Luftikusse, die vor lauter Kriegspielen nicht wissen, was es heißt, ein Ziel vor Augen zu haben.«
Werner war der dritte von den sieben Söhnen, der nun tot war, der zweite, der im Krieg sein Ende gefunden hatte. Alois war bereits im Juli 34 bei der Bekämpfung eines Putschversuches der Nationalsozialisten ums Leben gekommen. Das Gerücht ging, er sei mit seinen siebzehn Jahren

bereits Sozialist gewesen. Über ihn wurde in der Familie kaum gesprochen, er war der einzige Brillenträger unter den Brüdern. Die Schwiegermutter flüchtete sich in Stolz und ins Vaterland. In Wirklichkeit liebte sie ihre Tochter Marie, und die träumte sich in eine Blondheit hinein, die mit dem Schwert eine heilige Ordnung schaffen sollte unter all den Minderen, die ihr höchstpersönlich die Welt vorenthielten. Und das ungerührt, obwohl sie in Ohnmacht zu fallen pflegte, wenn sich jemand in den Finger schnitt. Sie konnte kein Blut sehen, nur hören wollte sie dauernd davon.

»Liebe Trude«, hatte der Verleger bei der Abschiedsfeier gesagt, »eingedenk Ihrer langen, erfolgreichen und immer präzisen Mitarbeit in diesem Haus haben wir uns etwas einfallen lassen für Sie, an dem Sie hoffentlich Freude haben.«
Eine Uhr. Eine Uhr als Kunstwerk. Eine Skulptur als Uhr, das Gehäuse in Bronze gegossen — modern; und wie sie fand, völlig überflüssig. Ausgerechnet eine Uhr, jetzt, wo ihr die Zeit nichts mehr bedeutete. Aber sie war an diese Art von Gedankenlosigkeit ihr gegenüber gewöhnt. Kühlen Verstandes versuchte sie abzuschätzen, was sie dafür bekommen könnte, wenn sie sie verkaufte. Davon würde sie dann mehrmals gut essen gehen, sie kochte noch immer ungern. Was übrigblieb, ließ sie sich einpacken. Früher hatte Rosig ihre Freude dran gehabt, jetzt verteilte sie die Reste im Kompost. Ihr rechnerisches Talent ließ nicht zu, daß sie etwas vergeudete. Das ist nicht Geiz, sagte sie sich, sondern Einsicht.

Es hatte sie einen Vormittag gekostet, herauszufinden, wo Regula sich befand. Aber es hatte sich gelohnt. Sie mußte sich ein wenig Zeit geben, um mit der unverhofften Tatsache zurechtzukommen. Regula war hier. In einem Krankenhaus dieser Stadt, und sollte operiert werden. Vielleicht

war es nicht so gut, sich vor der Operation bei ihr zu melden. Es würde sie aufregen nach all den Jahren. Andererseits ...
Sie war selber aufgeregt. Wo waren die Jahre hingekommen, und was hatte sie mit ihnen gemacht? Nichts. Von Regula aus gesehen, nichts. Man hatte ihr nicht sagen wollen, um welche Art von Operation es sich handelte, aber sie glaubte verstanden zu haben. Es fiel ihr schwer, sich an den Gedanken zu gewöhnen, daß sie ins Spital gehen mußte, um Regula zu sehen. Sie war seit ihrem Abortus vor fast fünzig Jahren in keinem Spital mehr gewesen.

Einen Tag später hatte Trude ihrem Schwiegervater erklärt, sie würde auch so bleiben, ohne Ferdinand — wo sollte sie schließlich hin, sie wollte auch nicht dienstverpflichtet werden —, er solle sie anstellen und ihr ein kleines Gehalt bezahlen, damit sie abgesichert sei. Sie handelten einen Vertrag miteinander aus, der ihr unter anderem als Erbin nach Werner ein Wohnrecht zusicherte und den Fruchtgenuß von einem halben Hektar Wald. Als sie Regula die Sache mit Ferdinand erzählte, schlug diese die Hände über dem Kopf zusammen. »Und der Werner ist noch nicht einmal kalt!«
Regula mußte mit dem Kind und der Pension allein zurechtkommen, Leo war an der Front. Noch hatte sie Personal genug, darunter auch einen Fremdarbeiter. Zwei der anderen Schwägerinnen, Mathias' Frau und Tonis Witwe, waren vollauf mit ihren Kindern und dem »wehrhaften Haushalt« beschäftigt. Nicht alle Brüder waren im Gastgewerbe. Mathias war Arzt, Toni Ingenieur gewesen, und Philipp wollte Geigenbauer werden.
Regula verriet niemanden. Sie war der einzige Mensch, mit dem man offen sprechen konnte. Sie sagte höchstens »Red nur. Ich hab das alles nicht gehört, wenn mich wer fragt.« Sie selber hielt sich heraus. »Ich hab ein Kind«, sagte sie,

»und wer weiß, ob ich meinen Mann je noch einmal seh.« Aber sie verriet niemanden.
Der Schwiegervater nahm Trude nun nicht mehr mit um den See, er wurde zusehends mürrischer. Der Krieg dauerte ihm schon zu lang, um noch ein Geschäft zu werden. Und obwohl er es nicht zu erkennen gab, schmerzte ihn der Verlust der Söhne. Das Ganze war einfach schlecht organisiert. Von so vielen Toten war nicht die Rede gewesen, sondern von Sieg und neuen Einnahmequellen.
Sie schwänzte nun manchmal die Nachmittagsjause mit den Schwiegereltern — es gab ohnehin nur Zwieback und Lindenblütentee —, an der sonst alle im Haus wohnenden Kinder und Schwiegerkinder teilzunehmen hatten. Im geheimen berief sie sich auf die Wohnung über dem Stallgebäude, das war nicht im Haus. Und Werner war tot — sie begriff es langsam. Also war sie in Stellung hier.
Regula wohnte nur im Winter im großen Haus, wenn die Dependance geschlossen war, dann waren sie zwischen fünf und fünfzehn Leuten zu den Familienmahlzeiten, je nachdem, wie viele der Brüder mit oder ohne Frauen da waren und im Haus aßen.
Die Schwiegermutter im weißen Mantel mit dem großen Schlüsselbund nahm sie manchmal zum Tragenhelfen mit ins Magazin, wo sie die Privatvorräte, streng von den Zuweisungen fürs Hotel getrennt, aufbewahrte. »Man muß Ordnung halten«, sagte die Schwiegermutter. »Ohne Ordnung kann der Mensch das alles nicht aushalten.« Sie zählte die Eier in einen Karton, den sie mitgebracht hatte, und gab ihr den Mehlsack zu halten. »Dieses Land, dieser ganze Erdteil muß in Ordnung gebracht werden. Erst wenn alles in Ordnung gebracht ist, können Fleiß und Anstelligkeit Wunder wirken.« Sie trennte mit einer Palette eine dicke Scheibe Schmalz ab und ließ sie in einen Topf fallen. »Daß die Ordnung immer so viel Blut kostet ...«, kopfschüttelnd streifte sie die Palette mehrmals am Topfrand

ab. »Der Toni, der Werner, der Alois ... erschossen beim Ordnung machen.« Sie schüttelte noch immer den Kopf. »Der Alois nicht«, fügte sie nach einer Weile hinzu. »Der Alois war noch zu jung und zu dumm.«

Sie hatte nicht länger warten können und war ins Spital gegangen, um Regula zu sehen, die noch nicht operiert worden war. Es dauerte eine Weile, bis sie ihr begreiflich machen konnte, wer sie war.
»Ach, du bist es, Trude?« Nichts war geblieben von der schönen Regula als die runde glatte Stirn und die stark gewölbten Brauen, die noch immer so wirkten, als ziehe sie sie hoch. Ansonsten bestand das Gesicht nur noch aus Augen. Ausgehöhlt lag der einst kräftig gewachsene Körper unter den Laken, als gebe es ihn nicht mehr, und die langen bläulichen Finger strichen über eine Leerform hin.
»Entschuldige schon«, sagte Regula, »aber ich sterbe. Ich habe keine Kraft mehr, mich zu wehren.«
Trude konnte den Blick nicht von ihr wenden. »So schnell stirbt man nicht.« Sie hatte Regula einen Strauß Kamelien mitgebracht, von ihren selbst gezogenen, und ihn ihr auf den Nachttisch gestellt. Ihr Widerschein lag auf Regulas Stirn, und die Nachmittagssonne täuschte Leben vor.
»Und du?«
»Noch ein paar Monate, vielleicht ein Jahr.«
»Du Glückliche!«
»Was ist mit deiner Tochter? Warum ist sie nicht bei dir?«
»Pst. Pst.« Regula schaute sich ängstlich um. »Niemand darf es wissen. Keiner soll mich so sehen. Schönheit ist eine Verpflichtung. Bei dir ist es was anderes. Daß ich dich noch einmal seh, hab ich gewußt.« Regulas ausgemergelte Finger tasteten nach ihrem Arm.
Sie strich ihr beruhigend über die Finger. Regula hob den Kopf ein wenig. »Warum bist du nie mehr gekommen?«
Sie durfte Regula nicht aus den Augen lassen. Sie würde

hierbleiben, einfach hierbleiben, bis es zu Ende war, sich als engste Verwandte ausgeben. »Ich konnte eure ewigen Begräbnisse, Taufen und Hochzeiten nicht mehr ertragen.«
Regula hatte verstanden, sagte aber nichts und schloß für eine Weile die Augen. Möglicherweise war sie eingenickt. Die Zeit war in sich zurückgetreten, es ließ sich nicht sagen, daß sie verging. Regula öffnete zuerst den Mund und dann die Augen. »Sag, und hast du nie mehr, ich meine später?« Sie wußte sofort, worauf Regula anspielte.
»Doch. Und du?«
»Gib mir zu trinken.« Regula versuchte sich ein wenig aufzurichten und deutete auf das Schnabelgefäß aus Plastik, das zur Hälfte mit Lindenblütentee gefüllt war. Sie roch daran und sagte lächelnd, indem sie auch noch auf die Uhr schaute:
»Erinnerst du dich? Die Jause.« Regula nickte.
Niemand kümmerte sich um sie. Der Tee war schon gebracht worden, bevor Trude gekommen war. Einmal streckte eine Schwester den Kopf herein, aber bevor sie sie um frischen Tee bitten konnte, war sie schon wieder fort.
»Ist ja ganz kalt, der Tee.«
»Macht nichts. Gib mir zu trinken.«
Sie legte den Arm unter Regulas Vogelnacken und ließ sie einen Schluck machen.
»Einmal«, sagte Regula, »im Sommer, nachts, auf einer Wiese. Mit einem Fremdarbeiter. Und dann noch einmal, ein paar Jahre später, in einem Pensionszimmer. Stell dir vor, in einem unserer Pensionszimmer. Und du? Warum hast du nicht wieder geheiratet?«
»Ich war frei und wollte frei bleiben.« Sie wußte, daß sie jetzt reden mußte. »Ich wollte ein bißchen Vergnügen in dieser ausgehungerten Welt.« Sie setzte sich und hielt Regulas Hand. »Als ich hierherkam, habe ich für die Amerikaner gearbeitet, wie du weißt. Ich ließ es mir ganz gut ge-

hen. Soweit man es sich damals überhaupt gutgehen lassen konnte. Ich war nicht prüde. Und dann kam dieses letzte Mal. Da war ein Soldat ...« Sie begann zu flüstern, flüsterte es sich von der Seele, ohne daß sicher war, ob Regula sie auch im einzelnen verstand. Aber das war nicht so wichtig. Es war Regula, die verstanden werden mußte, und Regula hatte gesagt, was zu sagen war. Es war ihre letzte Gelegenheit. Was Trude sagte, zählt bloß als bestätigendes Echo. Es ging nur darum, daß auch sie ... »Und dann nichts mehr«, sagte Trude abschließend, deutlich genug, daß Regula es verstehen mußte. Sie seufzte. »Ich habe es nie jemandem erzählt. Das war das Schlimmste.«

»Natürlich war das das Schlimmste. Ein Leben lang. Mit dir hätte ich darüber reden können.« Trude hielt noch immer Regulas vertrocknete Hand.

»Gib mir zu trinken.« Wieder versuchte Regula sich aufzustützen. Es ging nicht. »Ich will mich gar nicht operieren lassen.«

»Warum bist du dann hier?«

»Ich wollte weg von zu Hause, wo sie mich sehen können.«

»Du mußt dich nicht operieren lassen. Nicht, wenn du nicht willst.«

»Gib mir zu trinken.«

Sie nahm Regulas Kopf, der ein wenig zur Seite rollte, sobald sie ihn nicht festhielt, in ihren Arm und flößte ihr Tee ein. Offenbar hatte Regula noch etwas sagen wollen, und der Tee war ihr dabei in die falsche Kehle gekommen. Sie verkutzte sich, und der ganze chitinleichte Körper erbebte von dem Husten.

Trude suchte nach dem Knopf, mit dem man nach der Schwester läuten konnte. Sie wußte, daß es da einen Knopf gab, aber sie konnte ihn nicht sehen, weil ihr Blick an dem von Regula festhielt. Ihr war, als mache Regula mit dem Kopf eine letzte wegwerfende Geste, so als sage sie: »Entschuldige schon, aber was soll das alles noch?« Es war nicht einmal mehr Kraft genug zum Husten übrig. Sie ließ sie auf die Kissen zurücksinken, da schüttelte sie noch einmal ein Krampf von den Zehen bis zu den Haarwurzeln, und dann war Regula nicht mehr Regula.

Trude war der Schweiß ausgebrochen. Sie hielt das leere Schnabelgefäß noch immer in der Hand und stellte es ab. Die Sonne schien nun auf Regulas Füße. Sie rückte die Blumen näher an das Kopfende des Bettes, getraute sich aber nicht, sie auf den Leichnam zu legen.

»Nicht ich, du bist die Glückliche.«

Sie nahm ihre Tasche und ging langsam den Gang entlang bis zum Lift. Niemand beachtete sie. Als sie durch die Eingangshalle im Parterre ging, hörte sie eine Glocke läuten, und eine Stimme kündigte über Lautsprecher das Ende der Besuchszeit an. Als sie in den Bus stieg, mußte ihr jemand behilflich sein, weil ihr linkes Bein sich nicht heben ließ.

Es dämmerte bereits, als sie auf der Dachterrasse ankam. Auf den ersten Blick vermißte sie ihre Kamelien. Dann setzte sie sich trotz der beginnenden Kühle in den Korbstuhl und starrte in den Himmel, bis die ersten Sterne zu sehen waren.

BEGLEITUMSTÄNDE – DIE FACKEL DER ERINNERUNG

Eine der schönsten Städte mit mittelalterlichem Kern am Zusammenlauf zweier Flüsse. »Schau nach in deinem Kunstführer, was da steht«, sagt Vevi, während sie über den linsenförmigen Stadtplatz zur Kirchengasse gehen, um einen Blick auf die erhaltenen frühgotischen Bürgerhäuser zu werfen. Pröbstl hat sich den Text bereits eingeprägt. Es stellt sich heraus, daß die Stadt nach Gegenreformation und Franzosenkriegen dem Mann ihren Wiederaufschwung verdankt, der in ihr eine moderne Waffenindustrie entwickelt hat. Sein Denkmal aus dem Jahr 1894 steht an der Flußpromenade, die nach einer Schriftstellerin benannt ist. »Also«, sagt Vevi, »irgendwo muß das Zeug ja hergestellt werden, mit dem die Menschen einander vollautomatisch umbringen. Aber merken tut man nichts davon.«

Wie auch? Mit Kanonen werden keine Schaufenster dekoriert, und die Arbeitsplatzbeschaffung hebt die Waffenproduktion auf eine andere Ebene, macht sie ehrenwert, wenn es sich nicht gerade um firmennützige Eskapaden handelt.

Der Bildungsreferent hat ihnen genau beschrieben, wo sie hin müssen, er selbst ist inzwischen organisatorisch tätig. Die Stadt hat sich einen eigenen multifunktionalen Theatersaal geleistet, seit der Pfarrer den Pfarrsaal nicht mehr für alle Veranstaltungen zur Verfügung stellt. Das Vestibül ist gleichzeitig Galerie. An den Wänden hängen die Bilder eines JUNGEN WILDEN, der von hier ist, wie aus dem Bei-

blatt hervorgeht, und demnächst vierzig wird. Die Titel der Bilder an der einen, der großen Wand, heißen TRIBUNAL, EXEKUTION, APOKALYPSE, gegenüber hängen MUTANTEN und SPALTUNGEN.
Vevi hat sich sofort ins Künstlerzimmer zurückgezogen, sie muß vor ihrem Auftritt allein sein. Pröbstl setzt sich an die schräg übers Eck laufende schwarze Kunstholztheke mit verspiegelter Rückwand. So kann sie die Eingangstür und die Tür zum Theatersaal sehen.

»Ich brauche Luft«, hatte Botond ihr erklärt, wenn er abendelang fortblieb, ohne ihr zu sagen, daß er nicht zum Essen kommen würde. »Und dazu gehört, daß ich nicht Rechenschaft ablegen muß. Daß ich nicht Tag und Nacht über alles Rechenschaft ablegen muß.«
»Aber ich warte mit dem Essen.«
»Als ob es nichts Wichtigeres auf der Welt gäbe als Essen. Ich pfeife aufs Essen, wenn ich mich ständig rechtfertigen muß.«
Sie hatte Geduld gehabt, unendlich viel Geduld, monate-, jahrelang. Viel zu viel Geduld. Provozierend viel Geduld. Dabei wäre sie viel lieber ins Kino gegangen. Ins Kino wäre Botond ihr vielleicht nachgekommen.

Die Jugendlichen, die so nach und nach das Vestibül füllen, kennen einander. Entweder sind es Schüler desselben Lehrers oder sie gehören zur selben Jugendorganisation oder die Stadt ist doch nicht groß genug, daß man einander nicht kennen könnte.
Vereinzelte oder paarweise Erwachsene haben sich bereits einen Platz gesucht, die Plätze sind nicht numeriert.
Der Hocker, auf dem Pröbstl kauert, ist für ihre Verhältnisse zu hoch, sie muß sich mit dem Ellbogen der Hand abstützen, mit der sie ein Glas Saft festhält. Ein jüngerer Mann mit übersichtigen Brillengläsern und bleicher Stirn-

glatze bewegt sich nervös zwischen den Grüppchen bildenden Bildungswilligen hin und her, und jedes Mal, wenn er an ihr vorüberkommt, nennt er eine Zahl, die sich auf die von ihm geschätzte Menge der Besucher bezieht. Es ist der Bildungsreferent der Stadt, der als Veranstalter zeichnet, und auch er verfällt in das Ritual, das sich an den meisten Orten wiederholt, indem er vom Veranstaltungsüberangebot redet — je kleiner die Gemeinde, desto größer das sogenannte Überangebot —, denn ausgerechnet an diesem Abend hält der Gesangsverein seine Hauptprobe im Pfarrsaal, und im Gewerkschaftsheim findet ein Vortrag über Wildwasserkanufahren statt.

Natürlich sagt er das, um sie auf das Schlimmste vorzubereiten, von dem er hofft, daß es nicht eintreten werde. Denn es wäre eine Schande sondergleichen für die Stadt, wenn jemand wie Vevi Schwarz nicht vor vollem Saal auftreten könne. Aber man wisse nie, wie man bei den Leuten hier dran sei. Er zählt die Veranstaltungen des letzten halben Jahres her und zeigt sich noch immer erschüttert, weil so wenig Leute zur Lesung des großen, landesweit bekannten Dichters gekommen sind. Diesmal aber, und sein Gesicht entspannt sich zusehends, scheine alles in Ordnung zu gehen. Es sehe so aus, als müsse er zusätzlich stuhlen lassen. Das ist das Zeichen für sie, sich einen Platz zu suchen, von dem aus sie Vevi und das Publikum gut im Blick hat. Vorzugsweise einen Ecksitz, aber wie sich herausstellt, gibt es keinen mehr, und sie muß sich bis zur Mitte einer der letzten Reihen durchzwängen. Wieder einmal hat sie den rechten Moment verpaßt.

Botond berief sich immer öfter auf seine Platzangst, wenn sie ihm vorschlug, mit ihr ins Kino oder ins Theater zu gehen. Und diese Platzangst rühre gewiß daher, daß er als Kind zu lange in zu beengten Verhältnissen habe leben müssen. Seine Eltern waren Kommunisten und mußten

daher während des Krieges ständig mit Verrat und Gefängnis rechnen. Sie lebten bei Verwandten auf dem Dachboden, durch jedes ungewohnte Geräusch verunsichert und in Angst versetzt.
Nach dem Krieg wollten die Eltern gerade als Kommunisten mit gutem Beispiel vorangehen und sich ihre Gesinnung nicht sofort mit einer größeren Wohnung bezahlen lassen. Ende der vierziger Jahre mußten Botond und seine Mutter sich noch mehr ducken. Sein Vater war verhaftet worden, obzwar er Kommunist war, aber er war nicht in der russischen Emigration gewesen.
Als Botonds Vater 1953 entlassen wurde und rehabilitiert, aber todkrank nach Hause kam, hieß es erst recht zusammenrücken, da der kommunistische Märtyrer, sein Vater, Platz zum Sterben brauchte.
1956 hatte Botond sich dann zum ersten Mal in seinem Leben selber Platz verschafft.

Es ist bereits viel zu warm in dem Saal, oder steigt bloß ihr wieder die Hitze auf? Kurz bevor sie den einzigen noch leeren Platz erreicht hat, tritt sie einem riesigen jungen Weib auf die Zehen, die nackt in MOTHER EARTH-SANDALEN stekken und sogleich unter einem weiten, knöchellangen Rock aus Baumwolltrikotage verschwinden. Sie entschuldigt sich vielmals bei dem stattlichen, blonden Mädchen, dem sie nun, sitzend, gerade bis zur Schulter reicht, dem ein wenig strengen Geruch ausgesetzt, der unter den Achselhöhlen hervordunstet. Aber da weiß Pröbstl schon, daß sie diesen Abend lang versuchen wird, das Programm mit den blaugrünen Augen dieser riesigen Goldmarie zu sehen.
Rundum sitzen Schüler — oder sind es Lehrlinge? —, die alle auf einmal reden oder leise lachen, so daß nichts zu verstehen ist, außer einem gelegentlichen GEIL oder STEIL, das innerhalb des beständigen Flüsterflusses eine rhythmisierende Wirkung ausübt.

Der Vorhang befindet sich hinter der Bühne, das heißt, das Podium ist durch mehrere Stoffbahnen vom Bühnenhintergrund getrennt. Und während es im Saal dunkel wird, werden die Falten der Stoffbahnen von mehreren Seiten her ausgeleuchtet.
Die Gespräche verstummen mit einemmal, als hätte ein zentraler Schalter allen den Ton genommen. Die junge Riesin atmet hörbar in gespannter Erwartung und hebt ein Bein übers andere, so daß Pröbstl die nackten, von ihr getretenen Zehen unmittelbar vor Augen hat und bemerkt, daß die Nägel rosa lackiert sind. Und die dünne Schicht Straßenstaub wirkt wie sorgfältig aufgetragener, die Konturen unterstreichender Puder.
Auf tritt Vevi. Sie kommt nicht, wie erwartet, aus dem Hintergrund der Bühne, die vielleicht gar keinen Hintergrund hat, und die Stoffbahnen täuschen einen solchen nur vor, sondern wie ein zu spät gekommener Besucher durch die angelehnte Saaltür, die nun endgültig geschlossen wird.
Sie schreitet durch den Mittelgang bis zur Bühne vor — zum Glück trägt sie einen Hosenanzug, ein Rock wäre beim Erklimmen des Podiums nur hinderlich — und nähert sich dem als einziges Requisit aufgestellten Pult, auf dem sich eine brennende Kerze befindet.
Den wilden, von viel Grau durchzogenen Haarschwall mit einer Spange straff im Nacken zusammengefaßt, so straff, daß sich eine Art Scheitel gebildet hat, während die einzelnen Strähnen unter der Spannung vibrieren — in Kürze werden sie sich in kleinen Büscheln unter der Spange hervorgekräuselt haben —, wirkt ihr Oberlippenflaum, mit einer für die meisten unsichtbar gebliebenen Bewegung ihrer Zunge befeuchtet und zusammengeschoben, wie jenes berüchtigte Bärtchen; und in dem Augenblick, in dem alle dies begreifen, wirft Vevi die unter dem Arm getragenen Bücher mit einer gezielten Bewegung aufs Pult, daß die Kerze im entstandenen Luftdruck flackert, und dazu de-

klamiert sie einen der ominösen Feuersprüche: »Gegen seelenzerfasernde Überschätzung des Trieblebens, für den Adel der menschlichen Seele! Ich übergebe der Flamme die Schriften von Sigmund Freud!«
Alle, tatsächlich alle haben verstanden und sind atemlos, trauen sich nicht einmal zu klatschen. Ein ruhigerer Übergang, Vevi erklärt, gibt Daten und kommt auf die besondere Situation des Landes, verglichen mit der des Altreichs, zu sprechen. Sie werde, sagt sie, Texte von Autoren zu Gehör bringen, die man durch Verbot ihrer Bücher, durch brutale Verfolgung oder Vernichtung ihrer Person zum Verstummen gebracht hat, und zwar gleich 1938. Aber auch Gedanken und Stellungnahmen von Zeitzeugen.
Die junge Riesin schneuzt sich, und einer der Burschen macht einen Witz, der sich, soviel Pröbstl versteht, auf einen Schuldirektor bezieht, der hier auch auftreten könne, als Zeitzeuge. Und zwar in Uniform. Unbemerkt hat Vevi die Spange aus ihrem Haar gezogen, und für einen Augenblick ähnelt sie Albert Einstein. Doch so, wie sie sich dann die Enden eines zuvor nicht sichtbar gewesenen Schals über die Schultern wirft und das Buch weitsichtig von sich hält, als kämpfe sie noch immer gegen den Überreichtum der eigenen Seele, gelingt es ihr, Altenberg anwesend sein zu lassen, selbst für jene, die glauben, Altenberg sei nichts als ein Ort in Niederösterreich. Ein Blühen hebt an und ein Duften da draußen, das wohl die Fenster beschlagen hätte — der Theatersaal hat keine —, und ein Rausch von Farben aus Blumenregimentern wird beschworen, so daß Pröbstl wieder einmal den Kopf hebt, als wäre das alles riechbar.
Jetzt schluckt auch die junge Riesin, und Vevi endet »An Tulpen ist — daß man ihnen den Hals umdrehen kann, ohne ins Kriminal zu kommen.« Pröbstl denkt wieder an das Eine, doch Vevi läßt weder ihr oder der Riesin noch

all den andern mehr Zeit, als gerade nötig ist, um das Ungeheuerliche zu begreifen. Schon beginnen ein paar der jungen Leute zu kichern, aber so billig gibt Vevi es nicht, sie jetzt bereits lachen zu lassen, es würde zu lange dauern. Sie erzieht sie zuerst zu schnellerem Reagieren, sie sollen ihr bei den Metamorphosen auch folgen können.
Vevi hat eine randlose Brille aus der Innentasche ihres Sakkos gezogen und schaut über deren Rand strengen Blicks ins Publikum. Spätestens zu diesem Zeitpunkt steht fest, daß Vevi ihren guten Tag hat, daß man ihr gehorcht und sich willig in die verschiedenen Texte und Figuren ziehen läßt. Sie kann jetzt so ziemlich alles mit den Leuten machen, solange ihre eigene Spannung andauert.
Vevi hält einen Bleistift so in der Hand und von sich weg, daß man schwören könnte, sie rauche ihn. »Unpopuläre Vorstellungen«, sagt Vevi, »von Anton Kuh.«
Die junge Riesin reckt den Hals, und mit dem ihren recken sich all die anderen Hälse. Sympathie wird fühlbar. Vevi schaut über den Rand der Brille hinweg, aber diesmal wie zurück in ferne Zeiten.
»... daß während der Französischen Revolution insgesamt höchstens dreitausend Personen hingerichtet wurden.« Alles haben sie bisher geschluckt, jetzt zuckt in der Reihe vor Pröbstl einer.
»... daß die Lues durch die Kreuzzüge nach Europa kam.« Oh, Vevi, dieses Land ist ein katholisches, vor allem in der Provinz. Ein paar Zuhörer beginnen auf ihren Stühlen zu wetzen. Vevi hat verstanden.
»... daß Wallenstein das Deutsche mit tschechischem Akzent sprach.« Ein heller Lacher, Entspannung.
»... und daß Tatsachen wichtiger sind als Gesinnungen.« Erster Sonderapplaus. Das Kapitel Gesinnung ist dermaßen heikel, daß man lieber gleich damit zurandekommt.
Vevi bleibt noch ein wenig bei Kuh, trägt die »als-bald-Geschichte« vor, die von Hitlers Undeutsch handelt und

mit dem Satz endet »Seine Vergehen gegen die deutsche Sprache zünden den Erdball an«.
»Wie beim Dings ...«, hört Pröbstl einen der jungen Burschen sagen, und dann fällt ein Name, den alle kennen und der daher im allgemeinen Gelächter gar nicht untergehen kann. Aber Vevi zieht sie weiter mit dem Text, sie kann keine Nebenschauplätze dulden. Lachen ist gut — aber keine sich daran knüpfenden Wechselreden. Die sind auch schon wieder verstummt, während der Ausdruck eines Lächelns in den Gesichtern hängengeblieben ist. Und mit dem Abnehmen der Brille vollzieht sich eine derartige Veränderung in Vevis Gesicht, daß nicht nur die junge Riesin, sondern auch Pröbstl die feucht gewordenen Handflächen am Knie reibt.
Vevi streicht sich das Haar über die Schulter, als flechte sie es zum Zopf, während sie mit ein wenig belegter, rauchiger Stimme das »Schlaflied für Miriam« flüstert, aber so, als singe sie es. Jetzt hat sie sie alle. Wer sich bisher nicht geöffnet hat, öffnet sich nicht mehr. Jetzt kann sie sich auch die scharfe Version des Programms erlauben. Das betrifft die Auswahl der Zeitzeugen, aber auch die der Literatur. Wieviel Polgar, Ehrenstein, Horváth oder Soyfer gerade noch drin sind, muß immer aufs neue entschieden werden. Oder ob sie besser politische Chansons aus den dreißiger Jahren singt als Nährfett für die Fackel der Erinnerung. Aus der Arbeit einer zeitgenössischen Historikerin ragt ein Satz heraus, der bei allen Gefühle erweckt. »Ihre Haustiere mußten sie verschenken oder vertilgen, denn Juden waren nicht würdig, Hunde zu halten.«
Die junge Riesin seufzt auf.
Noch ein paar Gedichte von Theodor Kramer und dann — eine alte Männin, so läßt Vevi den Vorhang der Haare vors erschöpfte Gesicht fallen, indem sie sich langsam vor einem verzauberten Publikum verneigt, ganz tief, und es so aus dem Bann entläßt. PAUSE.

Beim Hinausgehen spricht die junge Riesin leise auf Pröbstl nieder. »Würden Sie so freundlich sein und mir den Platz besetzen, falls ich erst im letzten Moment wiederkomme.« Pröbstl nickt. »Ich muß rasch nach Hause und meinen Woti auf die Gasse führen, aber ich wohne ganz in der Nähe. Die Stelle mit den Hunden hat mich sehr bewegt.«

Vielleicht hätte Botond Schauspieler werden sollen. Sich darstellen, in den verschiedensten Rollen. Sich zur Schau stellen, ohne daß es die anderen verletzte. Hatte er nicht immer insgeheim »Seht her!« gerufen? Und sie hatte die Augen zugemacht. Eingeübt in die Sprache der Zurückhaltung, hatte sie peinlich berührt zur Seite geblickt, wenn sie das Gefühl hatte, er würde schon wieder übertreiben. Sie hatte nicht glauben können, daß er ihren Blick suchte, es wäre ihr unangenehm gewesen, sich in einer solchen Gefühlslage zu zeigen. Haltung, das war es, was sie an Botond so vermißte. Weil sie mit ihren Forderungen an sich diesbezüglich ebenfalls scheiterte? Hatte sie von Botond nicht letztendlich das Verhalten eines Offiziers, so wie ihre Mutter es verstand, erwartet?

Im Künstlerzimmer sitzt eine aufgekratzte, rauchende Vevi, die ihr Haar frottiert und das Make up erneuert. »Was sagst du, Pröbstl, komme ich tatsächlich rüber?«
Sie nimmt Vevi um die Schulter. »Das spürst du doch. Oder muß ich dich auch noch loben?«
Vevi macht einen tiefen Zug und tötet die Zigarette aus. Sie räuspert sich laut und ausführlich. »Im zweiten Teil werde ich singen. Jetzt sind sie soweit, daß sie auch mein Singen vertragen.«
Die junge Riesin kommt erst hinter Vevi wieder in den Saal, und im Schutz des Applauses, der jedes andere Geräusch übertönt, zwängt sie sich durch die Reihe bis zu

ihrem Platz an Pröbstls Seite. »Schauen Sie«, flüstert sie und lüftet ihre zusammengerollte Strickjacke. Was darunter zum Vorschein kommt, ist offenbar Woti. Ein semmelgelbes Stück Hund mit Schlappohren und einer langen Zunge, die sich an Pröbstls hingehaltener Hand zu schaffen macht.

Die junge Riesin legt den Finger an die Lippen und macht Pst! Eine Aufforderung, sich jeden Kommentars zu enthalten, die wohl ihnen allen gilt, auch Woti. Und Pröbstl atmet beglückt den Duft dieses kleinen Wesens. Ja, sie hält den soeben beleckten Finger an ihre Nase, als könne sie nicht genug davon kriegen.

Vevi wächst und wächst, und was sie sagt, fällt in die Seelen ihrer Zuhörer und zieht sie hinab in die eigene Tiefe oder empor zu jener moralischen Befriedigung, die Menschen befällt, wenn sie im Geiste auf der richtigen Seite stehen und ein paar Gedanken lang gut sind. Vevi liest aus »Die Kinder von Wien« und zitiert eine Zeitzeugin, die als Politische in Mauthausen war.

Mit einemmal stellt sie sich hin, und keiner hat gesehen, von wo sie auf einmal Hut und Zigarettenspitz her hat, und noch bevor sie richtig beginnt, weht ein Hauch von Dietrich durch den Saal und von »Sag mir, wo die Blumen sind ...«

Pröbstl weiß, daß Vevi sich nun auch »Lili Marlen« nicht wird verkneifen können. Sie geht also aufs Ganze, will ihr Publikum samt und sonders, ohne intellektuellen Rest, sie will es hinschmelzen und vor Begeisterung mit den Füßen trampeln hören. Unersättlich, wie sie ist, denkt Pröbstl, und irgendwie rührt sie das. Eine Situation wie diese schreit nach Wiederholung und duldet keine Abstriche. Es ist, als atme Vevi nicht Luft, sondern die ausgehauchte Andacht ihres Publikums, nur sie erhält sie am Leben. Sie weiß, daß Vevi sich nun bis zum letzten verausgabt, daß mit Ende des Programms noch kein Ende der Vorstellung

sein wird. Und danach dauert es Stunden, bis Vevi sich soweit beruhigt hat, daß an Zubettgehen zu denken ist. Beinah entfährt ihr ein Seufzer, den sie, zum Glück, in der gespannten Stille zurückhält. Jedes nicht zur Bühne gehörige Geräusch würde jetzt als mutwillige Störung gelten und Vevi beim Absprung ins Lied stören, den sie gerade virtuos vollzieht.
Und sie singt. Mit leicht aufgerauhter, einnehmender Stimme, die gar nicht darüber hinwegtäuschen will, daß ihr Umfang ziemlich klein ist. Aber darauf kommt es jetzt gar nicht an, sondern auf dieses Etwas, das bei den Zuhörern gegen das Sonnengeflecht drückt und ihnen das Gefühl gibt, sie könnten weinen und lachen zur selben Zeit.
Auch Pröbstl ergeht es so, obgleich sie das alles längst kennt. Wer sollte gegen diese Art von Stimmung ankönnen? Nur ein Hund, wirklich, nur ein Hund.
Weder sie noch die junge Riesin haben bemerkt, wie Woti den Kopf immer weiter aus der Strickjacke gehoben und die Ohren gespitzt hat. Und jetzt singt nicht nur Vevi, jetzt singt auch Woti. Ein makelloser Einsatz, ohne Probetöne und in einer Lautstärke, die man diesem Schoßvoll Hund nie und nimmer zutrauen würde. Woti singt, so als stünde nicht nur Vevi Schwarz, sondern noch ein riesiger Vollmond am Bühnenhimmel. Die Reihe davor dreht sich geschlossen nach dieser zweiten Stimme um. Pröbstl weiß nicht, was tun.
»Ein Hund … ein Hund!« breitet sich die anfangs geflüsterte, dann gerufene, dann gelachte Nachricht in alle Richtungen aus, bis sie auch auf die Bühne schwappt und Vevi mit aller Heftigkeit die Luft absperrt.
»Lieber Gott«, betet Pröbstl, »schenk ihr Geistesgegenwart«, während die junge Riesin sich vergebens bemüht, ihren stimmbegabten Junghund unter der Strickjacke zu begraben. Er läßt sich nicht, hält es für ein Spiel, beißt japsend und jaulend an ihr herum. Jetzt hilft nur noch Rück-

zug. Schon ziehen die in derselben Reihe Sitzenden die Knie an, um der Flüchtenden eine Gasse zu lassen.
»Gehen Sie schon«, sagt Pröbstl und macht mit der Hand eine scheuchende Bewegung, obwohl sie den Hund am liebsten an sich drücken würde. Und als auch das nichts fruchtet, stupst Pröbstl das große Mädchen an und ruft »Gassi, Gassi!« Einfache Kommandos wirken manchmal Wunder. Jetzt entzieht sich die Riesin tatsächlich samt Hund den Blicken und dem Gelächter. Der vollzogene Abgang hat Vevi genau die Zeit gelassen, die sie braucht, um zu sich zu kommen. Verdammt. Aber während sich alle nach dem singenden Hund umgedreht haben, kehrt sie den Spieß um. Und als sie sich ihr wieder zukehren, trägt sie die »Ungarische Schöpfungsgeschichte« von Hammerschlag vor, die noch ausklingenden Hundelacher bereits auf ihren Text beziehend. Und der Umschwung gelingt auch. Nur mit LILI MARLEN ist jetzt nichts mehr.
Als Pröbstl nach dem äußerst herzlichen und lang anhaltenden Applaus ins Künstlerzimmer kommt, tobt Vevi.
»Wozu sitzt du im Publikum, wenn du die entscheidenden Dinge nicht kommen siehst?«
»Was hätte ich denn tun sollen?«
»Mich warnen.« Vevi schreit geradezu. »Was glaubst du, was daraus zu machen gewesen wäre, wenn ich es rechtzeitig gewußt hätte.« Sie reibt sich Abschminkcreme ins Gesicht.
»Wie denn? Wie hätte ich dich denn warnen sollen?«
»Was weiß ich. Durch ein Zeichen. Durch ein Handzeichen. Wir müssen uns ein Zeichen ausmachen. Falls je wieder so etwas geschieht, hebst du den Arm.« Folgsam hebt Pröbstl den Arm.
»Doch nicht wie zu diesem Scheiß-Gruß, bist du wahnsinnig? So! Hinter dem Kopf. Und mit den Fingern deutest du mir Stückzahl und die genaue Richtung.«
Sie nickt und versucht mit einem Finger die Richtung zu

deuten und mit dem anderen, daß da ein Stück Hund sitzt. Plötzlich und unvermutet überfällt Pröbstl ein Lachen, das sie die ganze Zeit über zurückgehalten hat.
»Weißt du, wie dieser Hund geheißen hat? Woti! Woti, von Wotan.«
Vevi versteinert zusehends. »Pröbstl«, sagt sie, als das Lachen langsam verebbt, »weißt du, was du da sagst?« Vevi zeigt mit dem Finger auf sie. »Das heißt, daß du von dem Hund gewußt hast, daß es ein dir bekannter Hund war.«
Auch das noch. In Pröbstl rinnen alle möglichen Erklärungen zu einem Wortgemenge zusammen, das erklären soll, wie alles sich abgespielt hat.
Da kommt der Bildungsreferent aufgeregt mit einem riesigen Blumenstrauß herein. Der Strauß, sagt er, sei nicht mehr aufzufinden gewesen, darum habe er ihn ihr nicht gleich auf der Bühne überreichen können.
»Vielleicht hat man ihn zuerst dem Hundsvieh übergeben, das mir die Show gestohlen hat.« Vevi beherrscht die Situation schon wieder. Der Bildungsreferent aber geht jetzt ebenfalls in die Knie.
»Göttlich«, haucht er, »einfach göttlich, wie Sie da so zweistimmig gesungen haben.«
Vevi bürstet sich die Wimpern. »Vielleicht sollte ich ihn ins Programm nehmen. Kennt jemand die Adresse von dem Hund?«
Der Bildungsreferent erfängt sich wieder und stammelt etwas von Essengehen und daß die Damen sicher bei Appetit sein würden.
»Bei Durst, mein Bester, bei Durst. Nimm die Blumen, Pröbstl, wir gehen.«

Sie versucht, sich Botond auf der Bühne vorzustellen, singend. Und dann die Sache mit dem Hund. Ob Botond den Hund in einem Anfall von Raserei erwürgt hätte? Sie kann es nicht glauben. Nicht einmal bei einem Hund. Er neigte dazu, zu drohen. Er war schnell mit Drohworten zur Hand. Aber es tun? Er hatte sie einmal geschlagen, danach hatten sie beide geweint, und im Anschluß wollte Botond mit ihr schlafen, aber sie hatte gesagt, sie brauche nun eine gewisse Zeit, um das zu verkraften, sie könne nicht so schnell von kalt auf heiß und umgekehrt. Und als sie dann wieder soweit gewesen wäre, hatte Botond keine Lust mehr auf sie.

Meist dauert es eine gute halbe Stunde, bis sie im Lokal sind, sich eine Sitzordnung ergeben hat und das Essen vor ihnen steht. Vevi hat Mühe, ihre Aufgekratztheit zu bezähmen, während alle anderen müde und vor allem durstig sind. Pröbstls Magen revoltiert wie immer gegen das späte Essen, während Vevi erst jetzt zu essen imstande ist.
Man bewundert noch eine Weile Vevis einmalige Art des Vortrags, und erst viel später kommt wieder die Rede auf die Zeit vor fünfzig Jahren. »Das kann niemand verstehen«, sagt eine ältere Dame, »der es nicht selbst erlebt hat. Das war eine ganz andere Zeit.«
Die Armut, die Arbeitslosigkeit, die zu kleine Republik, der Druck des Kapitals, der Bürgerkrieg ... von all diesen Dingen ist die Rede, sie alle werden angeführt, um das heute unverständlich Gewordene verständlich zu machen.
»Fällt dir nicht auf«, sagt Vevi am nächsten Tag beim Frühstück zu ihr, »wie sehr diese Menschen davon überzeugt sind, daß sie selber nichts bewirken? Wie sehr sie sich als Werkzeug begreifen, dem keine Verantwortung für das angestrebte gute Funktionieren zukommt? Selbst wenn ihr Erschrecken echt ist, wenn sie ›wie furchtbar, was mit den armen Menschen geschehen ist!‹ sagen, in Wirklichkeit glauben sie daran, daß solche Dinge eben passieren, und daß man eigentlich nichts dagegen tun kann.«
»Und warum ist das so?« Pröbstl würde das selber gern wissen, so vertraut ist ihr diese Schicksalsergebenheit.

»Sie gehen alle davon aus, daß sie Opfer sind. Die Vorsehung, die Religion, die Politik, die Weltwirtschaft ... immer sind sie von etwas um etwas betrogen worden. Opfern ist alles erlaubt. Opfer fordern neue Opfer. Die Zeiten waren schlecht, damit endet meistens die Debatte. Was nicht innerhalb des eigenen unmittelbaren Lebenszusammenhanges zu erklären ist, interessiert ohnehin nicht.«
»Und was ist mit den Tätern?«
»Vor allem die Täter fühlen sich als Opfer. Sie haben getan, weil irgend jemand tun mußte. Also haben sie für die anderen getan. Sie haben getan, weil die anderen auch taten. Es bestand Handlungsbedarf. Sie haben getan, um die anderen am Tun zu hindern. Also waren sie Beschützer. Sie haben getan, weil die Situation danach war. Also haben sie nur reagiert. Sie haben getan, weil sie sich als Rädchen in einem Räderwerk fühlten. Also waren sie nicht verantwortlich.«
»Das kommt nicht wieder«, sagt ein Gewerkschafter, der Vevi schräg gegenüber sitzt. »Das kann gar nicht wiederkommen. Dazu ist die Gegenseite schon wieder zu stark.«
»Was für eine Gegenseite?« fragt Vevi mit vollem Mund.
»Machen wir uns doch nichts vor«, sagt der Gewerkschafter, »ist ja auch verständlich nach all dem. Aber im Grund machen sie es nicht anders.«
»Ich möchte auch gern auf etwas stolz sein und mich nicht immer nur schämen müssen«, fällt ihm eine brünette Frau mit einer großen getönten Brille ins Wort. Sie ist um die vierzig. »Unsereiner kann doch gar nichts dafür. Und wenn man auch nur ein Wort sagt, redet jeder sofort von Antisemitismus.«
»Mensch sein heißt schuldig werden«, meint ein pensionierter Lehrer, von dem sich herausstellt, daß er Ödön von Horváth flüchtig gekannt hat und selber ein paar Monate

im Konzentrationslager Ebensee interniert war. Der einzige, mit dem Vevi sich gern unterhalten hätte.
Aber da verschaffen sich endlich die drei jungen Leute, ein Mädchen und zwei Burschen, Gehör und sagen, daß ihnen diese ganze sogenannte Vergangenheitsbewältigung wie eine Flucht vor den Problemen vorkomme, die hier und heute und so rasch wie möglich angegangen werden müßten.
»Denn, wenn es so weitergeht, sind die Lebensbedingungen auf dieser Erde demnächst für alle gleich schlecht. Dafür werden die Atomindustrie, die Kraftwerks-Lobby und die Gentechnologie schon sorgen.«
Oft kommt es gar nicht dazu, daß Vevi etwas sagt, denn die Anwesenden kennen einander länger und besser und tragen die immer wieder anstehende Debatte mit den immer gleichen Argumenten aus. Während der Bildungsreferent Vevi unter vorgehaltener Hand erklärt, welcher Stadtpolitiker mit einschlägiger Vergangenheit noch immer im Amt sei und aus gewissen Dingen auch gar kein Hehl mache.
Pröbstl hört zu und trinkt. Und wenn Vevi einmal kein Auge darauf hat, kann es schon vorkommen, daß sie rückfällig wird, obwohl es ihr insgesamt schon viel besser geht und sie morgens zur üblichen Zeit aufstehen kann.

Manchmal erwacht sie mit der Empfindung, da wäre noch jemand. Pochende Schläfen, Hitze, die den Rücken emporkriecht und wieder verdunstet. Aber da ist niemand. Sie ist allein mit den zurückbleibenden Bildern eines sich wiederholenden Alptraums, eines fremden Traums, den sie gezwungen ist, mitzuträumen. Zwei Vermummte ohrfeigen sie. Es tut nicht weh, sie kann aber nicht ausweichen. Auf dem Fenstersims steht eine Gießkanne, deren Brause nach unten weist. Jemand hält eine Pistole in der Hand und fragt schreiend: »Was weißt du? Weißt du was?«

Dann hält sie Botond im Arm und wiegt ihn, dann hält sie Aron im Arm, ihren kleinen Aron, und wiegt ihn, dann hält sie Vevi im Arm und wiegt sie. Am Schluß weiß sie, daß sie es ist, die im Arm gehalten und gewiegt werden will.

Sie richtet sich im Bett auf und nimmt einen Schluck aus der Mineralwasserflasche. Sie fühlt sich, als habe sie kurz zuvor einen großen Verlust erlitten und die Trauer stecke in ihrem Hals fest. Unwillkürlich schluckt sie noch immer, obwohl sie schon nicht mehr trinkt.

Während des Frühstücks geht der Lehrer, der Ödön von Horváth flüchtig gekannt hat, durch den Gastraum, um sich eine der aufliegenden Zeitungen zu holen. Vevi ruft ihn an den Tisch. Seit er in Pension sei, frühstücke er immer hier und lese dabei die Zeitungen, sagt er, diesen Luxus gönne er sich einfach. Vevi kommt noch einmal auf seine Zeit im Lager zurück. Er zuckt die Achseln. »Ich war noch gut dran als Politischer. Aber was ich dort gesehen habe ...« Er will nicht in Einzelheiten gehen.

»Und danach?« fragt Vevi. »Hat man wenigstens versucht, Sie entsprechend zu entschädigen? Hat man es Ihnen gedankt?«

»Sie meinen den Ausweis? Ja, den hab ich schon bekommen. Aber wissen Sie ...« Er schaut auf seinen Kaffeelöffel, mit dem er rührt und rührt, obwohl er gar keinen Zukker, nur Milch hineingetan hat.

»Wissen Sie ... Ich weiß nicht, wie ich mich ausdrücken soll, aber meiner Erfahrung nach können die Menschen es nur schwer ertragen, wenn man nicht auf dieselbe Weise schuldig wird.«

»Man hat es Ihnen also nicht gedankt?!« Vevi ist dabei, sich aufzuregen, aber der Mann winkt sofort ab. »Nein, nein, ich bitte Sie ... Ich sage ja nicht, daß ich vollkommen schuldlos bin. Ich wollte nur keinen Verrat begehen.«

»Hätten Sie etwas dagegen«, fragt Vevi, »wenn ich uns jetzt eine Flasche Champagner bestelle?« Der pensionierte Lehrer macht zuerst eine abwehrende Geste, dann aber glitzert es in seinen Augen, und er nimmt für einen Augenblick Vevis Hand. »Wenn Sie meinen ...«
»Pröbstl, bestell eine Flasche mit drei Gläsern!«
Als der Bildungsreferent vorbeikommt, um sich zu verabschieden, bekommt er auch ein Glas. Pröbstl verträgt morgens keinen Alkohol, gar keinen, also gießt sie sich heimlich Mineralwasser ein. Warum hat sie nicht einen Mann wie diesen zum Vater gehabt? Ihr Leben wäre dann vielleicht anders verlaufen.
»Haben Sie Kinder?« fragt Vevi. »Die müssen doch stolz auf Sie sein.«
Der Lehrer antwortet nicht sofort, sondern reibt sein Glas mit den Fingern. »Meine Frau ist in Ebensee umgekommen, sie war im fünften Monat. Danach hab ich mir niemanden mehr gefunden, der diese Art von Erinnerungen mit mir hätte teilen wollen. Aber da hatte ich dann die vielen Kinder in der Schule.«

Botond war auf rührende Weise um Aron besorgt gewesen. Wenn Aron krank war, saß Botond an seinem Bett und erzählte ihm Geschichten, die er mit weit ausholenden Gesten untermalte. Aron war das einzige Lebewesen, mit dem Botond Geduld hatte, dessen Ungeschicklichkeiten er gelten lassen konnte. Er ging mit ihm in den Zoo und auf den Jahrmarkt, später nahm er ihn ins Kaffeehaus mit und brachte ihm Schach bei. Er sprach anfangs ungarisch mit ihm, war aber dann doch nicht ausdauernd genug damit, und so brachte es Aron auch nicht viel weiter darin als sie. Aber bei Aron störte es Botond nicht. »Wenn wir erst in Amerika sind«, sagte er, »kann er ohnehin nichts damit anfangen. Hauptsache, er hat Lebensart.« Aron hat die Stimme seines Vaters geerbt, eine wunderbare Singstimme, sowie dessen Gehör, und Botond brachte ihm all die alten Lieder bei. Wenn ungarische Freunde zu Besuch waren, sangen sie abends beim Wein, und sie saß daneben und hörte so gerne zu. An solchen Abenden liebte sie Botond sehr.

TAG- UND NACHTSTÜCKE IN SCHWARZ'SCHER MANIER II

Manchmal schickte die Seraf mir heimlich ein Freßpaket, in das sie Kaugummi, saure Drops und Brausepulver getan hatte. Vor allem dann, wenn ich durch lautes Reden im Schlafsaal oder durch Widersetzlichkeit das Recht auf die monatliche Heimfahrt verwirkt hatte und das Wochenende allein oder mit anderen Widersetzlichen im Internat verbringen mußte. Wenn ich dann wieder einmal nach Hause kam, sagte die Seraf zu mir, ich solle mir nichts draus machen, diese Flügeldrachen seien alle übergeschnappt, weil sie nie einen Mann unter die Bettdecke bekamen. Sie hielt es für ausgesprochen ungesund, daß man mich in so eine »bigotte Anstalt«, wie sie es nannte, gesteckt hatte, aber wann immer sie meine Mutter, die Mami, daraufhin anredete, biß sie auf Kalkgestein, und die Mami erklärte ihrerseits, welch mäßigende Wirkung diese ausgereifte Lebens- und Erziehungsform auf meine gelegentlich überkochende Phantasie haben werde. Während ich selber zwischen der Einsicht in die Notwendigkeit des Internats — es gab kein Gymnasium in entsprechender Nähe —, dem Abscheu davor und der Langeweile daran hin und her schwankte.
Sobald ich mich aber auf dem Bahnhof befand, den mit Schmutzwäsche gefüllten Koffer als Requisite mit mehreren Verwendungszwecken neben mir, begann das Stück mit dem Titel »Reisebekanntschaft«, bei dem ich mich viel besser unterhielt als bei sämtlichen Laienstücken, die je im Internat aufgeführt wurden.

Den paar anderen Kindern, die in dieselbe Richtung nach Hause fuhren, wich ich aus, mich gelüstete nach neuen Gesichtern, Körpern, Sprechweisen — nach Eroberungen.
Die Kleinstadt, in der sich die Klosterschule befand, war kein Bahnknotenpunkt, also gab es nur zwei oder drei Geleise, und ich konnte ziemlich rasch erkennen, wer sich dazu anschickte, denselben Zug zu besteigen. Es dauerte nur wenige Minuten, schon hatte ich mir jemanden ausgespäht, auf dessen Gesellschaft ich Lust verspürte. Manchmal fand ich auch erst im Zug jemanden, und an dürftigen Tagen konnte es geschehen, daß nicht einmal unterwegs jemand zustieg, der mein Interesse weckte.
Sowie ich meine Wahl getroffen hatte, näherte ich mich, den Koffer mit sichtlicher Anstrengung hinter mir herziehend, und da es fast immer ein Erwachsener und fast immer ein Mann war, genügte die Bitte, mir mit dem Koffer beim Einsteigen zu helfen, um den ersten Kontakt herzustellen. Meist fühlte der Betreffende sich verpflichtet, mir den Koffer nicht nur in den Zug, sondern auch ins Gepäcksnetz zu heben, wo er gleich auch seinen eigenen verstaute. Dann lag nichts näher, als sich hinzusetzen, nebeneinander oder gegenüber, wie es sich ergab, wobei ich nebeneinander bevorzugte, aus Erfahrung, versteht sich. Erst jetzt kam es nämlich dazu, daß ich in Ruhe in Augenschein genommen wurde. Mein Koffer hatte seine Schuldigkeit getan, nun lag es an mir, die Sache in Gang zu halten.
Ich kannte mein Spiegelbild gut genug, um die Wirkung meines Aussehens auf andere ohne größere Kränkung ertragen zu können. Doch hat es auch von mir als Reisebekanntschaft Auserkorene gegeben, die nach dem ersten genaueren Hinschauen konstatierten, sie seien Raucher und gehörten daher in ein anderes Abteil, ihren Koffer wieder herunterholten und tatsächlich woanders hingingen.
Eine dieser Reisebekanntschaften, ein Mann Mitte dreißig, fragte mich allen Ernstes, warum ich im Zug und nicht

mit meiner Sippe im Wohnwagen unterwegs sei. Seines Wissens benutzten Zigeuner immer einen Wohnwagen.

»Stimmt«, sagte ich. Und ich erzählte, daß mein Vater zum Häuptling gewählt worden sei, was seinen Cousins nicht gepaßt habe. Sie hätten meinem Vater aufgelauert, und bei der Riesenrauferei, die sich in der Dunkelheit abgespielt habe, habe mein Vater einen seiner Cousins undanks erstochen oder zumindest angestochen. »Sie wissen, was das bedeutet?« Ich schaute meinem Gegenüber fest in die Augen. Der Mann war so verwundert, daß er automatisch den Kopf schüttelte.

»Blutrache!«

Er konnte es nicht glauben.

Ich beugte mich, leise sprechend, in seine Richtung. »Und darum muß ich mit dem Zuge fahren.«

Der Mann verstand nicht. »Wie bitte?«

»Im Zug findet mich kein Zigeuner, weil sie alle in Wohnwagen unterwegs sind. Im Zug ist es am sichersten für mich.«

»Und du lügst mich nicht an?« Eigentlich hatte der Mann seine Zeitung lesen wollen. Ich hatte längst die Überschrift ZIGEUNERFEHDE auf der letzten Seite erspäht und schüttelte traurig den Kopf.

Er stellte fest, daß ich erstaunlich gut Deutsch könne. Die Zigeuner hätten doch eine eigene Sprache, und wenn sie deutsch sprächen, redeten sie ein schwer verständliches Kauderwelsch. Nur die Scherenschleifer und Kesselflicker hätten es ein bißchen besser gelernt, von ihrer Kundschaft halt.

»Mir hat's die Mami beigebracht. Meine Mutter ist nämlich geraubt worden. Aber sie spricht immer noch ganz gut deutsch.«

Das ging dem Mann nun doch über die Hutschnur. »Geh, geh, was du nicht sagst«, und weil ihm sonst nichts mehr einfiel, vertiefte er sich in die Zeitung, nicht ohne mich gelegentlich, wenn er umblätterte, rasch und mißtrauisch zu mustern. Ich tat, als schaute ich mir die Gegend an, wobei ich von Zeit zu Zeit zurückzuckte, so als hätte ich draußen etwas entdeckt, das mich ängstigte, und wolle nicht gesehen werden, was auch der Mann bemerkte, selbst wenn er tat, als sei er in seine Zeitung vertieft. Als er dann auf der letzten Seite angelangt war, sah ich, wie es ihm bei der Schlagzeile ZIGEUNERFEHDE einen Ruck gab. Er schaute auf, blickte zum Fenster hinaus und zog dann plötzlich den Vorhang vor, wie um mich vor Blicken zu schützen. Das kam ihm doch wieder übertrieben vor, und er sagte, daß die Sonne ihn blende, obgleich es ziemlich bewölkt war.

Wir saßen noch eine Weile so da, und der Mann fragte: »Fürchtest du dich? Ich muß nämlich bei der nächsten Station aussteigen. Aber wenn du dich fürchtest, kann ich dem Schaffner Bescheid sagen.«

»Ich fürchte mich nicht. Mein Vater ist der Häuptling.«

Da reichte es dem Mann endgültig. Er erhob sich, nahm seinen Koffer und ging zum Waggonausgang, wo er noch an die zehn Minuten stehen mußte, bis der Zug hielt. Irritiert, wie er war, hatte er sogar die Zeitung liegen lassen. Ich las den Bericht über die »Zigeunerfehde«, und es stellte sich heraus, daß die ganze Geschichte in Spanien passiert war und mehrere Todesopfer gefordert hatte, aber so weit hatte der Mann gar nicht gelesen. Wir hatten uns beide mit der Überschrift begnügt.

Der schwierigste Moment war immer der des ersten Gegenübersitzens, wenn man mich zu mustern begann. Ich kannte mich aus in Blicken, jenem die Lippen kräuselnden Erstaunen, versetzt mit einer Spur Ungläubigkeit und darauffolgendem Zur-Seite-Schauen, um mich das Mißfallen nicht allzu deutlich spüren zu lassen, und dem Hauch von Gekränktheit darüber, daß ich mich anderen so ohne weiteres zumutete. In diesen Augenblicken galt es, kühlen Kopf zu bewahren. Schließlich ging es mir darum, mich so interessant wie möglich zu machen, um ein Bild von mir erstehen zu lassen, das den anderen nicht so rasch aus dem Kopf ginge.

»Haben Sie eine Waffe bei sich?« fragte ich zum Beispiel, wenn ich mit dem von mir zur Reisebekanntschaft erwählten Herrn nicht allein im Abteil saß. Und es war klar, daß er mich ansehen und fragen würde: »Wie kommst du denn darauf?«

»Mein Vater«, erwiderte ich und das in einem Tonfall, als verrate ich ein Geheimnis, »hatte nämlich seine nicht bei sich. Dann ist bei uns eingebrochen worden, und die Einbrecher nahmen auch die Pistole mit. Eine Walther BBK«, fügte ich hinzu, um gar nicht erst den Verdacht aufkommen zu lassen, daß ich schwindelte.

»Einbrecher? Erzähl!«

Und ich gab eine genaue Schilderung von der Ankunft der Einbrecher, die ich, wach im Bett liegend, gehört hatte, von den Geräuschen, die sie im Elternschlafzimmer verursacht hatten, bis zu ihrem Abzug, beladen mit Kissenüberzügen, in die sie alles gestopft hatten, was sie nur finden konnten.

Spätestens dann, wenn ich erzählte, wie dumm und ungeschickt die Gendarmen sich verhalten hatten, hielten es die Mitreisenden nicht mehr aus und mischten sich mit ähnlichen Diebstahls- und Einbruchsgeschichten ins Gespräch, und in kürzester Zeit war die spannendste und gruseligste Unterhaltung im Gang, die ich mir nur wünschen konnte. In den Fällen aber, in denen der von mir angesprochene Mann noch immer versuchte, sich rauszuhalten, ging ich einen kleinen Schritt weiter und fragte: »Oder haben Sie gar keine Waffe?« Es war noch nicht allzu lange nach dem Krieg, und kaum einer dieser Männer konnte der Versuchung, als Waffenbesitzer zu gelten, widerstehen und zugeben, daß er keine Waffe hatte. Manche erwähnten verschämt ein Jagdgewehr, was in dieser Gegend immer

glaubwürdig wirkte, oder sie begnügten sich mit sonstigen Andeutungen.
Manchmal fragte ich einen Mann, mit dem ich allein im Abteil war, unvermittelt: »Schlagen Sie Ihre Frau?« Und nach dem üblichen »Wie kommst du darauf?« gab ich die Geschichte von meinem prügelnden Vater zum besten, der neulich meiner Mutter aus Eifersucht den linken unteren Eckzahn ausgeschlagen hätte. Ich brachte auch mich ins Spiel, indem ich erzählte, wie ich selber gelegentlich etwas abbekäme, mir aber zu helfen wüßte, denn ich hätte meinen prügelnden Vater in die Hand gebissen, so fest, daß eine Sehne durch war.
Einmal war ich dabei an den Falschen geraten. Das dürfe ich nicht, Gott bewahre, nicht einmal denken möge ich an sowas. Wie sich herausstellte, war der Mann Mitglied einer Sekte, und er meinte, ich müsse diesen prügelnden Vater in jedem Fall ertragen, und je demütiger ich das täte, desto größer würde meine Gutschrift im Himmel sein. Dabei leistete er sich einen dermaßen unverschämten Augenaufschlag, daß er mir die Laune verdarb. Einmal in Gang gesetzt, goß er all seine Bekehrungssprüche über mir aus, so daß mir gar nichts anderes übrig blieb, als die Wahrheit zu sagen, nämlich daß ich im Kloster zur Schule ging und die Barmherzigen Schwestern vom hl. Kreuz mich oft genug vor Männern wie ihm gewarnt hätten.
Ich hatte mir eine ganze Reihe von Einstiegsgeschichten zurechtgelegt, angefangen damit, daß meine Mutter eine weggelegte Tochter von Greta Garbo sei, die hier in den Alpen versteckt gelebt habe, bis mein Vater auf sie gestoßen sei und sie geheiratet habe. Oder daß ich einen Geburtsfehler hätte, nämlich das Herz auf der rechten Seite, obwohl man es links klopfen höre, bis hin zu der Bemerkung, ich kenne eine Frau mit drei Brüsten oder, wenn ich mich das nicht traute, ein Ferkel mit zwei Köpfen. Am leichtesten fielen mir natürlich die sagenhaften Übertrei-

bungen unserer Familiengeschichte, in denen ich aus meinem Großvater eine Art einflußreichen Seeräuber und aus meinen Onkeln gespenstische Kriegshelden machte. Oder wenn ich alle Selbstmorde, die von Verwandten verübt worden waren, genau beschrieb oder von meiner Mutter als einer Frau sprach, der unzählige Männer Blumen und Bonbonnieren schickten, wohingegen mein Vater diese Kerle einzeln unter den Tisch soff.
Ich weiß auch nicht genau, warum ich alle Vorfälle, auch die peinlichen, dermaßen schamlos übertreiben mußte, aber mir war jedes Mittel recht, um mein Gegenüber zu unterhalten. Manchmal erzählte ich sogar Klostergeschichten, und ich hatte bald heraus, daß es Männer gab, deren Augen zu leuchten begannen, wenn sie hörten, daß die Nonnen die Mädchen auf einem Holzscheit knien ließen oder eine Holzplatte über unsere Badewannen legten, damit wir uns nicht selber anschauten. Wenn mir gar nichts anderes einfiel, erzählte ich von Zottel, unserer Hündin, und wie klug sie sei. Man könne sie zum Beispiel in die Trafik schicken, damit sie Zeitungen hole. Und wenn man zu ihr sage SALZBURGER NACHRICHTEN, komme sie mit SALZBURGER NACHRICHTEN zurück, wenn man aber EXPRESS oder NEUES ÖSTERREICH sage, komme sie mit EXPRESS oder NEUES ÖSTERREICH zurück.
Für mich bedeuteten Reisebekanntschaften die Welt. Ich war süchtig nach ihnen, und beim Erzählen schob ich meine Worte immer näher an die empfindliche Grenze zwischen Skurrilität und Frechheit, und gewiß hätte ich mich um mein Leben erzählt, nur um in den Genuß jener Aufmerksamkeit zu gelangen, in der ich mich geradezu wälzte, rauschhaft, um mich für all die Stillhaltemaßnahmen und Erziehungsversuche im Internat zu entschädigen. Ich handelte mit Worten, die ich wie Köder auslegte, und sobald der fette Karpfen geschluckt hatte, traktierte ich ihn mit Geschichten, daß ihm die Augen nur so übergingen.

DIE ANDERE WELT

Trude hatte nicht geglaubt, daß ihr das Büro noch einmal fehlen würde. Es war auch nicht das Büro, die Arbeit. Die Menschen? Nicht im einzelnen. Ein-, zweimal hatte die Kollegin aus der Presse-Abteilung angerufen, um sie auf einen Tratsch in ein Innenstadt-Café zu locken. Vergebens. Und der Verleger selber hatte sie zum letzten Verlagsfest eingeladen, aber sie hatte gesagt, daß es leider gerade an diesem Tag nicht ginge. Was ihr fehlte, war all das zusammen, der verläßliche, zwingende Ablauf. Wenn sie nach einem ganzen Tag im Verlag auf ihrer Dachterrasse saß, war sie ohnehin froh gewesen, wenn sie niemanden mehr sehen mußte. Jetzt zwang sie sich dazu, täglich mindestens einmal auf die Straße zu gehen. So blieb der Tag einteilbar in davor und danach. Ihre Beine machten ihr neuerdings zu schaffen, und sie nahm jetzt immer den Einkaufskorb auf Rädern mit, um sich notfalls auf ihn zu stützen.

Für unverhofft auftretende Schmerzen hatte sie seit Jahren vorgesorgt. Die Vorratspackungen würden eine Weile reichen. Aber noch tat ihr nichts weh. Und sie konnte die Pflanzen weiter versorgen, auch wenn sie manchmal den ganzen Vormittag dazu brauchte. Die Wicken waren alle aufgegangen und rankten sich in leuchtenden Farben an einem grünen Holzgitter hoch, das sie genau dort aufgestellt hatte, wo es ein wenig Durchzug gab, so lag immer etwas von ihrem Aroma in der Luftströmung.

Sie hatte den Räderkorb in der Küche abgestellt, um ihn auszuräumen. Nach jedem Handgriff spähte sie zum Fenster hinaus, ob der Regen wohl heftiger wurde, sonst mußte sie die Oleander hereinholen. Die dicken Tropfen verklebten ihre Blütenblätter und ließen sie braun werden. Sie hatte die Oleander auf Rollen stehen, um sich nicht so abschleppen zu müssen, dennoch bedurfte es einer gewissen Anstrengung, da die Rollen meist in die falsche Richtung standen.

Aber der Regen blieb fein und stieg von den überhitzten Dächern gleich wieder als Dunst empor.

Sie sah Werner vor der Laube sitzen. Es mußte Werner sein, er trug eine Uniform, und obgleich er ihr den Rücken kehrte, konnte es nur Werner sein. Er bewegte sich nicht, und der Regen ging sanft auf ihn nieder. Was sitzt er denn im Regen, er soll hereinkommen. Sie griff nach der Zeitung und hielt sie sich über den Kopf, während sie nach draußen ging. Als sie ihn beinah erreicht hatte, drehte er sich um, und da war es nicht Werner, sondern sein Bruder Ferdinand, der ihr zulächelte. Sie hatten sich immer schon ähnlich gesehen.

»Ja, sag du mir«, sie hob die Hand, als wolle sie ihm zuwinken. »Warum kommst du nicht rein, oder willst du hier anwachsen?«

Er lächelte noch immer, sagte aber nichts, im Gegensatz zu Regula, die mit süßer Stimme und ununterbrochen zu sprechen pflegte, oder dem Kind, das so viele Lieder auswendig wußte oder kleine Gedichte in einer unverständlichen Sprache hersagte.

»Warum kommst du nicht rein?«

Er erhob sich, legte aber den Finger auf den Mund, und sie glaubte zu hören, wie er pst! machte.

Sie lag nun wieder auf dem Bett, das Bein hochgelagert, nicht mehr in Trauerkleidern. Die hatte ihr mitsamt den Strümpfen Schwägerin Marie eingefärbt, aber irgend etwas an dem Farbstoff hatte sie nicht vertragen. Auch wa-

ren ihr die schwarzen Schuhe ein wenig zu klein, die Marie ihr für die Trauer borgte. Sie hatte sich beim Spazierengehen um den See wundgelaufen und sich dabei eine Blutvergiftung geholt. Das Bein mußte aufgeschnitten werden, und der Schwiegervater hatte verfügt, daß sie das schwarze Zeug nicht mehr tragen dürfe, es würde ohnehin nichts daran ändern, daß Werner tot war.
Sie spürte es noch nicht — er selber hatte so wenig an seinen Tod geglaubt. Daß er nicht da war, besagte gar nichts. Er war auch nicht da gewesen, als er noch lebte. Nur kamen jetzt keine Briefe mehr. Kriegerwitwe — das Wort klang ihr so fremd, als stamme es aus einer anderen Sprache. Sie war einundzwanzig und gerade dabei, in ihrer Freizeit den Führerschein zu machen. Eine Idee des Schwiegervaters. Das könne noch einmal von entscheidender Bedeutung für sie sein, wie er sagte.
Es klopfte. Ferdinand stand in der Tür und winkte. Servus!
»Warum kommst du nicht rein, oder willst du hier anwachsen?« Er lächelte und legte den Finger auf den Mund. Pst!
»Warum kommst du nicht rein?«
Er schloß die Tür und kam unsicher auf ihr Bett zu.
»Nimm dir den Stuhl und setz dich. Warst du schon beim Papa?«
Er nickte, wurde rot, und sie lachte. Da lachte auch er. Sie hatten einander von Anfang an gemocht. Jetzt hatten die Pläne des Alten sie zu Geschwistern gemacht, die aus Trotz den Inzest verweigerten.
»Du bist mir nicht böse?« Er nahm ihre Hand.
»Du mir auch nicht?« Sie schüttelten gleichzeitig den Kopf.
Ferdinand bot ihr eine Zigarette an und zauberte dann eine Flasche Wein aus seiner Uniformjacke.
»Nur einen Schluck.« Sie deutete auf ihr Bein. Er betrachtete es.

»Du machst schöne Sachen. Gleich eine Blutvergiftung.«
Ferdinand holte Öffner und Gläser aus der Kredenz. Sie prosteten einander zu.
»Und?« fragte sie. »Wie ist es so in Rußland?«
Er zuckte die Achseln. »Wie es halt so ist im Krieg.« Er machte einen großen Schluck. Plötzlich sagte er: »Furchtbar. Unvorstellbar. Ihre Toten, unsere Toten, Blut, Schleim und Dreck. Die Bauern hingeschlachtet, die Häuser verbrannt. Ich glaube nicht mehr daran, daß das einmal der deutsche Osten sein wird. Mord und Totschlag, nichts als Mord und Totschlag. Ich frage mich, was wir in Rußland wollen.«
Sie hatte sich aufgestützt und starrte Ferdinand ins Gesicht.
»Ja, sag du mir ...« Sie ließ sich aufs Bett zurückfallen.
»Krieg ist Krieg!« sagte sie mechanisch vor sich hin, »Krieg ist Krieg! So heißt es doch: Krieg ist Krieg!«
Ferdinand nahm wieder einen Schluck und beugte sich an ihr Ohr: »Ich hab Werner noch gesehen, bevor sie ihn verscharrt haben. Du hättest deinen Mann nicht wiedererkannt, liebe Trude. Erschießungen! Weißt du überhaupt, wovon ich rede? Er war in einem Erschießungskommando. Ja, sowas kann dir passieren bei diesem ›Krieg ist Krieg.‹ Und während sie die paar armen Bauernschweine in ihre Gruben schossen, kam ein Haufen Partisanen dazu und kehrte den Spieß um. Partisanen leisten ganze Arbeit, das kannst du mir glauben. Als wir ankamen, konnten wir nur noch unsere Toten identifizieren. An ihren Blechmarken. Ansonsten hätte ich Werner auch nicht wiedererkannt. So sieht es aus, auf dem Feld der Ehre. Und es gibt nur eine Frage, die du nicht stellen darfst: warum?
Was suchen wir überhaupt in Rußland?«
Ihr liefen die Tränen hinunter bis ins Glas, und sie trank, wie um sie gleich wieder in sich zurückzunehmen.
»Wein nur. Es ist zum Weinen.«

Sie schwiegen eine Weile, und man konnte nur das Schlukken und Aufziehen hören.
»Hast du ein Radio?« Sie fuhr zusammen und hob dann die Bettdecke. Es war ein kleiner Apparat, und sie hielt ihn unter der Decke versteckt. Sie hatte begonnen, BBC und die Schweizer Sender zu hören, ebenfalls unter der Bettdecke, man konnte nie wissen, und die Bettdecke dämpfte jeden Laut. Ferdinand schaute auf die Uhr.
»Darf ich?« Er hatte den Arm um sie gelegt, sie zogen sich beide die Decke über und stellten das Gerät ein. Der Empfang war schlecht, wegen der Berge, aber den einen oder anderen Satz konnten sie verstehen.

Plötzlich prasselte der Regen so scharf hernieder, daß sie für einen Augenblick dachte, es sei Hagel. Sie bückte sich zum ersten Faß mit Oleander und zog es unter das Sonnensegel. Als sie das zweite holte, spürte sie tatsächlich, wie Eiskörner gegen ihre Stirn und die Arme prallten. Sie verlor das Gleichgewicht und fiel. Noch im Fallen konnte sie den schwankenden Oleander sehen, von dem die Blütenblätter stoben.
»Steh auf«, sagte Regula. »'s ist Zeit zum Aufstehen, oder willst du den ganzen Vormittag verschlafen?«
Und das Kind sang: »Im Frühtau zu Berge wir ziehn, Vallera, grün schimmern wie Smaragden alle Höhn, Vallera ...«, und dabei schwenkte es eine ihrer Lobelienampeln, als sei es ein Weihrauchfaß.
Sie lag da, wie aufgebahrt, auf einem Katafalk von Eiskügelchen, und alles tat ihr weh.
»Ich steh schon auf«, sagte sie zu Regula, »die Sonne scheint mir ja ins Gesicht.« Das stimmte, und sie mußte sich die Hand vorhalten, um nicht blinzeln zu müssen. Sie zog sich an dem Oleanderfaß ein wenig hoch, der Oleander sah furchtbar aus. Kaum eine seiner Blüten war heil geblieben. Sie mußte sie abknipsen. Vielleicht streng-

te der Oleander sich dann noch einmal an und blühte wieder.
Aber höher kam sie nicht als bis zum Faßrand. Sie kroch auf allen vieren ins Badezimmer, hielt sitzend inne, bis sie, einen neuen Anlauf nehmend, sich am Beckenrand hochzog. Ihr Gesicht war voller blutiger Schrammen. »Jod«, sagte sie. »Man soll Jod drauf tun.«
Zuvor mußte sie noch einmal zu Boden, sich anlehnen. Sie spürte, wie ihre Blase sich entleerte. Heiß lief es aus ihr heraus, unten und oben. Die Schrammen fingen unter den Tränen zu brennen an. Gleich darauf fröstelte sie. »Regula, hilf mir ein bißchen. Nur die Hand, ich brauch nur deine Hand. Waschen kann ich mich dann schon selber.«

Sie lag nun wieder auf dem Bett, die Beine hochgelagert. Das nasse Zeug weichte in der Badewanne, sie hatte den Morgenmantel übergezogen.
Regula kam hereingehuscht. »Soll ich dir zu trinken geben?«
»Nicht jetzt.«
»Du mußt durstig sein.«
»Ich hab schon getrunken.«
Regula besah sich ihr Bein. »Du machst schöne Sachen. Gleich eine Blutvergiftung.«
Sie zog auf. »Die Trauer. Ich habe die Trauer nicht vertragen.«
»Junger Tambour, der kehrte heim vom Kriege …«, sang das Kind auf der Terrasse draußen.
»Regula, sag mir mit wem. Nicht der Fremdarbeiter, sag mir, wer der andere war.«
»Denk nach. Ist es so schwer, draufzukommen?«
Erst jetzt merkte sie, daß Regula ein Kleid aus Fallschirmseide trug, die sich bei jedem Schritt bauschte und wölbte. Niemand war so schön wie Regula. Wenn Regula wollte, würde jeder Mann ihr zu Füßen liegen. Auch Major Hen-

ry. So nannte er sich doch. Da fiel ihr der Vers ein. »Im Gleichklang der Herzen liegt die Wurzel aller Freundschaft.«
»Richtig geraten.« Regulas Stimme jubelte, und der Luftzug hob ihren Rock, daß sie fast bis zur Decke schwebte.
»Warum ausgerechnet er? Alle wollten dich. Warum ausgerechnet er?«
»Einmal noch einen Mann im Arm halten, einen wirklichen Mann.« Regula sank wieder zu Boden.
»Und dann?«
»Und dann und dann ... Alles wiederholt sich und wird dadurch nicht besser.«
»Und dann nichts mehr? Ein Leben lang?«
»Nicht wirklich. Nur noch ein bißchen Schwärmerei. Leo lebte ja, und er konnte nichts dafür. Nicht unmittelbar.«
»Doch eine Heilige?«
»Heilige gibt's nicht.«
»In seinem Mund, da trug er eine Rose«, sang das Kind, und sie sah, wie seine Locken in der Sonne aufblitzten.

Ferdinand war jeden Tag gekommen, um mit ihr Radio zu hören. Sie nutzten die Pläne des Alten schamlos aus, sollte er ruhig noch ein wenig hoffen. Ferdinand nannte ihr einige Namen. »Vielleicht brauchen sie dich einmal. Erschrick nicht, wenn jemand bei dir auftaucht und sagt, es sei dringend. Die Wohnung hier ist ideal. Oben kann keiner reinschauen und unten scharren die Pferde.«
»Bist du Kommunist?« Sie fragte es weniger erschrocken als neugierig.
Ferdinand lachte. »Wieso denn? Dazu muß man doch nicht Kommunist sein. Ich möchte, daß dieses Land wieder frei ist. Und überhaupt, was suchen wir in Rußland?«
»Werner hat anders gedacht.«

Ferdinand zuckte die Achseln. »Er hat überhaupt nicht gedacht.«
»Hat er das nicht auch alles gesehen an der Front?«
»Als er zu denken begonnen hat, war es zu spät.«
»Mußt du wieder zurück?«
»Es geht nicht anders. Vielleicht komme ich an die Westfront. Da wäre es leichter.«
»Was?«
»Das sag ich dir nicht. Was du nicht weißt, macht dich nicht heiß.«

Das Telefon läutete. Sie brauchte eine Weile, bis sie sich erinnerte, wo es stand. Sie benutzte es so selten. Ihre Nachfolgerin war dran. Sie habe schon alles abgesucht, könne aber die Abrechnung des Autors Sowieso nicht finden. Der wechsle nämlich zu einem anderen Verlag, und außerdem stehe ihm eine Steuerprüfung ins Haus.
»Ach der«, sagte Trude. Sie hatte ihr ehemaliges Büro bis ins kleinste Detail vor sich und hätte den Platz jedes einzelnen Ordners und so gut wie jedes einzelnen Schriftstückes darin angeben können.
»Im zweiten Regal von oben, Nummer sieben von links«, sagte sie, »wenn nicht jemand was verstellt oder fortgetragen hat.«
»Ich bestimmt nicht«, meinte die Nachfolgerin. »Man hat mir Ihre Anordnung der Akten so gerühmt, daß ich es gar nicht gewagt hätte.«
»Wichtig ist nicht die Art der Anordnung, sondern daß man die Sachen findet, wenn man sie braucht.«
Ihre Nachfolgerin war auch schon über fünfzig, klang aber wie ein Schulmädchen und merkte sich einfach nichts.
»Ich danke Ihnen vielmals. Wollen Sie uns denn gar nie besuchen kommen?«
»Im Augenblick kämpfe ich gegen eine Erkältung. Der Hagel ...«

Sie brach mitten im Satz ab, was ging das ihre Nachfolgerin an. Sie hängte einfach auf. Die sollte lieber sehen, wie sie zurechtkam. Das Ganze war doch keine Hexerei. Die Leute muteten sich immer mehr zu, als sie zu tun imstande waren. Zum Glück war sie nie ehrgeizig gewesen. Ihr reichte die Buchhaltung, und ihr reichte der Verlag. Es hatte genügend Versuche gegeben, sie abzuwerben, am Anfang zumindest. Ihr lag nichts an Karriere, an keiner. Überschaubar sollte die Arbeit für sie bleiben, vertraut. Sie hatte ein Talent für Einteilung. Das kam ihr selbst bei den Pflanzen zugute.

Das Kind schaukelte auf einem Strick, den es an den beiden Granatapfelbäumchen befestigt hatte.
»Es wird fallen, Regula!« Und erschrocken fügte sie hinzu: »Es wird wieder fallen.«
Regula entschwebte in ihrem Fallschirmseidenkleid. Also Major Henry war es. Als sie ihn kurz vor Kriegsende erstmals zu Gesicht bekam, hatte sie schon die Uniformen für seine Leute beschafft und ein paar von denen, die sich im Winter 44/45 versteckt halten mußten, versorgt gehabt. Seine Größe war erstaunlich. Sie stellte sich vor, wie er, abgetrieben von Frühjahrsstürmen, langsam durch die Nacht ins Gebirge fiel, in den Schnee, während der englische Truppentransporter röhrend eine Schleife zog und nach Italien zurückdonnerte.
Einer von denen, deren Namen ihr Ferdinand damals genannt hatte, sagte: »Heini, das ist die Trude Schwarz. Sie hat uns viel geholfen.«
Major Henry musterte sie ungläubig, dann hielt er ihr seine riesige Hand hin: »Als Chef der österreichischen Freiheitsbewegung danke ich Ihnen.« Und während er ihre Hand noch in der seinen festhielt, fügte er hinzu: »Keine gute Zeit, wenn Frauen sich in Männerdinge mischen müssen. Aber das wird sich ändern.« Er hielt ihr ein klei-

nes Glas mit Schnaps hin. »Auf die neue Zeit!« Sie leerte ihr Glas ebenfalls in einem Zug, und dabei stieg ihr das Wasser in den Augen hoch.

Warum sie nicht früher darauf gekommen war? Die schöne Regula und dieses riesige, tollkühne Mannsbild. Die beiden konnten einander das Wasser reichen.

»Regula!« Sie reckte den Hals, um zu sehen, ob Regula dem Kind das Schaukeln verboten hatte, aber Regula stand am Kopfende ihres Bettes und hatte ein Glas in der Hand.

»Nein, nicht trinken.« Sie zog die Decke bis unter die Nase.

»Wenn du nicht willst, dann nicht, du Glückliche.« Regula setzte sich ans Fußende.

»Und sag, wie war er, dieser Major Henry?«

»Wie ein Mann.«

»Sanft oder leidenschaftlich?«

»Wie Männer eben sind.«

»Grob?«

»Groß und schwer.«

»Oder ein Waschlappen?«

»Er hat mich von oben bis unten abgeleckt und geküßt und umarmt und wieder geküßt, so lange, bis ich gar nicht mehr wußte, wie mir geschah und daß er weiter gegangen war, als er versprochen hatte.«

»Genau wie Werner?« fragte sie ungläubig.

»Wie Werner, wie Leo, wie Ferdinand, wie Toni, wie Mathias, wie Philipp, wie Alois. Nein, der Alois war noch zu jung und zu dumm.«

»Warst du auch schwanger danach?«

»Schwanger, schwanger, ich weiß es nicht. Alles hat geblutet, und ich mußte im Spital bleiben.«

Regula stand vor ihr, und ein Lufthauch hob ihren Rock. Darunter trug sie karmesinrote Wäsche.

Die Fuchsien, dachte Trude, ich habe auf die Fuchsien vergessen. Heute ist Nährtag. Die Sonne schien zu stark. Sie mußte warten, bis sie ganz im Westen stand, damit die Fuchsien nicht verbrannten. Die neue Sorte mit den weißen Deckblättern und den roten Kelchen reagierte besonders empfindlich auf zu grelles Licht, und wenn es dann noch von Tropfen des Wasser-Dünger-Gemischs reflektiert wurde, konnte es zu Verbrennungen kommen.

Werner war ohne Bedenken in den Krieg gezogen, warum? Weil er mußte. Man hatte ihn eingezogen, aber es machte ihm nichts aus.
»Das geht bald vorüber und dann ...«
»Was dann?«
»Dann wird alles anders sein.«
Werner war damals beinah ein Drittel so alt wie sie jetzt. Und er lachte. Warum?
Was erwartete er so anderes, als ihn erwartete? Beute?
»Alles wird uns gehören. Was glaubst du, was es dann für Möglichkeiten gibt.« Sie wußte nicht genau, was er meinte.
»Ein riesiges Reich. Und dann sind wir es, die was zu reden haben. Wer wagt, gewinnt.«
Er hatte sie umarmt und ihr den Kopf nach hinten gebogen, wo er ihn so lange festhielt, bis ihr das Blut in den Ohren dröhnte.
»Laß mich, du tust mir weh!«
»Ich tu dir nicht weh, es ist dir nur unangenehm.«
Er holte ihren Oberkörper zurück und kitzelte sie mit der Zunge im Ohr. »Und *dann,* Frau Schwarz, wenn das alles vorbei ist, werden wir reisen. Leo wird anstelle vom Papa Sekretär der Hoteliersvereinigung, und er wird mich auf Inspektion schicken, besser gesagt uns. Wir schauen uns alles an zwischen der Krim und der Bretagne, und dort, wo es uns am besten gefällt, eröffnen wir unser eigenes Hotel.«

»Und wenn es kein *dann* gibt?«
»Es gibt immer ein *dann,* und wenn nicht, dann ...«
Er hob sie auf und wirbelte sie herum. Es war der Tag, an dem er sich Tonis Motorrad geborgt hatte.
»Man muß glauben ans Glück, erst recht ans eigene.«

»Erobern«, sagte Regula, die das Kind huckepack trug. Es war eingeschlafen, ein wenig Blut sickerte aus seinem Mundwinkel und hing in einem dünnen Faden vom Kinn bis auf Regulas Schulter herab.
»Alle wollen sie einen erobern. Alles wollen sie erobern. Sie finden nichts dabei.«
»Erobern, erobern ... ist nur ein anderes Wort für wegnehmen. Nur Ferdinand hat gewußt, was das heißt.«

Als die Nachricht von Ferdinands Tod kam, war die Schwiegermutter an der Küchenkassa sitzengeblieben, bis das Mittagsgeschäft vorüber war. Dann ist sie aufgestanden und zur Wasserleitung gegangen und plötzlich mitsamt dem Glas in der Hand umgefallen. Ihre Tochter Marie saß an ihrem Bett und erzählte ihr vom Endsieg und daß die Namen der Brüder ins goldene Buch der Bewegung eingetragen würden. Der Führer persönlich würde kommen, ihr, der Mutter, die Hand drücken und ihr höchstpersönlich danken für die Opfer.
Der Schwiegervater ging mindestens einmal am Tag um den See, und die Leute, die ihm begegneten, behaupteten, er rede mit sich selber. Die Schwiegermutter war längst aus dem gemeinsamen Schlafzimmer ausgezogen und schlief mit ihrer Tochter Marie in einem Doppelbett.
Immer hatte es Krieg gegeben, seit es Menschen gab. Die Reiche, die Kulturen, der Fortschritt, zu allem hatte es den Krieg gebraucht. Aber warum erschossen sie einem die eigenen Söhne? Irgend etwas war schiefgelaufen nach all den erfolgreichen Vormärschen und glänzenden Siegen.

Der Schwiegervater hatte nie an den Mythos vom reinen Blut geglaubt, dazu war er zu sehr Hotelier, aber er war von den Führungsqualitäten einzelner und der Wirtschaftlichkeit eines großen Reiches überzeugt. Und nachdem die Monarchie versagt hatte, mußte wer anderer kommen und dieses Reich in seiner Größe wiederherstellen, egal unter welchem Namen und mit welchen Mitteln. Keine Zölle, keine Export-Import-Beschränkungen, Freizügigkeit — die Hotellerie lebte von der Freizügigkeit —, einheitliche Währung und wer *sein* in der Welt, kein Reststaat mit der Tendenz zum Bürgerkrieg.
»Wenn ein Land ein Habenichts ist«, hatte er zu Trude gesagt, »dann wachsen in ihm die politischen Übel. Nur ein reiches Land kann sich den inneren Frieden leisten.«

BEGLEITUMSTÄNDE — HUNDELEBEN

Es ist einer der seltenen Tage dazwischen; die Tournee hat sich nicht lückenlos planen lassen, und Vevi hat auf der Nacht im Wohnmobil bestanden. Nicht aus Geiz, obgleich sie sich gelegentlich zu dieser Veranlagung bekennt, sondern weil sie wieder einmal in den eigenen vier Wänden nächtigen wollte. Auf dem Tischchen steht ein halb leergegessener Rohkostteller — sie haben kiloweise Obst und Gemüse eingekauft —, und gleich daneben dampft es aus dem Teetopf. Auch die Entschlackung des Leibes wird von Vevi auf die intensivste Weise betrieben. Selbst das Rauchen versucht sie an diesem Abend zu unterlassen, was Pröbstl geradezu nervös macht, so sehr ist sie an den Rhythmus gewöhnt, in dem Vevi sich sonst eine Zigarette anzündet.

Der Wagen ist mit allem ausgerüstet, von Waschbecken über Kochnische bis Humusklo. Sie ziehen es dann aber doch vor, Dusche und Toilette des kleinen Camping-Platzes zu benützen, den sie nach langem Suchen schließlich gefunden haben.

Vevi hat sich rohe Gurkenscheiben aufs Gesicht gelegt, Salbei steigt in breiten Dampfschwaden auf und zieht durch die geöffnete Oberlichte in die Nacht hinaus. Zwischendurch macht Vevi Atemübungen und hält die Hände in Seifenwasser, um die Nagelhaut aufzuweichen.

Pröbstl weiß, daß es keine Flucht gibt, nicht einmal in den Alkohol. An einem solchen Purgier- und Gesundheitstag hätte Vevi nicht gestattet, daß sie Wein kauft. Sie hat sich ein stilles Viertel gegönnt, während Vevi von einer Telefon-

zelle aus endlos mit dem Mann sprach, der eigentlich ihr Mann war, auch wenn sie nicht verheiratet waren, aber das Viertel ist längst verraucht, und so kann Pröbstl nur hoffen, daß sie beide bald einschlafen, noch dazu im selben Raum, was sie seit ihrer Kindheit nicht mehr getan haben.
Nicht genug damit, daß alles nach dem Absud riecht, zerreibt Vevi auch noch ein getrocknetes Salbeiblatt zwischen den Fingern und schnuppert daran.
»Pröbstl, schläfst du schon?«
»Aber wo.« Sie nagt an einem Gemüsestäbchen. Weder Botond noch Aron waren für Gemüse zu haben gewesen, und schon gar nicht roh. »Das ist was für Menschen mit schlechter Verdauung«, hatte Botond behauptet, und Aron hatte gefragt »Hattu Reisauflauf?« Sie selber ißt alles gern, was in einem Garten wächst.
»Was riechst du am liebsten?«
Sie antwortet nicht sofort. Sie würde die Wahrheit sagen, sobald sie den Mund aufmachte.
»Freilich schläfst du.«
»Ich esse.« Sie knabbert hörbar.
»Also, was riechst du am liebsten?«
»Wieso willst du das jetzt auf einmal wissen?«
»Stell dich nicht so an und sag schon.«
»Hunde, noch lieber junge Hunde.«
»Ich hab es ernst gemeint.«
»Ich auch. Am liebsten würde ich züchten.«
»Was züchten?«
»Einen bestimmten Hund.«
»Also das kann nicht dein Ernst sein.«
Pröbstl kaut und schweigt verstockt.
»Was für einen Hund?«
»Den Hund der Hunde.«
»Und woher soll ich wissen, was der Hund der Hunde ist?«

»Du hast diesen Hund gekannt.«
Vevi seufzt. »Ich hab auch dich gekannt.«
»Eben deshalb solltest du es wissen.«
»Doch nicht Zottel?!«
»Doch, Zottel.«
»Zottel war ein Mischling. Ich weiß nicht einmal mehr, woher wir sie hatten. Ich glaube, mein Vater hat sie irgendwo gefunden, am Müllabladeplatz oder so. Aber eigentlich war sie mein Hund.«
»Ja, leider. Ich hätte damals die Hälfte meines Lebens dafür gegeben, daß sie mir gehört.«
»Dann wärst du jetzt schon tot. Aber sag, willst du tatsächlich Hunde züchten?«
»Nicht Hunde. Einen bestimmten Hund. Einen Hund, der genauso aussieht wie Zottel. Genauso schwarz-weiß, genauso zottig und genauso klug.«
»Da kannst du lang probieren. Schon ihre eigenen Jungen haben anders ausgesehen als sie.«
»Du erinnerst dich noch, wie wir Hebammen spielten?«
Als Zottel werfen sollte, hatten sie ihr in einem der Abstellräume ein Brettergeviert gemacht, in das Laub gefüllt wurde, darüber kam ein Pferdekotzen, und sie hatten beide bei Zottel gewacht, bis sie allen acht Jungen die Nabelschnur abgebissen und sie trockengeleckt hatte. Dann brachten sie ihr zu trinken, und sie ließ es zu, daß sie die Jungen in die Hand nahmen und sie ihr dann anlegten. Und immer, wenn sie »brave Zottel« sagten, klopfte sie leise mit dem Schwanz, daß das Laub darunter nur so raschelte. Sie hatten sich für alle Jungen Namen ausgedacht, aber nur vier durften am Leben bleiben. Mehr würde Zottel nicht ernähren können, hieß es. Und überhaupt, wohin mit so vielen jungen Hunden?
»Der Hausdiener hat die vier anderen umgebracht«, sagt Vevi. »Er war der einzige, dem ich es zugetraut hätte, und prompt war er es auch.«

»Erinnere dich an den Geruch. Ich kann den Geruch dieser jungen Hunde nicht vergessen.«
»Also willst du doch züchten.«
»Ja, eine neue Zottel.«
»Warum hast du nicht schon längst damit angefangen? Hast du deinem komischen Mann nie etwas davon gesagt? Daß du auch Wünsche hattest?«
»Doch. Aber es wurde nichts daraus.«

Und wie sie Botond davon erzählt hatte! Langsam war sie es angegangen und sehr überlegt. Noch bevor Aron auf die Welt gekommen war, hatte sie Botond beim Spazierengehen auf einzelne Hunde aufmerksam gemacht. Und zeitweise ließ Botond sich von ihrer Begeisterung anstecken, gab ihr recht, wenn sie meinte, ein Hund würde einem ein Gefühl der Geborgenheit vermitteln. Sie hatte von Zottel immer so berichtet, als sei sie ihr Hund gewesen. Zumindest auf diese nachträgliche Art sollte sie ihr gehören. Aber immer, wenn sie deutlicher wurde und von einem bestimmten Hund redete und daß sie ihn haben wolle, sagte Botond: »Und was tun wir mit dem armen Tier, wenn wir nach Amerika gehen?«
Amerika, Amerika. Im Hinblick auf Amerika erwiesen sich die meisten Dinge als nicht sinnvoll genug. Wozu eine größere Wohnung? Wozu Haushaltsgeräte? Wozu Kleider? Wozu Bücher? Alles Sachen, die man nicht mitnehmen konnte. Botond wurde wütend, wenn sie irgendwelche Dinge kaufte, die größer waren als eine Taschenuhr. »Wohin damit«, rief er, »wenn wir ohnehin weggehen?« Nur die Sachen für Aron ließ er gelten. »Babysachen werden immer gebraucht, die lassen sich leicht wieder verkaufen.« Also kamen ein Wickeltisch, ein Gitterbett, eine kleine Wanne, ein Kinderwagen und dann auch noch ein Stroller ins Haus, ohne daß sie diese Ausgaben extra hätte rechtfertigen müssen.

Als Aron ein Jahr alt war, machte sie einen letzten Versuch. Es sei so schön für ein Kind, mit einem Tier aufzuwachsen. Es müsse ja kein großer Hund sein. »Kauf ihm ein Meerschweinchen«, hatte Botond geantwortet. »Ein Meerschweinchen kann man verschenken, wenn man weggeht.« Dabei wußte sie damals schon, daß aus Amerika nie etwas werden würde, auch wenn Botond sich noch so sehr an diesen Gedanken klammerte. In Wirklichkeit wollte er genausowenig nach Amerika wie sie, aber er hatte Amerika so nötig für seinen Lebensplan.

»Du wolltest Tierärztin werden. Damals zumindest.« Pröbstl lacht.
»Weil mir der Dr. Allerhand, der überallhin mit dem Motorrad fuhr, so imponiert hat. Erinnerst du dich noch an den Dr. Allerhand?«
Vevi lacht. »Allerhand, was dem Allerhand auf dem Land alles schwant. Auch einer, der meine Mutter hofiert hat. Wenn er die Bauern alle durch hatte, kam er zu uns und trank ein paar Schnäpse. Glauben Sie mir, Frau Schwarz, ich bin kein halber Mensch! Und meine Mutter hat sich alle seine Kalb-, Kuh- und Kastrierungsgeschichten angehört und seine Diagnosen bewundert. Aber wann immer er damit anfangen wollte, sie zu streicheln, sagte sie: ›Entschuldigen Sie schon, Herr Doktor, aber ich bin kein Hund. Und obendrein fehlt mir nichts, außer einem Stündchen Schlaf, das ich haben könnte, wenn Sie jetzt nach Hause gingen.‹«
Pröbstl muß lachen.
»Dabei hatte er selber einen Hund, den er auf dem Motorrad mitnahm. Der saß dann vorne auf dem Tank und duckte sich, damit der Dr. Allerhand auf die Straße schauen konnte.«
»So ist er auch umgekommen, der Dr. Allerhand. Sein Hund sah plötzlich eine läufige Hündin neben der Straße herlaufen, das heißt, er roch sie wohl, richtete sich auf

und sprang ab. Da hat es dem Dr. Allerhand die Maschine so unglücklich verrissen, daß er in den Fluß stürzte und das Bewußtsein verlor. Dabei ist er ertrunken. Ich seh ihn noch immer vor mir, wie er mit seinem rothaarigen Hund, den Motorradbrillen und der Lederhaube über die Landstraße dahergebraust kam.«

Auch Pröbstl sieht ihn vor sich, den Dr. Allerhand auf seinem Motorrad, aber wie er umgekommen ist, das hat sie erst jetzt erfahren.

»Tierärztin? War es das wirklich?«

Vevi nimmt die Gurkenscheiben vom Gesicht und wirft sie in den Abfalleimer. »Faß an«, sagt sie und deutet auf ihre Wangen, »ganz weich.« Doch als Pröbstl der Aufforderung nicht nachkommt, besteht sie nicht weiter darauf. Nur eine Antwort möchte sie haben.

»Ich meine, was hast du dir wirklich vorgestellt, außer heiraten, kinderkriegen und was sonst so dazugehört?«

Pröbstl schweigt. Erst nach einer Weile entschließt sie sich zu einer Antwort. »Danach hat mich noch niemand ernsthaft gefragt.«

»Aber ich frage dich jetzt. Los. Komm schon. Spuck es aus. Ich will es wissen, hörst du? Du hast die einmalige Chance, es laut zu sagen.«

Pröbstl ziert sich. Es ist, als ob sich endlich Gelegenheit böte, sich zur Geltung zu bringen, wie ihre Mutter zu sagen pflegte. Endlich einmal will Vevi etwas von ihr. Sie will einen Zipfel von ihrem Leben, und sei's aus reiner Neugier, etwas, das sie bisher für sich behalten hat. Warum es auf einen Schlag preisgeben?

»Rat! Vielleicht kommst du drauf.« Vevi wird ungeduldig.

»Hör zu, ich hasse Kreuzworträtsel. Entweder du sagst jetzt, was es ist, oder ...«

»Was oder?«

»Herrgott, Pröbstl, ich erkenne dich nicht wieder.«

»Du wirst mich auslachen.«
»Sicher. Wenn du dich weiter so aufführst.«
»Kunstreiterin.«
Vevi setzt sich auf, wobei das Gefäß mit der Seifenlauge beinah umfällt, aber sie erwischt es gerade noch und stellt es zurück auf das Tischchen.
»In einem Zirkus?«
»Warum nicht?« Pröbstl erschrickt vor ihrer eigenen Kühnheit.

Es stimmt nicht ganz, daß sie nie mit jemandem darüber gesprochen hat. Sie und Botond hatten an ihrem fünfundzwanzigsten Geburtstag in einem Weinlokal gefeiert, und da erzählte sie ihm davon, daß sie gerne Reiterin geworden wäre. Sie sagte damals nicht Kunst-, sondern Turnierreiterin. Und das Wort Zirkus war überhaupt nicht vorgekommen. Sie sprach von einem Reitstall und Wettbewerben, sogar internationalen. Botond hatte zuerst sehr gelacht und gesagt, er könne sie sich gut auf einem Pferd vorstellen, wo sie sich doch immer so gerade halte und so schlank sei, aber dann mißfiel ihm das Ganze plötzlich, und er behauptete, da schlüge wohl die Herrenreiter- und Gutsbesitzersmentalität ihrer Vorfahren durch. Ihr Vater und ihr Großvater waren tatsächlich bei der Kavallerie gewesen, aber daran hatte sie in diesem Zusammenhang noch nie gedacht, und sie erschrak bei dem Gedanken, Botond könne recht haben, so sehr, daß ihr die Tränen kamen.
»Verzeih«, sagte Botond, »aber ich kann nie ganz vergessen, daß meine Leute einmal gegen Leute wie deine gekämpft haben.«

Vevi schaut sie entgeistert an. »Bist du denn je im Leben auf einem Pferd gesessen?«
»Erinnerst du dich nicht?«
»An was soll ich mich jetzt schon wieder erinnern?«

»An Pascha.«
Pascha, das Fuhrpferd, war weder von seinem Aussehen noch von seinem Gehabe her ein Pascha. Im Gegenteil. Nicht mehr jung und ziemlich ausgeschunden, stand er manchmal gegen Abend auf einem eingezäunten Stück Wiese und rupfte gierig das Gras ab. Er gehörte dem Nachbarbauern. Soldaten hatten ihn halbverhungert zurückgelassen, für ein paar Zivilkleidungsstücke. Vevi hatte sie angestiftet, nachdem sie ihm eine Zeitlang vom Zaun aus, auf dem sie saßen, zugeschaut hatten.
Plötzlich hatte sie sich als Kunstreiterin in einem himmelblauen Tüllkleidchen mit funkelnden Pailletten gesehen, und schon glitt sie vom Zaun. Vevi folgte ihr, machte ihr sogar die Räuberleiter, und sie kletterte hoch, wie im Traum. Pascha zuckte nur mit der Haut, so als steche ihn eine Bremse, ansonsten beachtete er sie nicht.
Sie saß auf seinem Rücken, seine Wirbelsäule war deutlich zu spüren und die trockene Wärme seines Fells. Sie wagte vor Glück kaum zu atmen. Das erste Mal in ihrem Leben hatte sie das Gefühl, der Mittelpunkt der Welt zu sein.
»Und jetzt schau, ob du stehen kannst!« rief Vevi ihr zu. Sie zog die Beine an, stützte sich auf die Knie, auf die Hände und versuchte, sich aufzurichten. Sie dachte bereits daran, den einen Fuß abzuspreizen, wenn sie dann stand, wie es die Ballettänzerinnen taten.
Pascha hatte die Stelle, an der er stand, abgegrast und zog weiter, wobei er über die eigenen Hufe stolperte. Und schon kam sie, über seinen bereits wieder gesenkten Hals rutschend, herunter ins Gras gefallen, wo sie einfach liegenblieb, so verzweifelt war sie über das jähe Ende ihrer Darbietung. Etwas riß sie an den Haaren hoch, und als sie aufschaute, sah sie Pascha an ihren Haaren nagen; er hatte ihr gerade die Masche vom Kopf gefressen.
Vevi lacht und lacht. »Deine Masche, deine große rosa Masche … Deine Mutter muß meterweise Seidenband

mitgebracht haben, immer hattest du so eine Masche im Haar.«

»Von da an nicht mehr.«

»War deiner Mutter so leid um die von Pascha gefressene Masche?«

»Von da an verlor ich sie immer. Ich nahm sie aus dem Haar, sobald ich aus dem Haus ging, legte sie irgendwohin und konnte sie dann nicht mehr finden.«

»Hast du es noch einmal probiert? Ich meine mit Pascha?«

»Ja. Aber da hat mich der Bauer erwischt. Der Pascha habe im Krieg genug Menschen herumtragen müssen, jetzt sei Schluß damit. Jetzt brauche er seine Kraft zum Ziehen.«

»Und später? Hast du es je wieder mit dem Reiten versucht?«

Pröbstl schüttelt den Kopf. »Wie denn? Es gab keine Gelegenheit mehr.«

»Und wie ich dich kenne, hast du auch gar nicht erst versucht, dir eine zu schaffen.«

»Ich hatte kein Geld für Reitstunden. Meine Mutter hätte es mir auch gar nicht erlaubt. Reiten ist was für Männer, hat sie immer gesagt, für Offiziere in der Kavallerie, aber nicht für Mädchen. Man kriegt so starke Beine davon.«

»Und das soll dein Lebenstraum gewesen sein?«

Sie weiß nicht, was darauf sagen.

Vevi steht auf und putzt sich die Zähne, dann schaut sie noch einmal nach, ob die Tür auch wirklich verriegelt ist.

Im Frühjahr 45 waren eine Reihe von den mit den Nazis verbündeten Exilregierungen aus Osteuropa in den verschiedensten Hotels und Pensionen der Gegend untergebracht, die bulgarische, die rumänische, die ungarische. Sie und Vevi kannten einander bereits, sie waren an die fünf Jahre alt. Sie war von zu Hause weggelaufen, um in die weite Welt zu ziehen, wie es in dem Lied hieß. Als sie eine Weile gegangen war, kam ihr das Haus, an dem sie vorüberging, bekannt vor, und sie dachte daran, Vevi zu besuchen. Zuerst wollte sie noch den See anschauen, natürlich nur von weitem, sie konnte noch nicht schwimmen.

Sie lief am Rand der Wiese Richtung Wasser, da erblickte sie ein Pferd. Sie schloß die Augen, so sehr war sie geblendet von seiner Gestalt. Sie versteckte sich hinter einem Strauch auf der Böschung und schaute und schaute. Das Pferd war so groß und so schlank, und sein Fell leuchtete rot in der Sonne. Sie konnte sich nicht sattsehen. Von der anderen Seite der Wiese näherten sich drei Männer, zwei in Zivil, einer in Uniform. Sie gingen auf das Pferd zu, einer nahm es am Halfter und befestigte einen Strick daran. Das Pferd wurde unruhig und stieg mit den Vorderbeinen. Sie fand die Bewegungen des Tiers so schön, daß sie am liebsten hingelaufen wäre. Plötzlich zog der Uniformierte etwas aus der Tasche, streckte den Arm aus und schoß. Das Pferd schwankte ein wenig. Schon hoffte sie, daß ihm nichts passiert, daß alles nur ein Spaß gewesen wäre. Aber dann fiel es. In diesem Augenblick erst bemerkte sie das andere Pferd, das mit einem Strick an einem Baum hing, damit es nicht fortlaufen konnte. Es mußte begriffen haben, daß es in Gefahr war, denn es begann so heftig an dem Strick zu zerren, daß der Strick riß und es davongaloppierte, genau in ihre Richtung.

Sie war so starr, daß sie sich nicht rühren konnte, und mußte nur immer dieses andere Pferd anschauen, das mit flatternder Mähne auf sie zukam, als wolle es sich ebenfalls hinter diesem Busch verstecken. Die drei Männer rannten jetzt, und als klar war, daß sie das Pferd nicht mehr einholen konnten, zog der Uniformierte wieder seine Pistole. Er schoß mehrere Male, bis das Pferd endlich stolperte und der Länge nach hinschlug. Es war am Fuß getroffen worden, und als die drei Männer herankamen, hob

es den Kopf und versuchte, sich aufzurappeln. Seine Beine waren in Bewegung, und die drei Männer näherten sich von der anderen Seite, um nicht von den schlagenden Hufen getroffen zu werden. Der Uniformierte rief etwas, aber sie konnte nicht verstehen, was er sagte. Dann schoß er das Pferd in den immer noch erhobenen Kopf, der sofort auf die Wiese, die noch ziemlich feucht war, klatschte.
Sie konnte sich noch immer nicht von der Stelle rühren. Langsam wandte sie den Blick, schaute wieder zu dem ersten Pferd hin. Männer und Frauen mit Eimern und Waschschüsseln standen drum herum, und sie konnte sehen, wie jemand das Pferd in den Hals stach.
Als der Uniformierte und die beiden anderen Männer zu dem ersten Pferd zurückkamen, lösten sich ein paar von denen, die die Eimer trugen, von der Gruppe und gingen in Richtung auf das zweite Pferd. Als sie angekommen waren, blinkte die Klinge eines Messers auf. Sie hörte, wie die Leute miteinander redeten und wie jemand lachte.
Sie begann wieder zu laufen. Weg von der Böschung, den kleinen Weg entlang, auf das Haus zu. Sie lief und lief durch das feuchte Gras, über Kies, an Blumenrabatten vorbei bis zur Sandkiste. Vevi saß auf einem ausrangierten Kinderwageneinsatz und hielt sich den Kopf. »Sie haben sie totgeschossen, damit sie das Fleisch essen können.«
Sie setzte sich an den Rand der Sandkiste und schaute ihre Schuhspitzen an.
Nach einer Weile fragte Vevi: »Kannst du nicht reden?«
Sie verharrte in ihrer Stellung, ohne sich zu rühren.
»Was ist?« fragte Vevi. »Tust du nur so, oder kannst du wirklich nicht reden?«
Sie versuchte den Mund aufzumachen und was zu sagen, aber es kam kein Ton heraus.
»Die kann wirklich nicht mehr reden«, sagte Vevi zu ihrer Mutter, die herausgekommen war, um sie ins Haus zu holen.

Als sie Botond einmal davon erzählt hatte, daß die ungarische Exilregierung in der Pension von Vevis Eltern einquartiert gewesen sei, sagte er: »Diese Schweine. Sie haben sogar die Krone mitgehen lassen und sie den Alliierten übergeben. Seither ist sie in Amerika. Aber irgendwann wird sie nach Ungarn zurückkommen, glaub mir.«
»Seit wann ist dir die ungarische Krone so wichtig?« hatte sie ungläubig lächelnd gefragt.
»Das verstehst du nicht. Das wirst du nie verstehen.«

»Schläfst du?«
Pröbstl hat einen leichten Schlaf und ist sofort wach.
»Hörst du es auch?« Vevi greift unter ihren Kopfpolster.
Sie kann nicht sogleich unterscheiden, ob das Geräusch tatsächlich von Schritten kommt oder von ihrem heftig klopfenden Herzen, das gegen den Betteinsatz dröhnt, sie liegt auf dem Bauch.
»Da ist jemand. Ich hör ihn schon die ganze Zeit hier rumschleichen.«
»Jetzt hör ich es auch.« Sie flüstern beide.
Vevi schiebt langsam den Vorhang über ihrem Bett zurück. Der Camping-Platz bekommt nur von einer einzigen Straßenlampe Licht. Es ist Vorsaison, und es stehen nur ein paar Wagen hier.
»Das war an der vorderen Wagentür.« Vevi scheint Geräusche sehr gut orten zu können. Sie späht durch den Spalt, den sie zum Schlafen offen gelassen haben.
»Ein Riesenkerl«, sagt Vevi leise, und dann schreit sie mit ihrer rauhen trainierten Stimme. »Wenn Sie nicht sofort verschwinden, schieße ich.«
Erst jetzt, als sich ihre Augen an die nur von der Straßenlampe erhellte Dunkelheit gewöhnt haben, bemerkt Pröbstl, daß Vevi eine Pistole durch den Fensterspalt streckt. Einen Augenblick lang ist alles still, dann hören sie jemanden keuchend »Hurenbagage« sagen und davonlau-

fen. Für eine Sekunde erscheint ein Schatten, der über den Vorhang auf Pröbstls Seite läuft. Ein Hund bellt, dann ist es wieder ruhig.
»Ich hoffe, wir haben ihn wirklich vertrieben.« Vevi steckt die Pistole wieder unter ihren Kopfpolster.
»Ich wußte nicht, daß du sowas dabei hast.« Pröbstl verschluckt sich beinah an ihrem Flüstern.
»Das ist doch nur der Gasanzünder.«
»Und wenn es eine echte wäre, würdest du schießen?«
»Ich weiß nicht. Ich hab es nie gelernt. Aber es wäre so leicht. Ein kleiner Druck mit dem Finger gegen ein Stück Metall, und schon bist du die Sorge los.«
Was konnte der Mann gewollt haben? Schon wieder hat Pröbstl Schluckbeschwerden und muß die große Mineralwasserflasche ansetzen.
»Du würdest also schießen? Im Notfall?«
»Wahrscheinlich. Wenn ich mich sehr bedroht fühlte. Aber du doch auch?«
Pröbstl schüttelt heftig den Kopf, immer heftiger, bis ihre Haare nur so durch die Luft fliegen. Und sie kann gar nicht aufhören damit.
»Was ist los mit dir? Spinnst du?«
»Du würdest also auch auf mich schießen, wenn du dich sehr bedroht fühltest?«
»Sag mal, hast du heimlich getrunken?«
Laut klopft es an die hintere Wagentür. Sie erstarren beide einen Augenblick. Dem Klopfen folgt eine ältere Männerstimme. »Alles in Ordnung?«
»Wer sind Sie?« Vevis Stimme dröhnt wie ein Nebelhorn.
»Der Platzwächter. Der Hund hat angeschlagen, auch habe ich jemanden rufen hören. Da dachte ich, machst du eine Runde.«
Vevi steht auf und öffnet einen Spalt. Ein großer Schäferhund streckt seine Schnauze zur Tür herein. »Mich haben Sie rufen hören. Da war ein riesiger Kerl, der hat an der

vorderen Tür hantiert und uns beschimpft, als wir ihn angerufen haben.«

Der Platzwächter macht ts! ts! »Der war im Vorjahr auch schon ein paarmal da, wenn es derselbe ist. Ich kann ja den Hund bis zum Morgen hier draußen lassen. Dann brauchen Sie keine Angst mehr zu haben.«

»Wir haben keine Angst. Sie können den Hund ruhig mitnehmen!« Vevi schließt die Tür wieder.

»Also, gute Nacht.«

»Der Hund hätte doch ruhig hier draußen bleiben können. Wen hätte er denn gestört?«

»Sei nicht kindisch, Pröbstl. Oder hast du tatsächlich Angst?«

Sie liegt nun auf dem Rücken und antwortet nicht sogleich.

»Ich kann verstehen, was für ein Schock das für dich war, Pröbstl. Glaub mir, ich kann es wirklich verstehen. Aber du wirst damit leben müssen, hörst du?!«

Sie sagt noch immer nichts.

»Und zum Leben gehört das Bluffen.«

Sie kann es sich einfach nicht vorstellen, mit einer Spielzeugpistole herumzufuchteln. Allein die Angst, damit erst recht zu provozieren. Ihr rinnen die Tränen aus den Augenwinkeln.

»Kannst du mir sagen, warum ein Mensch einen anderen umbringt?«

Vevi läßt sich seufzend zurück aufs Bett fallen: »Kann ich nicht. Und ich glaube, nicht einmal dein früherer Mann, dieser Botond, kann es.«

TAG- UND NACHTSTÜCKE IN SCHWARZ'SCHER MANIER III

Alles, was ich vom Leben und von der Liebe wußte, wußte ich von der Seraf. Seit ich mich erinnern kann, war sie unser Stubenmädchen, aber auch eine Art Kinderfrau. In ihrem Gedächtnis hatte sie nicht nur die eigenen Liebschaften aufliegen, sondern auch sämtliche Bewegungen innerhalb unserer Familie, akkurat geordnet und jederzeit abrufbar.

Seraf wußte alles. Sie hatte geliebt, war verlassen worden und hatte geboren. Sie kannte das Leben und den Tod aus der Nähe.

»Am liebsten waren mir die Burschen aus den jüdischen Familien«, sagte sie und spielte dabei auf einige ihrer Vorkriegsbekanntschaften an. »Die haben nicht so dumm dahergeredet, sondern ihre Sache gemacht. Und einen langen Atem hatten die auch.« Sie lachte und schaute mich von der Seite an, ob ich schon verstand, was sie damit meinte. »Und danach hat es ein ordentliches Geschenk gegeben.«

»Wie haben die denn ausgeschaut?« Es war Anfang der fünfziger Jahre, und ich hatte außer dem alten, entmündigten Dr. Wassitschek, der eine Zeitlang bei uns gewohnt hatte, noch keine Juden aus der Nähe gesehen. Seraf zuckte die Achseln, kramte in ihrer Nachttischlade und holte ein paar Fotos hervor, kleine Bilder mit gezackten Rändern. Die jungen Männer, die sie mir darauf zeigte, sahen nicht viel anders aus als die Männer, die ich kannte, nur daß sie auf diesen kleinen Schwarzweißfotos ziemlich dunkel wirkten, wie alle Menschen, die nicht ausgesprochen blond sind.

»Unterm Hitler«, sagte die Seraf, »habe ich die Fotos in einem Rex-Glas im Garten vergraben, damit sie mich nicht auch noch einsperren. Judenhur hat sich trotzdem keiner zu mir zu sagen getraut. Zu viele von den einheimischen Frauen sind im Jahr davor noch bei Juden auf dem Schoß gesessen.«

»Und danach«, fragte ich gespannt, »als sie weg waren?«

»Ich war halt verwöhnt. Und die Juden haben besser aufgepaßt. Das Kind hat mir ein deutscher Flieger gemacht. Der war hier auf Urlaub. Ein fescher Mensch, aber so patschert. Der hat überhaupt nichts können. Und immer hat er erzählt, wie scharf die Frauen auf die Flieger sind. Er will aber nur mit mir ins Bett, hat er mir ins Ohr gesagt, gerade weil ich nicht so scharf darauf bin. Da muß er sich noch was einfallen lassen.«

»Ist ihm was eingefallen?«

Seraf lachte geringschätzig. »Durchs Fenster hat er einsteigen müssen, der Depp. Weil er gemeint hat, daß sich das in den Bergen so gehört. Dabei hat er sich am Spalierbaum einen Schiefer eingezogen.«

»Und wo?« Ich hatte die Geschichte schon so oft gehört, konnte aber noch immer nicht genug davon kriegen.

»Wo schon? Wo es ihn am meisten geniert hat. Und wie ich mit den Fersen an seinem Hintern angekommen bin — heilige Jungfrau, irgendwo muß man sich doch anhalten —, hat er aufgejault, und schon war es passiert.« Die Seraf nickte anhaltend mit dem Kopf.

»Wie ich dann gewußt habe, daß ich schwanger bin, war sein Urlaub längst vorbei, und der Herr Flieger auf und davon in den Wolken, aus denen er bald darauf gefallen ist. Er soll sofort tot gewesen sein. Da hat einer aus einem anderen Rohr geschossen — und aus war's mit der Liebe, dem Flieger ...!«

Die Seraf hatte auch ein Foto von ihrem kleinen Kind. Es hat darauf die Augen zu und den Mund weit offen, während es die Finger alle gespreizt hält.
»Es war halt das Kind von einem Flieger«, sagte die Seraf immer, wenn sie mir das Foto zeigte. »Und ist schon nach zwei Wochen ein Engerl worden!« Sie küßte das Bild und schob es zurück in das Kuvert mit den Liebhabern. Es war ein männliches Engerl gewesen.

Ich war bereits im Internat bei den Klosterschwestern und nur mehr in den Ferien zu Hause im SEEBLICK. An einem solchen Ferientag sagte die Seraf plötzlich: »Da schau, die Blaus sind wieder da.« Sie konnte sich an die alte Frau Blau und den ehemaligen jungen Herrn noch gut erinnern. »Die sind jetzt Amerikaner ...«, das verunsicherte sie ein wenig. Sie konnte nur »good morning« und »how do you do« sagen, und was ein cowboy ist, wußte sie auch, obwohl bei uns die Kühe nur von Weibern und Kindern gehütet würden, wie sie behauptete.
»Die Grüns und die Brauns und die Rots und die Blaus ...«, sagte der Lohndiener, der aus dem Böhmerwald stammte, »alle sind sie wieder da, jetzt auf einmal ...«, und er schnitt dabei so ein Gesicht, daß die Seraf ihn anbiß:
»Schau nicht so deppert«, und als er noch frech die Augenbrauen hob, keifte sie: »Du hast es not, du Böhm du!«, worauf er beleidigt den Rotz hochzog und seinen Schurz zurechtzupfte.
»Und die Schwarz sind auch da«, trumpfte ich auf.
»Das ist was anderes«, meinte die Seraf. Dann lachte sie genant »Doch, doch!« und dabei schaute sie mich an, als sei ich der Witz an der ganzen Sache.
Auch die Mami und das Papili konnten sich noch an die alte Frau Blau und den ehemaligen jungen Herrn erinnern. Nur die jetzige Frau des ehemaligen jungen Herrn kannte

niemand. Es gab auch kleine Blaus, die überall herumwuselten und ein englisches Kindermädchen hatten.
Als die Blaus mich zum ersten Mal sahen, musterten sie mich einigermaßen überrascht, aber das war ich ohnehin gewöhnt, wobei die junge Frau Blau plötzlich lachen mußte und irgend etwas auf englisch zu ihrem Mann sagte, was ich trotz englischer Konversation in der Klosterschule nicht verstand. Da fuhr mir Herr Blau mit der Hand durch den Wuschel und meinte: »Genoveva heißt du also. Wie originell!«
Die Mami und das Papili wirkten ziemlich steif, als sie sich mit den Blaus darüber unterhielten, seit wann diese nun nicht mehr hier gewesen seien.
Die Blaus waren meistens beim See, wenn sie nicht gerade eine Bergtour machten oder das Wetter zu schlecht war. Ich bemerkte, daß der jungen Frau Blau an der linken Hand zwei Finger fehlten und daß sie am Unterarm mehrere Ziffern eintätowiert hatte. Ich fragte die Seraf, was das bedeutete. »Das ist die Lagernummer«, flüsterte sie.
»Was für ein Lager und was für eine Nummer?« Ich kam mir sehr gescheit vor, klosterschulengescheit, und wußte auf alles etwas.
»Die KZ-Nummer.«
»Was für ein K und was für ein Z?« Ich fragte betont schulisch, sozusagen jesuitisch.
Aber da fiel sogar die Seraf um. »Was weiß ich«, sagte sie. »Was Furchtbares halt. Aber das verstehst du noch nicht.«
Normalerweise hätte mich so eine Antwort von der Seraf nicht eher ruhen lassen, als bis ich es verstanden hätte. Dieses eine Mal aber ließ ich es auf sich beruhen. Irgend etwas in ihrer Stimme hatte mir auf unerklärliche Weise Angst gemacht.
Herr Blau war nicht mehr der junge Herr Blau, sondern einfach Herr Blau für mich. Es gab keinen alten Herrn Blau mehr, und das Baby Blau schiß zwar noch in die Win-

deln, aber bald würde dieses spuckende, jauchzende, torkelnde Fettklümpchen der junge Herr Blau sein, also war der ehemalige junge Herr Blau zur Zeit nur Herr Blau, und er nervte mich ziemlich, wenn er mir eine seiner amerikanischen Zeitungen hinschob, um zu erfahren, wieviel ich schon davon verstünde, wo ich doch noch eine solide österreichische Mittelschulbildung genoß. Er muß sie sehr überschätzt haben, diese solide österreichische Mittelschulbildung, denn jedes Mal, wenn ich herumzustottern begann, verzog sich sein Gesicht in schmerzlicher Enttäuschung.

Gleich nachdem sie angekommen waren, hatte die alte Frau Blau bei der Ortsschneiderin für alle neue Dirndlkleider machen lassen, sogar für die kleinen Blau-Mädchen und die Kinderfrau. Herr Blau aber bekam einen grün ausgenähten Spenzer. Nach ein paar Tagen waren sie alle neu eingekleidet, und am Ende ihres Urlaubs fragten sie das Papili, ob sie die Trachtensachen in einem Koffer auf dem Dachboden lassen könnten bis zum nächsten Sommer. Von da an kamen sie jedes Jahr, bis die Blau-Kinder erwachsen waren und keine Lust mehr hatten, mit den Eltern im Sommer nach Österreich zu fliegen. Die alte Frau Blau war Ende der sechziger Jahre gestorben, und das Ehepaar Blau kam später nur noch selten.

Einmal hörte ich Herrn Blau zu einem der Freunde, die ihn ab und zu besuchten, sagen, daß er ganz bewußt wiederkomme. Der Hitlersche Ungeist dürfe nicht auch noch darin siegen, jemanden wie ihn aus dieser geliebten Landschaft seiner Kindheit für immer zu vertreiben. »Auf dem Platz, auf dem ich hier sitze, kann nicht gleichzeitig ein Nazi sitzen.«

Der Freund zuckte die Achseln. »Ich will hoffen, daß du noch lange und zahlreich hier sitzen mögest.«

»Warum kommst du das nächste Mal nicht auch mit Familie?« Der Freund antwortete nicht, und sie schauten wieder auf den See hinaus und auf die gegenüberliegenden Berge.

»Lustig ist das Zigeunerleben ...«, sangen die anderen Kinder oft, wenn ich irgendwo auftauchte. Alle nannten mich »die Zigeunerin« und, wenn sie böse auf mich waren, »Zigeunerhex«. Ich hatte irgendwann begonnen, mit »Na und!« darauf zu antworten, und dieses »Na und!« zwang mich, etwas zu sagen oder zu tun, das es rechtfertigte.
Wenn es kleinere Kinder waren, streckte ich die Zunge heraus, schielte noch mehr und schnitt ein so bedrohliches Gesicht, daß sie sich tatsächlich fürchteten. Bei den Größeren griff ich mir einen Buschen Brennesseln — man muß nur beherzt genug hineingreifen, dann spürt man kaum was — und schlug sie ihnen um die nackten Knie.
Beim allerersten Mal hatte ich noch gar nicht gewußt, was »Zigeunerin« bedeutet, nur am Ton war mir klar, daß ich es mir nicht gefallen lassen durfte. Wieder war es die Seraf, die mich aufklärte, mir das Zigeunerleben in lauter romantischen Details schilderte und behauptete, die Zigeuner seien die einzigen freien Menschen in diesem Land gewesen.
»Ausschauen tust schon wie eine«, sagte sie, »aber du bist keine. Ausgeschlossen.«
»Und warum nicht?«
Sie senkte die Stimme zu einem Flüstern, wie immer, wenn sie mir etwas verriet, was niemanden sonst etwas anging.
»Mit den Zigeunern sind sie genauso abgefahren wie mit den Juden.«
»Wohin?«
Die Seraf räusperte sich. »Was weiß ich. Aber plötzlich waren keine mehr da.«
»Und darum bin ich keine Zigeunerin?«
»Wenn du eine wärst«, sagte sie mit der Sicherheit der dies-

bezüglich Allwissenden, »dann wäre ich die erste, die es wissen müßte.«
Wann immer ich auf meine Eltern wütend war, bildete ich mir von da an ein, ein weggelegtes Zigeunerkind zu sein, obwohl die Seraf behauptete, das sei unmöglich. Irgendwann, dachte ich, würden meine Leute mich schon holen kommen. Ich sparte nicht an Farbe, um mir diesen dramatischen Höhepunkt auszumalen, und je wütender ich war, desto strahlender geriet mir die Wiedervereinigung mit meiner Sippe. Ansonsten aber hatte ich ein gutes Ohr für den Grad der Verächtlichkeit, der jeweils bei dem Namen »Zigeunerin« mitschwang, ob jemand mich aus Gewohnheit so nannte oder um mich zu kränken.
Mein Vater, das Papili, fand das alles eher belustigend und nannte mich selber manchmal Zigeunerin, vor allem dann, wenn ich recht verschmuddelt aussah, was oft genug vorkam.
Mami, meine Mutter, aber kränkte sich zuweilen mehr, als sie zugeben wollte. Erst recht, wenn es im SEEBLICK selbst zu diesbezüglichen Mißverständnissen kam. So sollte ich einmal der älteren Dame auf Nummer sechzehn ein Fläschchen Tinte hinaufbringen. Mami schärfte mir noch ein, ja recht vorsichtig mit der Tinte umzugehen, doch als diese Dame auf mein Klopfen hin die Tür geöffnet hatte, rief sie: »Ja hat denn das alles nie ein Ende? Jetzt sind die Zigeuner auch schon wieder da!« Und als ich mich nicht von der Stelle rührte, machte sie: »Gscht, gscht, hier wird nicht hausiert.«
Da warf ich ihr das Tintenfläschchen gegen die Schulter — ich hatte es natürlich vorher aufgeschraubt —, und ihre Bluse sog sich augenblicklich voll, so daß ihr ganzes Gekreisch nichts mehr nutzte.
Mami, meine Mutter, wollte die Dame sofort rausschmeißen, die Dame wollte auch sofort abreisen, aber in Wirklichkeit geschah gar nichts, weder mußten wir die Reini-

gung ihrer Bluse bezahlen, noch mußte sie aus dem Zimmer mit der Aussicht auf den See ausziehen. Ich bin sicher, daß mein Vater, das Papili, es gewesen ist, der die beiden steirischen Kampfhennen, wie er sie mir gegenüber augenzwinkernd nannte, zu einer gütlichen Einigung brachte.

Nicht daß ich keine Freunde und Freundinnen gehabt hätte. Es gab immer Kinder, mit denen ich spielte, die mich besuchen kamen, und sei's wegen der damals legendären Jause, die im SEEBLICK immer auf den Tisch kam. Da ließ sich die Mami nicht lumpen, aber es gab Situationen, in denen ich mir ausgeschlossen und ausgestoßen vorkam.

Wir waren zu viert oder zu fünft in der unmittelbaren Nachbarschaft und gerade übereingekommen, uns gegenseitig zu zeigen, was wir zwischen den Beinen hatten. Das hieß Doktor spielen.

Der Größte von uns, ein Bub, sollte als erster die Hose runterlassen und sich den genauen Untersuchungen stellen, doch plötzlich zeigte er auf mich und rief: »Nicht mit der Vevi, die ist so schiach!«

Es traf mich wie ein Schlag auf den Kopf. Ich japste nach Luft. So knapp vorm Ziel — ich war wütend und gekränkt zugleich.

»Ich hätt es eh nicht sehen wollen«, sagte ich voller Verachtung. »Deins schaut sicher aus wie ein Engerling, so käsweiß, wie du auf und auf bist!«

Da wurde der Bub feuerrot im Gesicht und lief augenblicklich davon, zur großen Enttäuschung der anderen, die nun mir die Schuld gaben. Da ging ich dann ebenfalls.

Ich stand lang vor dem Spiegel im Gang oben, bis endlich die Seraf vorbeikam.

»Die Buben mögen mich nicht, weil ich so schiach bin«, sagte ich verbittert.

Die Seraf nahm mich um die Schulter und ging so ein

paar Schritte mit mir. »Schöne Kinder, schiache Gassenkinder, schöne Leut!« sagte sie tröstend. »Die Schönheit ist gar nicht ausschlaggebend. Wichtig ist, wie man riecht, was man redet und daß man gut mittut, verstehst?!«
Ich war völlig durcheinander und tat mir ungeheuer leid.
»Außerdem bist du noch viel zu jung.«
»Wenn ich aber so schiach bleib?«
»Ich sag dir ja, daß man gar nicht so schön sein muß. Schau mich an. Trotzdem kann ich mich nicht beklagen.«
Das wußte ich. Obwohl die Seraf damals gar nicht mehr so jung und schon gar nicht so schön war, hatte sie noch immer Verehrer, besonders einen älteren Herrn, einen ambulanten Steuerberater, der verheiratet war, aber in Wirklichkeit nur die Seraf liebte, wie sie mir erzählte, und sich sicher sofort scheiden lassen würde, wenn sie das wollte. Aber das wollte sie gar nicht. Jetzt sei sie schon so lang bei uns, daß sie sich nicht mehr so ohne weiteres auf was anderes einlassen könne, und schon gar nicht auf etwas so Unsicheres wie eine Ehe.
»Warum bin ausgerechnet ich so schiach?« fragte ich mit einer Stimme, die so unglücklich geklungen haben muß, daß die Seraf mich plötzlich abküßte und sagte, ich solle mir nicht so viel draus machen, ich sei doch sonst so gescheit. Ich müsse mir halt was einfallen lassen, irgendwas Besonderes, was die Leute verwundern würde.
»Wenn du sie mit irgendwas zum Staunen bringst, kannst du ausschauen, wie du willst, und sie werden dir nachrennen.«
Daß ich geworden bin, was ich heute bin, verdanke ich zu einem großen Teil der Seraf, die mir diesen Stachel ins Fleisch gesetzt hat. Ob es darum ging, bei entsprechender Gelegenheit ein Gedicht aufzusagen oder etwas auf der Flöte zu spielen, eine Tafel zu decken oder ein Floß zu bauen, sie meckerte so lange an mir herum, bis ich es so

ernst nahm wie mich selber, das heißt, bis ich mich ganz darauf einstellte.
»Du kannst es«, sagte sie, »du bist nur zu faul. Du schonst dich zu viel, du willst dich raushalten, du tust, als ginge es dich nichts an.«
Das waren ihre Lieblingssätze. »Schönheit ist was Zusätzliches, das kann man nicht voraussetzen.« Und ich hätte ihr sicher nicht so viel geglaubt, wenn die Anstrengung, in die sie mich trieb, mich nicht auch gefreut hätte.
Durch die Seraf bekam ich sehr früh ein Gefühl für Qualität im Sinn von vollem Einsatz. Selbst wenn ich einen Witz erzählte — und ich versuchte mich sehr früh in diesem Genre —, versuchte sie mir beizubringen, wie das mit der Pointe funktionierte und daß man sie so lange wie möglich nicht verraten durfte, ohne daß gleichzeitig die Spannung nachließ.
Nur meine Schulzeugnisse beeindruckten sie nicht. »Davon versteh ich nichts!« sagte sie, als ich dann ins Gymnasium ging. Und ob sie nun besser oder schlechter ausfielen, die Seraf hielt an ihrer Meinung fest, daß ich für was anderes gemacht sei.
Die Mami, meine Mutter, war nicht gerade glücklich über den Einfluß, den die Seraf auf mich hatte. Andererseits empfand sie sie längst als Familienmitglied, und sie hatte Serafs Hang zur Vollkommenheit schätzen gelernt.
Besonders zu Fasching war die Seraf in ihrem Element. Sie konnte schneidern und hatte viel Phantasie. Und ihre Kostüme waren in den ganzen umliegenden Ortschaften berühmt. Die tote Saison hindurch konnte sie sich der vielen Aufträge kaum erwehren. Sie gestaltete ganze Faschingszüge, erfand Motti für Kränzchen und staffierte die Partien aus, die die Faschingsbriefe sangen.
Ich hatte seit jeher die Aufgabe, die internationalen Magazine, die die Sommergäste zurückließen, auf Ideen hin zu durchsuchen. Sei es, daß darin Nationaltrachten fremder

Völker abgebildet waren oder die neuesten Moderichtungen aus Paris, ich schnitt alles aus, was mir interessant vorkam, und dann befestigten wir die Ausschnitte, die als Vorlage für Kostüme in Frage kamen, mit Stecknadeln an der Wand von Serafs Zimmer.

Mein Kostüm war fast immer das schönste, das, mit dem sie sich am meisten Mühe gegeben hatte. Und das einzige Mal, wo die Seraf wirklich böse auf mich war, war der verpfuschte Fasching, als die Nonnen mich nicht heimfahren ließen, weil ich angeblich während der Studierzeit viel zu laut gelacht hatte.

Und es half auch nicht, daß Mami, meine Mutter, die das Gejammer von der Seraf nicht mehr aushalten konnte, die Präfektin anrief und sie bat, dieses eine Mal eine Ausnahme zu machen. Entweder man habe mich den Schwestern zur Erziehung anvertraut oder nicht, sagte die Präfektin. Wenn ja, dann gebe es keine Ausnahme.

In meiner Verzweiflung ließ ich mich die große Steintreppe zum Speisesaal hinunterfallen, aber ich kam so geschickt auf, daß mir gar nichts passierte, außer daß ich einen blauen Fleck am Unterarm bekam und ein bißchen aus dem Ellbogen blutete. Am nächsten Morgen hatte ich dann Bauchschmerzen, und am Faschingsmontag mußte mir der Blinddarm herausgenommen werden. Das hatten sie nun davon.

Als Mami, meine Mutter, mich am Aschermittwoch im Krankenhaus besuchen kam, erzählte sie mir, daß dies der flaueste Fasching seit Jahren gewesen sei, ich brauche mich also nicht weiter zu kränken. Und in einem Brief von der Seraf stand: »Ich habe dein Kostüm im Dachboden aufgehängt. Es ist so grauslich, daß sogar die Fledermäuse der Schlag trifft, vielleicht hätten sich die kleineren Kinder eh zu sehr geschreckt. Nächstes Jahr aber lachst du erst, wenn du da bist. Ganz für die Katz tu ich mir die Näherei nämlich nicht an.«

Ich dachte ans nächste Heimfahren in vier Wochen und an all die möglichen Reisebekanntschaften. Wenn mir nur nicht wieder so eine Halberwachsene dazwischenfunkte, die mit Blicken arbeiten konnte, denen ich nur zwei ungerade Augen entgegenzusetzen hatte. Ich kämpfte ausdauernd und so gewitzt, wie ich konnte, aber gegen blonde Hängelocken und einen Busen war ich machtlos.
»Wie interessant die Kleine erzählen kann«, sagte beim letzten Mal eine goldhaarige Trauerweide zu dem Mann, den ich mir als Reisebekanntschaft ausgesucht hatte, und fügte — bereits eine Komplizin — hinzu: »Richtig altklug. Man möcht es nicht glauben.« Und war selber noch keine achtzehn. Aber schon waren es zwei Erwachsene, die sich über meinen Kopf hinweg verständigten, sogar darüber, daß sie gemeinsam auf einen Kaffee in den Buffet-Wagen gehen wollten. Und wenn ich so nett wäre, inzwischen auf ihre Koffer aufzupassen, würden sie mir eine Tafel Schokolade mitbringen oder doch lieber Manner-Schnitten?
»Wenn schon, dann ein Essiggurkerl«, sagte ich, sauer wie ich war. Beide lachten, und ich hörte, wie der blonde Nixenschwanz auf dem Gang draußen sagte: »Ein richtiger Hudriwudri, diese Kleine, und dazu der Silberblick!« Ich war ziemlich beleidigt, und als die beiden nach einer dreiviertel Stunde — die hatten nicht nur Kaffee getrunken, das merkte man an ihren glitzernden Augen — tatsächlich mit einem Essiggurkerl zurückkamen, biß ich es in zwei Hälften und steckte sie mir in die Nasenlöcher. Da schauten die beiden recht blöd, bis das Mädchen hysterisch zu lachen und zu kichern begann und der Mann irritiert den Kopf schüttelte.
Als ich nach der Blinddarmoperation zum ersten Mal wieder heimfahren durfte, war ein Herr Bünzelberger meine Reisebekanntschaft. Er war klein, korpulent, hatte eine Glatze und darunter einen Kranz von abstehenden, schwarz gekräuselten Haaren, aber er war der einzige of-

fensichtlich allein reisende Mann auf dem ganzen Perron. Also stolperte ich mit meinem Koffer voller Schmutzwäsche auf ihn zu. Er half mir natürlich, und bevor wir uns setzten, stellte er sich mir in aller Form vor. Keine meiner üblichen Frageschlingen schien für ihn zu passen, und so angestrengt ich auch nachdachte, mir fiel nichts als das blöde »Sind Sie Vertreter?« ein.

»Gut beobachtet.« Bünzelberger verbeugte sich im Sitzen. »Reisender Schutzheiliger in Sachen Hagel, Blitzschlag, Hochwasser, Brandfall und sonstige Eventualitäten, Kajetan Bünzelberger, wandelnder Katastrophenschutz. Ich versichere gegen alle Unbilden des Himmels und der Erde.« Er öffnete seine mit Formblättern gefüllte Aktentasche und holte ein Säckchen mit einzeln verpackten Stollwerck-Karamellen zu zehn Groschen das Stück hervor, wie sie von den Greißlern noch als Wechselgeld verwendet wurden, wenn die kleinen Aluminiummünzen ausgegangen waren. »Bitte«, sagte er und hielt mir das Säckchen hin.

Auch ich sagte meinen Namen, und bevor ich ihn noch fragen konnte, ob er auch gegen versäumte Faschingsfeste und unvorhergesehene Blinddarmentnahmen versichere, fragte er mich schon, ob er nicht wegen meines Haars mit mir ins Geschäft kommen könne. Er benötige Material für ein Toupet, das er in Auftrag zu geben gedenke, und Farbe und Beschaffenheit meiner Löckchen würden gut zu denen auf seinem Kopf passen. Ich solle mir doch ein Haar ausreißen, damit er durch einen Tastvergleich auf Nummer Sicher gehen könne.

Ich riß mir gleich mehrere aus und fügte hinzu, die Zeit sei besonders günstig, da ich jetzt zu Hause ohnehin geschoren werden müsse. Die Präfektin hatte sich zu Anfang persönlich bemüht, aus meinem Wuschel Zöpfe zu flechten, war aber, wie alle vor ihr, gescheitert. Sobald sie am Ende des Zopfes anlangte, waren so viele Haare wieder ausge-

sprungen, daß der Zopf kein Zopf mehr war. Also hatte die Präfektin mit Mami, meiner Mutter, ein Haarabkommen geschlossen, demnach mir alle vier Wochen das Haar bis zwei Zentimeter vom Kopf weg geschnitten werden mußte. Auch die paar Italienerinnen aus Mailand und Turin, die bei uns im Internat waren, trugen ihre Löckchen in dieser Länge. Da ich nun aber schon acht Wochen nicht mehr zu Hause gewesen war, stand mein Haar in voller Krause um den ganzen Kopf herum.
»Die Länge wäre gerade recht für mich«, bemerkte Herr Bünzelberger und gab mir seine Visitenkarte, damit ich wüßte, wohin mit den Haaren. Natürlich würde er sich erkenntlich zeigen, ich müsse nur sagen, was mir lieber wäre, Geld oder Naturalien.
Ich wußte nicht, was er mit Naturalien meinte.
»Schokolade, Orangen, Mickymaus-Hefte.«
Wir vereinbarten kleine Päckchen ins Internat. Je kleiner und öfter, desto lieber, damit ich länger was davon hätte.
Herr Bünzelberger war der erste Mensch, den ich, was mein Aussehen betraf, einer Erklärung für würdig hielt.
»Meine Mutter«, sagte ich, »hat sich verschaut, als sie mit mir schwanger war.«
»Na ja«, meinte Bünzelberger, »vom Schreck werden angeblich die Haare kraus.« Und er erzählte, daß es seiner Mutter ähnlich ergangen sei, die habe sich nämlich auch seinerzeit verschaut, und darum sei er während des Krieges hier in der Nähe, nämlich im Lager Ebensee, eine Zeitlang interniert gewesen. Aber nachweisen hätten sie ihm ganz und gar nichts können.
Die Zeit war mir diesmal so rasch vergangen, daß ich beinah vergessen hätte, auszusteigen.
»Denk ja dran, mir die Haare zu schicken!«
Herr Bünzelberger reichte mir den Koffer zur Zugtür heraus. Mein Vater, das Papili, hatte mich noch nicht entdeckt, und so mußte ich Bünzelbergers Hilfe nochmals in

Anspruch nehmen. »Ich habe mich schon lange nicht mehr so angeregt mit jemandem unterhalten«, sagte er, bevor er ins Abteil zurückging. Ich hätte dasselbe sagen können.
Mein Vater, das Papili, war mich im Kastenwagen holen gekommen, den er sich erst vor kurzem, und gebraucht, gekauft hatte.
»Und wem hast du diesmal die Ohren vollgesungen?«
Ich zuckte die Achseln. »Kennst ihn eh nicht.«
Manchmal befiel mich nach intensiven Reisebekanntschaften eine Art Katzenjammer und die leise Furcht, meine Familie könnte erfahren, was ich da so erzählte, besonders Mami, meine Mutter, die doch für alle und alles ein offenes Ohr hatte. Ich versuchte mir vorzustellen, wie sie auf all die Greta-Garbo- und Zigeunerhäuptlingsgeschichten reagieren würde und darauf, daß sie geraubt worden war.
»Entschuldige schon«, würde sie möglicherweise sagen, »aber wenn ich mich jetzt an dir vergreife, ist das nicht Kindesmißhandlung, sondern die gerechte Strafe für üble Nachrede und Ehrabschneidung.«
Bei meinem Vater, dem Papili, war ich mir ganz und gar nicht sicher. Vielleicht sagte er bloß: »Hauptsache, man redet über uns, das erspart mir eine Menge Prospekte.« Es konnte aber auch sein, daß er seinen schlechten Tag hatte und mir einfach eine herunterhaute, nach dem Grundsatz »Du wirst schon wissen, warum«.

DIE ANDERE WELT

Nichts hörte auf, alles geschah wieder und wieder. Trude sah und hörte, dachte und träumte es. SCHATTEN vielleicht, aber erkennbar. Kein Schatten ohne den, der ihn wirft.
Rosig streckte ihren Bauch in die Sonne, ihr Kopf hing baumelnd herab, das Kind ließ ihn hin und her schwingen und sang »ABC, die Katze sagt adé ...«
Trude wußte, daß es keinen Sinn hatte, Rosig zu rufen. Sie war ja taub. Sie kam nur, wenn sie selber es wollte. Ihr Fell schimmerte grünlich unter dem Laubendach.
Sie deckte die Schrammen mit Puder ab, tupfte sogar etwas Rouge auf die Wangen. Sich nur nicht gehen lassen. Ihren Beinen ging es besser. Es war trüb, beinah kühl, sah aber nicht nach plötzlichem Regen aus. Der Schirm lag im Einkaufskorb, sie wollte Brot und Schinken kaufen und was sonst noch fehlte, ein paar Flaschen Bier oder doch lieber Rotwein?
Im fünften Stock stieg ein Liebespaar zu ihr in den Lift, der Mann hielt das Mädchen am Bund ihrer Jeans fest, sie legte ihm ihr langes Haar auf die Schulter. Beim Aussteigen ließen sie Trude den Vortritt, und als sie nicht schnell genug machte, streckte das Mädchen den Arm in die Lichtschranke, damit die Tür nicht wieder zuschnappte.
Trude ging zum Friseur. An einem Tag wie diesem ging man am besten zum Friseur.
»Wie immer, Frau Schwarz?«
Seit sie hier wohnte, war es dieselbe Frau Ina, die ihr das Haar schnitt und fönte. Sie erblickte sich nicht im Spiegel. Das war doch gar nicht sie. Nur nicht klein beigeben.

»Machen Sie mir einmal was Flottes!« Frau Ina lachte. Hatte sie das beim letzten Mal nicht auch schon gesagt?
»Eine kleine Blauspülung?« Frau Ina nahm ihren nassen Kopf in die Hände. Blaugrau — taubenfarben.
»Was immer Sie mit meinen paar Federn noch anfangen können.«
Die Alte im Spiegel schürzte verwegen den Mund, und Frau Ina nahm es auf sich, ihr Vorstellungsvermögen anzustrengen.
»Kaffee?«
Unter der Haube nippte Trude dann an dem Täßchen und blätterte in einer Tageszeitung. Der lächerliche Präsident gab wieder etwas von sich, das sie zu grimmem Lächeln reizte. Ob sie ihm mit ihrem Gedächtnis aushelfen sollte? Sie hatte die Reste der 6. Armee noch gesehen, beim »ungeordneten Rückzug«, einige ihrer Truppenteile waren von Major Henry und seinen Leuten entwaffnet und versprengt worden. Manche der Soldaten ließen ihre Pferde bei den Bauern zurück, gegen Lebensmittel und Zivilkleidung. Männer, Männer und wieder Männer, wundgekämpft, abgestumpft, kriegsmüde.
Sie bat um eine Illustrierte. Frau Ina brachte ihr mehrere zur Auswahl. Eine günstige Zeit, dieser Mittwochvormittag, sie war beinah allein im Salon. Sie ließ die Seiten durch die Finger gleiten, bis sie plötzlich auf ein Interview mit Regulas Tochter stieß. Die zog also durchs Land. Warum mit einem solchen Programm? Was sie sich davon verspreche, fragte sie die Interviewerin.
»Daß die Leute über die Geschehnisse damals wieder nachdenken. Daß sie endlich zugeben können, wie es war. Wenn schon keiner eine genaue Antwort darauf zu geben wüßte, warum es dazu hatte kommen können. Es zugeben. Erinnern, betrauern …«
Was wußte die denn davon? Was hatte die je betrauert? Regulas monsterhafte Tochter, dieses schielende, zerzupf-

te Krähenjunge! Sie hatte nie begreifen können, wie dieses Kind auf Regula gekommen war. Aber wer kennt tatsächlich alle seine Ahnen, trotz Erbrecht und Ariernachweis? Trude hatte ihre eigenen Eltern nicht gekannt, sie war bei der Großmutter aufgewachsen, aber als sie Werner kennenlernte, war auch die Großmutter schon gestorben. Eigentlich wußte sie nur aus ihren Papieren, wo sie herkam. Diese Papiere stimmten. Damals mußten sie stimmen. Und Regulas Tochter? Major Henry hatte auch so eine dunkle Haut und kohlrabenschwarzes Haar. Blödsinn! Als Major Henry kam, war Regulas Tochter bereits fünf Jahre alt. Und davor? Als Major Henry noch Heini hieß und im Nachbarort Beamter war? Da war Leo noch nicht verwundet gewesen. Alles Unsinn! Wenn sie das Foto genauer ansah, leuchteten die Züge des Alten unter all der darübergezogenen Exotik hervor. Regula war Regula, sie verriet niemanden.
Und dann stand da viel Lob und was für eine Suggestionskraft diese wunderbare Schauspielerin ausstrahle.
Auch so eine Idee, durch dieses Land zu tingeln, um die Leute zu erinnern. Ausgerechnet in diesem Jahr, wo die Glocken es von sämtlichen Türmen dröhnten: Gedenkt! Gedenkt! Gedenkt!
In Wirklichkeit interessierte es nur die, die teil daran gehabt hatten, und unter denen sicher nicht die Täter. Sie schüttelte den Kopf über Regulas Tochter. Traute die sich wirklich zu, anderen etwas begreiflich zu machen, von dem sie selber nichts begriffen hatte? Sie sah jetzt nicht mehr so häßlich aus wie als Kind, hatte wohl auch ihre Augen korrigieren lassen. Dennoch, es blieb ein Rätsel für sie, daß Regula sich auf so merkwürdige Art hatte verzweigen können. Aber Regula war Regula. Man mußte ihr dieses Kind verzeihen, als negativen Abdruck ihres eigenen wunderschönen Leibes.
»Ich habe Ihnen einen vollkommen neuen Kopf gemacht.«

Frau Ina drehte ihr den Schädel ins Profil, dann hielt sie einen Spiegel gegen den Spiegel. Einen neuen Kopf, das war es. Darum erkannte sie sich nicht. Frau Ina zog sie aus dem Ledersessel hoch.
»Verraten Sie mir Ihre Diät?«
Sie schüttelte ihren Rock ein wenig aus. »Essen, wenn man hungrig ist.«
Das sagte sie jedes Mal. So wie: »Was bezahle ich?« und: »Auf Wiedersehen bis zum nächsten Mal, falls es eins geben sollte.«
Frau Ina hielt ihr die Tür auf. »Wundern Sie sich nicht, wenn Ihnen heute auf der Straße jemand nachpfeift.«
»Mir?«
»Bei der Frisur.« Frau Ina steckte das Trinkgeld in die Tasche ihres weißen Mantels.

In der Post war eine Todesanzeige. Regulas Tod wurde ihr zur Kenntnis gebracht. Sie war also noch in der Familienkartei. Philipp stand jetzt der Sippschaft vor. Er hatte Geigenbauer werden wollen, aber der Alte sagte zu ihm: »Deine Brüder sind tot, und Leo ist nur noch ein halber Mensch. Also bleibt dir nichts anderes übrig.«
Philipp mußte beim Alten in die Lehre. Niemand beneidete ihn darum, niemand konnte ihn darum beneiden. Sie hatte es noch eine Weile mitangesehen, bis sie endgültig zurück in die Stadt gekommen war.
Philipp, dem nun alles zufallen mußte, wurde nach allen Regeln des Gastgewerbes gepeinigt. Er hatte die Kraft nicht, davonzugehen. So viele Brüder, die nicht zurückgekommen waren. Die Welt draußen war auch nicht besser. Irgendwann mußte der Alte ja sterben, danach konnte er ihm vielleicht verzeihen. Man mußte nur zulassen, daß die Zeit verging.
Er arbeitete schwer, und wenn er schlief, träumte er vom Dirigieren. »Bleib noch, Trude«, hatte er sie gebeten. Aber

sie wollte noch was vom Leben. Sie hatte den ganzen Krieg hindurch gewartet. Aus dem Kind war auch nichts geworden. Bei Regula war das was anderes.
Wenn Philipp nicht mehr konnte, ging er mit der Geige ins Bootshaus hinunter und spielte. Spielte und spielte. Zigeunerisch, wie die Leute sagten. Immer, wenn ihnen nichts anderes einfiel, mußte es was mit Zigeunern zu tun haben. Zigeunerisch spielte der Philipp also, wild, daß die Ketten der Boote vibrierten. Und manchmal zerriß es ihm die Saiten.
Schwester Marie behauptete, das sei Negermusik, aber sie sagte es schon ziemlich leise. Sie war gerade dabei, in den Schoß der Kirche zurückzufinden. Wenn Gott sich vielleicht doch daran freute?
Philipp war nicht bereit, mit Marie über Musik zu sprechen. »Wenn du das alles übernimmst, dann von mir aus, aber solange ich hier Wirt sein muß, habe ich keine Zeit für deine unmusikalischen Klugscheißereien.«
Sie studierte Volkskunde. »Warum spielst du mir nicht die alten Lieder vor?«
Er sperrte seine Geige weg. »Weil du nur Noten hörst und keine Musik!«
Ob er auch jetzt noch Geige spielte? Mit — er war der jüngste der Brüder — mit neunundsechzig? Sie hatte noch alle Geburtsdaten im Kopf. Der Alte wäre nun hundertfünfzehn.

Sie zog die Schuhe aus, die Strümpfe und trat barfuß auf den Rasenpfad Richtung Wohnung. Indem sie auf Thymian und Kamille trat, hob sich der Duft, immer mehr Blüten zerrieb sie mit ihren Zehen, bis sie sich bläulich, gelblich einfärbten.
»Deine Beine sind noch schöner als die von Regula«, hatte Ferdinand gesagt. Sie waren hochgelagert, der Schnitt verheilte langsam, Ferdinand nannte ihr den Namen eines

Studenten, der sie um Lebensmittel bitten würde, für die im Gebirge oben.

»Der?« Den kannte sie vom Sehen aus, ein riesengroßer Bursch mit einem merkwürdig dummdreisten Lächeln, wenn auch nicht unsympatisch. Sein Vater, ein pensionierter General, die Mutter ehemalige Diseuse, die ein altes Bauernhaus als Sommerpension führte.

»Der Hallodri?« Daß man sich in Menschen so täuschte.

»Deswegen kann er ruhig ein Hallodri sein. Die einen schießen und saufen, die anderen riskieren so ihr Leben. Was ist gescheiter?«

Ferdinand war mit dem Finger über ihre Beine gefahren.

»Ewig schad …«, sagte er dann. »Beine wie diese, und Buchhaltung beim Alten.« Schon hatte er den Finger wieder weggenommen und sich eine Zigarette angezündet.

»Was heißt schöne Beine?« Nie hatte ihr jemand etwas über ihre Beine gesagt. Sie wollte nicht, daß es gleich wieder aufhörte.

»Schmale Knöchel, feingliedrig, alles im rechten Verhältnis. Ich versteh was davon, glaub mir.« Ferdinand war damals Anfang dreißig.

»Was soll ich denn tun damit? Sie einschicken bei der UFA?«

Ferdinand versuchte, Rauchringe zu blasen.

»Es wird dir noch einmal einer dankbar sein dafür. Wenn alles vorüber ist. Du hast noch eine Chance!«

»Und du?« Die Reflex-Frage. Sie hätte sie nicht fragen sollen noch wollen. Ferdinand zuckte die Achseln.

Ob sie zu Regulas Begräbnis fahren sollte? Wozu? Nach all den Jahren. Philipp, seine Frau, die Kinder und Kindeskinder. Regulas phänomenale Tochter mit Anhang. Eine andere Welt. Der Ort dürfte sich ziemlich verändert haben in den mehr als dreißig Jahren seit ihrem letzten Besuch.

Eins von Philipps Kindern würde im SEEBLICK an der Re-

zeption sitzen. Auch wenn der Alte längst nicht mehr lebte, der Besitz mußte zusammengehalten werden. Von Regulas Tochter war, was sie aus den Zeitungen wußte, wohl nichts in dieser Hinsicht zu erwarten.
In einer Woche. Wieso erst in einer Woche? Man bahrte nicht mehr zu Hause auf. Die Leiche kam in den Kühlschrank, damit sie frisch blieb, sich nicht auflöste bis zur Bestattung. Vielleicht war der Pfarrer auf Urlaub. Nur der Weg würde derselbe geblieben sein. Vom Hotel zur Kirche, von der Kirche zum Friedhof. Vorbei am Stallgebäude mit den Kutschpferden. Kutschpferde? Die hatten sicher keine Kutschpferde mehr. Wahrscheinlich hatten sie aus den Stallungen Garagen gemacht.
Auf dem Friedhof die Familiengruft. Nicht so sehr Gruft als Ecke, mit den Tafeln für die in Ost und West gefallenen Söhne, deren Leichen in Massengräbern lagen.
In einer Woche also. Gar nicht dran denken oder doch? Warum war sie denn nicht mehr hingefahren? Weil sie all die Taufen, Hochzeiten und Begräbnisse, ja, Begräbnisse, nicht mehr ertragen konnte. Warum also jetzt?
Sie hatte noch den damaligen Fahrplan des Postautobusses im Gedächtnis, der vom Bahnhof in den Ort hinauffuhr.
Plötzlich war sie hungrig. Sie hatte sich etwas Wundschorf vom Arm gekratzt und ließ ihn in den Kompost rieseln. Die Zucchini waren grün, durchzogen von samtenem Grau, gerade richtig in der Größe. Sie riß zwei davon ab, wusch und schnitt sie, um sie mit Eiern, Schinken und Kräutern zu braten. Es sollte schnell gehen, der Hunger war ohne Vorwarnung und mit aller Gewalt über sie gekommen. Hatte sie gerade heute nicht gefrühstückt? Im Spülbecken stand eine leere Teetasse, die konnte aber auch von gestern sein.

Sie sah Major Henry, wie er in den Schnee fiel. Wie er die Zehenspitzen in den weichen Neuschnee bohrte, einknick-

te, fiel und sich abrollte. Immer wieder fiel und sich abrollte, während der Fallschirm langsam in sich zusammenschrumpfte und ihn bedeckte.
Es war Regulas Kleid, das daraus auferstand, cremefarben und bauschig, und der Schnee war längst geschmolzen, wie der Hagel, und es war Tag anstatt Nacht, kein Sturm röhrte.
»Iß nur, trink nur, du Glückliche!« Regula kam an den Tisch und setzte sich. Das Kind lief, so schnell es konnte, und tat mit den Händen so, als halte es Griffe. »Du«, sagte es, »ich möchte mit einem Motorrad fahren, ganz schnell, mit einem Motorrad durch die Luft fliegen … wrummm, wrummm, wrummm …«
»Entschuldige schon, aber es sind doch alle mit Tonis Motorrad gefahren«, sagte Regula, »und wir hinten drauf. Wenn die Haare so im Fahrtwind flatterten, war das … war das wie Fliegen … du bist ja auch geflogen, nicht wahr?«
Hinter Regula richtete sich Major Henry auf. Regula zog sie alle an, zog sie mit sich. Das Kind, Ferdinand, Major Henry.
Er streckte die Hand aus. »Als Chef der österreichischen Freiheitsbewegung …«

Sie war Freiheitskämpferin gewesen, jawohl. Im Widerstand. Es fühlte sich immer noch großartig an. Es war nicht viel, was sie getan hatte, aber sie hatte es getan. Es hatte auch nicht viel bewirkt. Oder doch? Ach was! Es war nur gefährlich gewesen. Und eine Zeitlang war sie sich wie ein Mensch vorgekommen.
Sie tastete nach ihrer Frisur, das taubenblaue Gefieder. Wenn ihr tatsächlich auf der Straße jemand nachpfiffe?

Major Henry hatte einen silbrigen Belag auf den Schläfen, seinem starken Bartwuchs war durch Rasieren kaum bei-

zukommen. Einmal, ein einziges Mal hatte er sie in die Arme genommen, aber das war schon nach Kriegsende gewesen, bei einer der vielen Feiern für die Freiheitskämpfer, der Jubel war lange geschürt worden.
»Darf ich vorstellen«, sagte Regula und nahm Major Henry an der Hand, »Kaiser Henry, wir alle gehören zu seinem Reich.« Sie knickste, und für einen Augenblick stieg ihr Kleid wieder empor. Major Henry lachte. »Ich habe den Alliierten das ganze Gold übergeben. Niemand braucht weiterzusuchen. Wir haben den Schatz gefunden. Die Trottel hatten ihn im Gemüsebeet vergraben, ohne den Salat, den sie drauf pflanzten, zu gießen. Ein ganzer Nibelungenhort. Wir alle waren geblendet, jawohl, geblendet.«
Er hatte sie umarmt, mit dem Glas in der Hand, aber da war jemand gekommen und hatte einen blöden Witz über Flintenweiber gemacht, da hatte sie sich aus der Umarmung gelöst und war in einen anderen Raum gegangen. Er war ihr nicht nachgekommen, der Major Henry, und dann gab es nur mehr den Heini Winkler, Beamter im sozialen Dienst, Bürgermeister, Abgeordneter zum Nationalrat, regierender Kaiser. Und sie fühlte sich nicht mehr so großartig wie damals, als der Alte sie erwischt hatte.
Immer hatte er sie beobachtet, schon so lange, daß sie glaubte, es vergessen zu können. Er hatte ein Auge auf sie, nicht als Mann, er brauchte sie, die einzige in seiner Umgebung, die denken, das heißt rechnen konnte. Er wollte sie nicht verlieren. Er war nicht nur schlau, er war auch klug. Die Klugheit sagte ihm, daß er sie nicht für immer an seinen Besitz binden konnte, wenn da sonst niemand war, der sie hielt. Die Schlauheit ließ ihn ihr auf die Schliche kommen. Und sie nicht anzeigen. Er wußte, daß der Krieg nicht mehr zu gewinnen war. Er drohte nur. Einen Augenblick war sie tatsächlich beeindruckt. Dann erkannte sie die Taktik und wurde vorsichtiger. Er wog seine Interessen eine Spur zu deutlich ab, das machte ihn berechenbar.

Er hatte ihr einen Schrecken eingejagt, sie war zusammengezuckt und hatte erkannt, daß er ungefährlich war, weil er auch *davon* zu profitieren gedachte, mit seiner grenzenlosen Verachtung alles Politischen. Für ihn zählte nur eins, der Besitz, zusammengehalten durch die Sippe. Sie wußte, daß er sie mochte, aber selbst dieses Mögen erfolgte im Hinblick auf seine Grundsätze. Er hätte sie deshalb gerne zur Frau oder zur Tochter gehabt. Sie war etwas, von dem er annahm, daß es ihm bei Verlust fehlen würde.

Rosig lag zu einer Kugel zusammengerollt im Topf mit der Katzenminze. Ihre Pfoten waren eingezogen, und der buschige Schweif bedeckte ihr Gesicht wie ein Pelzkragen ohne Mantel.
Das Kind brauste um einen der Oleandertöpfe und hatte die Hände noch immer nach außen gespreizt. Regula trug einen Strohhut mit Kirschen über den Ohren. »Entschuldige schon, ich bin zwar keine Kaiserin, aber mein Vater war zumindest ein Erzherzog.«
Heini Winkler setzte sich zu den Rosenstöcken und legte den Arm auf die übereinandergeschlagenen Beine. Der Rubin erglühte in der Sonne und sandte einen Lichtstrahl bis zu ihr. »Es ging um die Aufhebung des Anschlusses«, sagte er, hob die Hand und betrachtete wohlgefällig seinen Ring. »Wir mußten zeigen, daß wir für unsere Befreiung was zu tun bereit waren. Wenn wir nicht gewesen wären, Trude ...«
Sie wandte sich ab. Sie verehrte Major Henry, aber Heini Winkler war ihr zuwider.
»Meine Partisanen erhielten neue Parolen«, rief er, und da war es wieder Major Henry. »Wir ließen ausstreuen, daß die Russen schon in den Bergen säßen. Nur nicht der Roten Armee in die Hände fallen, war das Stoßgebet aller Nazi-Anhänger.« Er bog den Arm so, als läge er auf ihrer Schulter.

»Ja«, flüsterte sie, »und die paar russischen Kriegsgefangenen unter Ihren Partisanen waren ja schließlich echt.«

Das Wort PARTISANEN hatte noch immer eine elektrisierende Wirkung. Es war ein Wort, das selbsttätig wirkte. Es veränderte die Ausstrahlung eines Menschen. Andererseits steckte etwas von dem Schrecken darin, erwischt zu werden. Die Stimme des Alten im dunklen Gang vor dem Magazin. »Du legst jetzt alles an seinen Platz zurück, Trude. Für wie dumm hältst du mich eigentlich?« Beinah wäre ihr die Speckseite aus der Hand gefallen, nur beinahe. Der Schreck pulsierte durch ihre Handgelenke, durch ihren Hals.
»Du weißt so gut wie ich, daß die Nazis eine Bagage sind. Warum nicht denen helfen, die zu retten versuchen, was noch zu retten ist?«
Er war langsam näher gekommen. »Wenn ich dich anzeige, kommst du nach Ebensee.«
Sie hielt die Speckseite fest im Arm. Aus dem Schrecken war Trotz geworden. So blöd war er doch nicht.
»Nach dem Krieg würde es auf dich zurückfallen.«
»Noch haben die anderen nicht gewonnen.«
Er nahm ihr die Speckseite aus der Hand und blieb eine Weile nachdenklich vor ihr stehen.
»Normalerweise verrechnest du dich nie.« Er hängte die Speckseite an die Stange zurück, bückte sich und gab ihr einen Sack Mehl.
»Das wird es wohl auch tun.« Er lächelte. »Und daß es mir gutgeschrieben wird für die anderen Zeiten.«
Dann schloß sich sein Griff um ihren Nacken, und er führte sie wie einen gewöhnlichen Dieb aus dem Magazin.
»Laß dich nicht noch einmal hier erwischen, meine Nachsicht hat Grenzen.« Sie lernte schnell. Auch sie hatte von nun an ein Auge auf den Alten, merkte, wie er eiserne Rationen wegtrug, um wen, um sich zu retten? Wenn es zum

Äußersten kam? Belagerung, Bombardierung. Durchmarsch der Roten oder der amerikanischen Armee oder wenn man das Hotel zum Lazarett machte und er das Seine nicht mehr entsprechend schützen konnte? Wie ein Wilderer stieg er mit dem Rucksack vor Morgengrauen zu den höher gelegenen Wiesen auf, vergrub und versteckte in den eigenen Heustadeln, wild entschlossen, alles zu überleben.

Einer mußte den gesamten, verwalteten Besitz unzerstükkelt weitergeben. An wen? Einer würde schon noch da sein. Auch von den toten Söhnen gab es bereits Kinder. Nur er, er war derjenige, auf dem der Zusammenhalt des Ganzen ruhte, er konnte es nicht riskieren, sich auf allgemeine Notlagen einzulassen. Er hatte ein Ziel, ein überpersönliches, das in der Kontinuität lag.

»Es ging darum, den Paß freizugeben, keine Luftangriffe mehr auf Quartiere von SS und Generalität zu provozieren. Der ganze Ort konnte draufgehen, wenn ein paar Bomben fielen, bei der Kessellage war das in einem Durchflug zu erledigen!« Major Henry winkte ihr. Er trug die britische Uniform, die er in Bari angezogen hatte, bevor er den Truppentransporter bestieg.

Einmal, dachte sie, ein einziges Mal, ohne daß wir unterbrochen werden. Sie erhob sich, seine Arme waren ausgebreitet, seine Lippen öffneten sich leicht, er hatte weiße, strahlend weiße Zähne und einen vollen, ins Violette spielenden Mund, der nur darauf wartete, von ihren Lippen berührt zu werden.

Der Schmerz war wieder da. Sie schaute zwischen ihre Beine. Blut, Blut und die Kälte eines Metallgegenstandes. Etwas fiel zu Boden, aber sie konnte nicht erkennen, was es war. Man hatte ihr nicht gesagt, ob es ein Bub oder ein Mädchen gewesen war, die anschließende Kürettage wurde ohne Betäubung durchgeführt.

Es war die Pistole. Als sie sich zitternd danach bücken wollte, hörte sie Regula zwitschern: »Entschuldige schon, aber du solltest endlich ein bißchen was trinken. Ein Glas Rotwein. Das beruhigt und hebt gleichzeitig die Stimmung. Soll ich dir eines servieren?«
Sie schüttelte den Kopf. Das Blut lag Jahre zurück.
»Ich werde mir etwas holen. Ein Glas Wein. Ein Glas Rotwein, keinen Schnaps. Schnaps wirkt zu heftig.«
Major Henry prostete ihr mit einem Schnapsglas zu. Bei ihm war das was anderes. Schnaps war gefährlich, erst recht in Form von Whisky. Sie ging auf Major Henry zu. Die Pistole hing nun von seinem Gürtel. Sie stockte.
Whisky tat wohl, aber nur im ersten Augenblick. Henry reichte ihr ein Glas, jener andere Henry. Sie wandte den Kopf ab, wollte ihn nicht sehen, nicht ihn.
»Hi, baby«, lächelnd kam er von der anderen Seite.

Sie hatte den ganzen Tag hart gearbeitet, danach noch Sprachkurs gehabt, wie jeden Abend. Es war eilig, wenn sie die Stelle behalten wollte. Sie wollte, auch wenn sie für niemanden zu sorgen hatte. Endlich arbeitete sie nur für sich und weil es ihr Freude machte. Kein Besitz und kein Schwiegervater, keine Sippe mit verwitweten Schwägerinnen und verwaisten Nichten und Neffen. Keiner mehr, der ihr über die Schulter schaute, ob sie, die Alleinstehende, dies oder jenes auch tatsächlich brauchte. Sie war fünfundzwanzig und hatte jahrelang gewartet.
»Take it, baby!« Ihre Freundin winkte ihr zu. »Na, trink schon!«
Sie trugen beide die Unterröcke aus Kranzschleifenatlas. Jemand tanzte Bebop, in dem Glas klirrten die Eiswürfel. Der Whisky tat so wohl am Anfang.
»I am Henry.« Sie lachte. »Henry, Henry, Henry!« Er konnte nicht wissen, daß es einen anderen Henry gab. Es tönte ihm in den Ohren. Seine Arme waren ausgebreitet,

seine Lippen öffneten sich leicht, sie trank einen Schluck und noch einen, er umarmte sie.
»Major Henry«, sagte sie, »endlich ist es soweit.«
»There is no major«, sagte Henry.
»Ist doch egal, laß mich.«
»There is no major.«
Sie hatte noch nie vorher Whisky getrunken. So wie Henry ihn hinunterleerte, konnte er nicht so gefährlich sein.
»Laß mich!« rief sie. Aber sie ging nicht fort. Seine Arme waren so gut wie alle anderen Arme auch. Worauf noch warten? In fünf Jahren war sie dreißig. Henry hatte recht, es gab keinen Major, nicht mehr. Aus Major Henry war Heini Winkler geworden, regierender Ortskaiser.
»Let's have fun.« Auch sie wollte ihr Vergnügen. Das lief nicht unter Fraternisierung, nicht für sie und ihresgleichen. Sie hatte ein Recht, sich mit Bebop und Whisky zu amüsieren. Ihr Ausweis besagte das. Heini Winkler hatte persönlich dafür gesorgt, daß sie einen bekam. Sie hatte mitgeholfen, dieses Land zu befreien, vielleicht *diesem* Henry zufällig das Leben gerettet.
Dieser Gedanke ließ sie noch für einen Augenblick klar sehen. Gott im Himmel, sie war ja noch ärger als Heini Winkler. Der Whisky ließ sie anwachsen. Dann ging es nur mehr um das eine.
»Come on!« Henry zupfte längst an ihrem Arm, ihrer Bluse. »Come on, you damned fucking partizan.«
Sie horchte auf, er hatte Partisan zu ihr gesagt. Das erfüllte sie mit Stolz. Dieser Gimpel von Soldat, was wußte der von den Partisanen? Sie würde ihm schon zeigen, wo Gott wohnt. Jetzt sollte er zusehen, wie er mit einem Partisanenweib fertig wurde. Er, der nur ein Henry und kein Major war.
»O.K., O.K.«, sie lachte. »Zeig mir's nur, jetzt bin ich neugierig.«
Er zog sie an den Haaren in sein Schlafzimmer. So also

gingen die Amerikaner mit den Partisanen um, na wart nur, sie schüttelte ihn ab, und er fiel vors Bett.

Und so gingen die Partisanen mit den Soldaten um: Sie ließ sich auf ihn fallen, lachend, beißend, und kitzelte ihn. Das machte ihn wieder wach. »Come on, baby, let's see, what you've got.«

Er riß so lange an ihrer Bluse, bis sie freiwillig aus ihr schlüpfte, sie brauchte die Bluse noch.

Plötzlich hatte er es eilig, wollte keinen Striptease mehr, nur noch den Rock hoch und die Beine auseinander. Ihr war jetzt schon alles egal. Sie hob den Kopf, als er ungeschickt an seinem Hosenschlitz nestelte, da drückte er mit der anderen Hand ihren Kopf gegen den Boden.

Endlich war es soweit. Er ließ sich zwischen ihre Beine fallen, aber nichts war, weiche, hautige Masse klatschte gegen ihr Geschlecht. Das also machten die Soldaten mit den Partisanen?

»Shit, shit, shit, you damned partizan woman.«

Der Teufel ritt sie. »And what do the soldiers do to the partizan women?« Sie lachte. Er richtete sich auf.

»I'll show you ...« Er griff nach der Pistole, die auf dem Bett lag, während sie noch auf dem Bettvorleger zu Fall gekommen waren.

»I'll show you ...« Sie hatte noch immer die Beine offen, warum nur? Er hatte sich mit der anderen Hand wieder die Flasche gegriffen, setzte sie an, und der Whisky lief von seinem bis zu ihrem Mund herunter. Ihr Staunen war so groß, daß sie automatisch schluckte. Und dann war da plötzlich dieser wühlende Schmerz, und sie spürte Metall in ihrem Schoß, ohne sich auch nur im geringsten bewegen zu können. Es stemmte sich gegen ihre Muskeln, dehnte sie, ein Krampf versuchte sie wieder zu schließen. Und dann klickte es dreimal. Klick, klick, klick! Kurz und trocken. Das brachte diesen Henry wieder zur Besinnung.

»Shit, shit, shit ...«, schrie er und verlor plötzlich das Gleichgewicht.

»Als Chef der österreichischen Freiheitsbewegung ...« Die Pistole hing an Major Henrys Gürtel.
»Natürlich ist sie geladen«, sagte er lächelnd, »aber bei all diesen Entwaffnungsaktionen auf dem Paß ist auch nicht ein scharfer Schuß gefallen.« Sie blickte in ihr Rotweinglas. Nicht ein scharfer Schuß. Henry lag da, und der Whisky lief über ihn und die Pistole.
Sie war zu Fuß nach Hause gegangen, fünf Kilometer bis zu ihrem Untermietzimmer. Es war eine warme Nacht, und der Mond schien hell genug. Wovor sollte sie jetzt noch Angst haben?
»Eine besoffene Geschichte«, wiederholte sie sich immer wieder, bis sie schließlich in ihr Bett stolperte. »Eine besoffene Geschichte«, und sie beschloß, niemandem gegenüber auch nur ein Sterbenswort davon zu erwähnen.
»Wahre Freundschaft«, sang das Kind und schaukelte wieder auf dem Seil zwischen den Granatapfelbäumchen, »soll nicht wanken, wenn sie gleich entfernet ist ...« Regula nahm Major Henry das Schnapsglas ab und leerte den letzten Tropfen auf den Boden.
»Entschuldigt schon«, tirilierte sie, »aber ich kann den Geruch nach all den Jahren nicht mehr ertragen.«

BEGLEITUMSTÄNDE — WAS HEISST LIEBE

Fünfundzwanzig Schwarz-Abende waren vereinbart, zwanzig hat Vevi bereits hinter sich. Ursprünglich war von einer möglichen Verlängerung die Rede gewesen, davon spricht niemand mehr, trotz des von den Lokalzeitungen bestätigten Erfolges und regen Zuspruchs. Das Budget ist erschöpft, das Gedenkjahr läuft sich nach einem starken Auftakt in den Februar- und Märztagen in der Halbzeit lahm. Man habe ohnehin genug in die Fackel der Erinnerung investiert, heißt es, ein bißchen was solle auch noch im Herbst geschehen, die ausländische Presse erwarte das. Den Juli und den August könne man ohnehin vergessen, da gebe es in jedem Dorf Sommerspiele, mit denen könne und wolle man nicht konkurrieren. Es sei immerhin was geschehen, fünfundzwanzig Abende, das geht nicht spurlos vorüber, schon gar nicht, wenn eine so prominente Person wie Vevi Schwarz sich der Sache annehme, man könne ruhig ein bißchen stolz sein auf das Erreichte. Wer weiß, ob in einem anderen Land überhaupt jemand auf so eine Idee gekommen wäre. Im Herbst gebe es noch das eine oder andere Symposium, und irgendwann gehe auch dieses Jahr zu Ende. Auch müsse man darauf achten, daß man die Menschen mit so heikler Kost — wie diese Art der Vergegenwärtigung es einmal sei — nicht überfüttere, damit nicht wieder die gegenteilige Wirkung erzielt werde.
Der Sektionsrat hat es sich nicht nehmen lassen, mit ein paar von ihm geladenen Journalisten der größeren Zeitungen zu einem von Vevis Abenden heraus in die Provinz, das heißt in die Provinzhauptstadt, zu kommen. Schließlich

sei die ganze Veranstaltungsreihe sein Kind, wie er verschämt der Presse gesteht. Er habe sofort an jemanden wie Frau Schwarz gedacht und sich sehr darüber gefreut — sein Arm biegt sich galant in Richtung Vevi — daß sie sich gleich bereit erklärt habe.
Pröbstl findet, daß es einer der flaueren Abende ist, vom Programm und von Vevis Gestaltungswillen her, aber alle sind so überzeugt davon, einem Ereignis beizuwohnen, daß sich die freundliche Erwartung zur Begeisterung steigert, die sich dann doch noch auf Vevi überträgt und sie zu einem furiosen Schlußteil hochkommen läßt.
Sie haben sich der Hauptstadt nun so weit genähert, daß es nicht mehr viel Sinn hat, an Ort und Stelle zu übernachten. Auch ist Vevi die Hotels und Gasthöfe mit den zu kleinen Zimmern leid, in die nachts die Stimmen der die Wirtshäuser verlassenden Trinker emporsteigen und vor denen morgens schon die Stubenmädchen lauern, um die Betten für die nächsten Gäste so rasch wie möglich beziehen zu können.
Pröbstl hat sich in Vevis Nähe ein Zimmer genommen, irgendwann wird es wohl auf eine kleine Wohnung hinauslaufen, aber sie muß mit ihrem Ersparten haushalten und sich erst nach was Günstigerem umsehen. Natürlich hat sie sich noch immer nicht zu fragen getraut, wie lange Vevi sie überhaupt brauchen kann. Noch arbeitet sie an ihren Jugenderinnerungen, auch wird dies nicht die letzte Tournee gewesen sein, aber wirklich brauchen tut Vevi sie nicht. Sie ist auch bisher ohne so ein Mädchen für alles ausgekommen. Sobald sie wieder länger in der Hauptstadt sind, will Pröbstl sich umhören, was für sie ansonsten in Frage kommt, um sich nicht ganz auf Vevi und ihre Gutmütigkeit verlassen zu müssen. Wenn es nicht so unsinnig und geradezu lächerlich wäre, würde sie ja gern versuchen, noch den Führerschein zu machen, aber mit fünfzig …
Aron hat ihr angeboten, erst einmal bei ihnen zu wohnen,

und Elisabeth hat sogar dazu genickt. Das war gut gemeint, aber sie hätte nur im Kinderzimmer schlafen können, und selbst dazu hätte das Gitterbett ausquartiert und das Sofa aus dem Wohnzimmer hineingestellt werden müssen, das durfte sie Aron und Elisabeth nicht antun. Gottlob ist ihr das sofort klar gewesen.
Und bei Vevi zu wohnen ist ebenso unmöglich. Vevi lebt nicht allein, auch hat sie es ihr gar nicht erst angeboten. Es reicht ja, daß sie ein paar Stunden am Tag in Vevis Arbeitszimmer sitzt.
»Du kommst einfach gegen elf«, hat Vevi sie für die nächsten Tage eingeteilt, »wir gehen die Post durch, dann tippst du die Tonbänder ab, und am Nachmittag machen wir uns wieder auf den Weg.« Sie haben jetzt nur noch ein bis zwei Stunden zu fahren, um in die jeweilige Kleinstadt zu kommen.

Vevi wohnt in einem ehemaligen Dachboden. Die Räume gehen türenlos ineinander über, das Licht kommt von oben und von dem großen Glasvorbau des Wintergartens, der einen Teil des Daches ersetzt. Als Pröbstl zum ersten Mal diese Wohnung betritt, gießt Vevi gerade die Pflanzen, die der Glaswand Gewicht verleihen.
Es ist eine Wohnung, die Vevi widerspiegelt. Ihre Reisen, ihre Vorlieben, die Rollen, die sie gespielt hat, ihre Gewohnheiten. Pröbstl läßt sich, erschöpft vom Stiegensteigen — typisch wieder einmal, daß sie keinen Schilling für den Lift dabei hatte —, in einen Fauteuil fallen und weiß plötzlich, daß dieser Fauteuil nur aus der Pension von Vevis Eltern hierher gekommen sein kann. An der Wand ein Bild des Ortes, darunter eine gestickte Seidendecke aus einem exotischen Land. Und obwohl alles vollgeräumt ist mit Dingen, die aus verschiedenen Zusammenhängen stammen, ist keines dem anderen im Weg.
»Das alles«, sagt Vevi, »habe ich im Laufe meines Lebens

zusammengetragen.« Sie bringt ihr eine Tasse Kaffee und setzt sich zu ihr. »Das heißt, nicht ich allein, für einen Teil des Krams ist Mano verantwortlich.« Es ist das erste Mal, daß Vevi ihr gegenüber den Namen des Mannes, mit dem sie lebt, in den Mund nimmt. Bisher hat sie immer nur gesagt »der Mann an meiner Seite« oder »mein Freund« oder »mein Quasi-Mann«, wenn sie sie aus dem Zimmer haben wollte, um in Ruhe mit ihm zu telefonieren.

»Mano«, kann Pröbstl sich nicht enthalten den Namen zu wiederholen, wie um ihn sich besser zu merken.

»Ja, Mano«, sagt Vevi gezielt beiläufig, »du wirst ihn schon noch kennenlernen.«

Seit dieser Name gefallen ist, belebt sich die Wohnung mit einer anderen Person, so als sei sie, obwohl nicht anwesend, in den Dingen gegenwärtig. Und während Pröbstl sich weiter umsieht, ertappt sie sich dabei, daß sie dieser anderen Person verschiedene Gegenstände zuordnet. Einen Ledersessel zum Beispiel mit dem Plaid, das über seine Armlehne geworfen ist, eine bestimmte Lampe mit grünem Schirm, ein Tischchen, auf dem Zeitungen liegen, das Bild eines naiven Malers, das eine Frau auf einem Tiger zeigt, ein Pfeifenständer, eine Sammlung von Taschenuhren in einer Vitrine. Je öfter sie zu Vevi kommt, desto deutlicher scheint ihr diese andere Person aus den von ihr zurückgelassenen Spuren zu erstehen, und je weniger Vevi darüber spricht, desto genauer glaubt sie zu wissen, was für eine Art Mensch das ist. Es muß einen Grund haben, warum Vevi so gut wie nichts über diesen Mano sagt. Oder ist sie bloß taktvoll? Taktvoll, um sie nicht spüren zu lassen, daß sie, Sigune Pröbstl, es nicht geschafft hat? Nicht einmal das geschafft hat, mit einem Mann zu leben?

Es war nicht nur wegen Amerika, daß Botond keine überflüssigen Gegenstände in der Wohnung duldete. »Platz«, sagte er, »endlich einmal Platz haben in einer Wohnung.

Sich nicht immer in eine, die einzige freie Ecke drücken müssen. Tanzen können ...« und er faßte sie um die Mitte und machte ein paar Tangoschritte mit ihr durchs Wohnzimmer, dann hob er sie hoch und wirbelte sie herum und ließ sie auf das alte Sofa fallen, während er sich allein weiterdrehte. Zu Anfang hatte ihr das Freude gemacht. Platz haben war was Schönes. Warum sollte Botond nicht endlich Platz haben, soviel er wollte? Auch hatte es den Vorteil, daß das Aufräumen schnell ging. Wozu noch einen Tisch, wenn in der Küche ohnehin einer stand, an dem man essen konnte, sogar wenn Besuch da war. Aber in Wirklichkeit füllte Botond den Platz nicht aus, er zwang sich nur, so zu tun, als könne er mit dem vielen Platz etwas anfangen. Die meiste Zeit, die er zu Hause war, saß er in der Küche herum oder stellte sich ihr in den Weg, griff ihr einmal links über die Schulter, um sich ein Glas aus dem Hängeschrank zu nehmen, oder rechts, um an den Eiskasten zu langen. Er saß mit seiner Zeitung beim Küchentisch und rückte unwillkürlich immer näher, so daß sie ihn bitten mußte, ihr doch den kleinen Spielraum um den Herd herum zu lassen, sie könne sonst nicht kochen. Und da sie einen Teil des Tisches als Arbeitsfläche benutzte, mußte sie immer wieder gegen seine ausgebreiteten Zeitungen und sonstigen Sachen ankämpfen, das heißt sie zur Seite schieben oder ihm sagen, daß sie hier nun ein bißchen mehr Platz brauchte, um einen Teig auszuwalken oder Gemüse zu schälen.

Sie empfand diese von Botond erzwungene Nähe bald als eine Art Provokation, die sie bis zur Erschöpfung irritierte. Und anstatt ihm zu sagen, was sie so störte, hielt sie an sich, bis sie vor Unmut geradezu erstarrte und sich erst viel später ein Streit, und an ganz etwas anderem, entzündete. Anfangs war es die tatsächliche Einschränkung ihrer Bewegungsfreiheit gewesen, die sich auf ihre Laune geschlagen hatte, später, als ihre Empfindlichkeit sich, statt an der

Gewöhnung abzustumpfen, nur noch verstärkt hatte, genügte es, daß Botond sich einen Löffel aus der Besteckladе holte, vor der sie gerade stand, um sie in jene überspannte Gefühlslage zu versetzen, in der jede auch noch so zufällige Berührung ihr wie ein Schlag vorgekommen war.
Als Aron bereits alleine gehen konnte und auf der Suche nach ihnen beiden ebenfalls in die Küche kam und um sie herumtappte, konnte sie ihrer Anspannung wenigstens insofern Luft machen, als sie Botond bat, doch mit dem Kind aus dem Gefahrenbereich zu gehen, was auf dem Herd stehe, sei heiß, und das Kind könne sich verbrühen oder sonst irgendwie zu Schaden kommen.
»Komm«, sagte Botond dann zu Aron, »setz dich auf meinen Schoß«, und dann schauten sie gemeinsam ein Bilderbuch an oder zeichneten etwas. Sie hatte deshalb zwar nicht mehr Spielraum, aber sie hatte wenigstens etwas gesagt.
Eigentlich war sie es, die Platz brauchte, einen gewissen Abstand eben. Und so war sie anfangs gar nicht so unglücklich, wenn Botond später nach Hause kam, wenn sie mit allem fertig war und sich in Ruhe mit ihm hinsetzen konnte, ohne daß er ihr bei etwas dazwischengriff. Sie hatte diese alltägliche körperliche Nähe, wie Botond sie bei seinen Aufenthalten in der Küche ertrotzte, nie ertragen, geschweige denn verstehen können, sie war ihr wie eine Art Angriff vorgekommen, und sie war nicht imstande gewesen, ihm das zu erklären. Es zehrte an ihr und bedeutete eine Erschwernis, die auf sich zu nehmen sie beinah übermenschliche Willensanstrengung kostete.
Ähnlich erging es ihr nachts im Bett. Es war ihr unmöglich, in Botonds Armen einzuschlafen, auch wenn sie seinen Körper nie als unangenehm empfunden hatte, aber sobald sie schläfrig wurde, hatte sie das Bedürfnis, sich auf ihre Seite des Bettes zu drehen, das eine Bein anzuwinkeln und die Arme hochzuziehen, während Botond auch noch im

Schlaf ihre Nähe suchte, den Arm um sie legte, so daß sie das Gefühl hatte, er drücke auf ihr Herz oder sperre ihr die Luft ab. Sobald sein Körper zu dicht an dem ihren lag, wachte sie auf. Ihr wurde heiß, und sie versuchte noch weiter abzurücken oder ihn sanft in die andere Richtung zu drängen, ohne daß er dabei erwachte.
Es war Botond gewesen, der zugelassen hatte, daß Aron nachts zu ihnen ins Bett kam, wenn er schlecht geträumt hatte und sich fürchtete. Wenn sie dann im Morgengrauen erwachte und vor lauter Körperwärme, die nun von zwei Leibern auf sie einströmte, nicht mehr einschlafen konnte, ging sie ins Wohnzimmer, um sich noch ein Weilchen auf das alte Sofa zu legen. Wenn Botond sie hin und wieder am Morgen fragte, warum sie aus dem gemeinsamen Bett ausgezogen sei, sagte sie, das Kind habe so unruhig geschlafen, sie habe es aber nicht wecken wollen.

Vevi kommt ihr anders vor, seit sie täglich zu ihr in die Wohnung geht. Nicht daß Vevi sich verändert hätte oder sich anders gäbe, es ist nur etwas hinzugekommen, etwas, das in ihren Gesten, ihrem Reden, selbst in ihrem Gang spürbar wird.
Natürlich führt Pröbstl das auf diesen Mann zurück, den sie noch immer nicht zu Gesicht bekommen hat, und sie glaubt nicht mehr, daß dies ohne Absicht geschieht. Vevi, die so direkt wie sonst niemand sein kann, die ihre Zunge an allem und jedem wetzt, hält sich, was diesen Mann angeht, bewußt zurück. Und das nicht nur, um taktvoll zu sein. Vevi ist nicht taktvoll, schon gar nicht auf die Dauer. Am Ende abergläubisch? Will sie ihr Glück nicht bereden? Andererseits hat dieser Mann sicher einen Beruf, und es ist nur normal, daß er tagsüber nicht zu Hause ist. Aber warum sagt Vevi nichts? Warum sagt sie nicht »Mano ist im Büro, in der Praxis, in der Kanzlei«? Oder »heut kommt Mano mit nach Lilienfeld«? Mangel an Vertrauen? Sie

kennen einander seit der Kindheit. Also irgendein Mangel muß es doch sein, eine Unsicherheit. Bei Vevi? Sie beugt sich über die Schreibmaschine, vom Tonband ist Vevis Stimme zu hören. Unsicherheit? Vevi, wie sie leibt und lebt! Eine Taube setzt sich auf das Dachlukenfenster und läßt ihren Kot darauf fallen.

Während sie täglich tippt, bespricht Vevi in einem anderen Zimmer ein Band oder stimmt sich auf eine neue Rolle ein. In einigen Wochen beginnen die Dreharbeiten zu einem Fernsehfilm. Sie wird darin eine Zigeunerin spielen, die von den Nazis in ein Konzentrationslager verschleppt wird, davonkommt und dann Angst hat, Zeugnis davon zu geben. Bis sie es doch fertigbringt, diese Angst so weit einzudämmen, daß sie sich hinstellen kann und sagen »Ich habe überlebt«.

Während sie in einer Kaffeepause über dieses Drehbuch reden, kommt es. Vevi sagt: »Mano hält viel von der Geschichte, auch wenn er meint, man muß dabei streng vorgehen und auf alles Plakative verzichten. Man darf das Opfer keineswegs stilisieren, man muß ihm all seine natürlichen, gewachsenen Bezüge lassen.«

»Mano?« kann Pröbstl sich nicht enthalten, den Namen aufs neue zu wiederholen.

»Ja, Mano. Er weiß, wovon er spricht. Ich gebe viel auf sein Urteil.«

Und da nimmt Pröbstl den entscheidenden Anlauf, ohne Rücksicht darauf, daß sie als neugierig, indiskret oder zudringlich erscheinen oder daß Vevi gar denken könnte, sie wolle sich in ihre Angelegenheiten mischen, und fragt geradeheraus: »Wieso sprichst du nie über diesen Mano? Warum erzählst du mir nie was von ihm?«

Vevi zieht einen Stuhl heran und legt die Beine darauf. »Willst du es wirklich wissen?«

Schon zieht Pröbstl wieder den Kopf ein. Sie ist vielleicht doch zu weit gegangen. Wenn jemand was erzählen will,

erzählt er es schon, ohne daß man ihn so direkt angeht. Wie hat ihre Mutter gesagt? »Persönliche Fragen sind immer aufdringlich!«
Vevi richtet den Blick auf sie. »Weil du mich nie danach gefragt hast.«

»Weil du mich nie danach gefragt hast«, schrie Botond, als sie ihm bei einer ihrer letzten großen Auseinandersetzungen, bevor sie sich entschloß, die Scheidung einzureichen, an den Kopf warf, er habe ihr nie gesagt, wo er seine Abende, und oft genug auch die Nacht, verbringe.
»Also gut, dann frage ich dich jetzt!«
»Jetzt hilft es nichts mehr«, hatte Botond geschrien, und dann war sein Schreien in eine Art Schluchzen übergegangen, vor dem sie Abscheu empfand. Wieso mußte er auch noch schluchzen?
Er hatte getrunken, wie so oft in der letzten Zeit, zum Glück schlief Aron schon. Sie hatte früher so gut wie nichts getrunken, höchstens ein kleines Glas Wein zum Essen, wenn sie ausgingen, aber das taten sie schon lange nicht mehr. Wenn Botond abends zu Hause aß, öffnete er eine Flasche und bat sie, ihr einschenken zu dürfen. Dann nippte sie ein wenig an ihrem Glas und beobachtete Botond dabei, wie er die ganze Flasche leertrank. Sie hatte Angst, daß er sich betrinken könnte, und alles, was er ihr, während er trank, erzählte, hielt sie für nicht aufrichtig oder zumindest überzogen, bis er immer mehr in Schweigen verfiel und nur noch trank.
Es steigt ihr heiß auf, wenn sie, vor ihrer eigenen Flasche sitzend, daran denkt. Sie hat das jetzt wieder im Griff. Sie kauft nur eine Flasche für den Abend, eine Siebenzehntelflasche, und in der Nacht geht sie ohnehin nicht mehr weg. Nach dieser einen Flasche ist sie müde genug, um bald einzuschlafen. Vielleicht hätte sie sich hin und wieder ein Glas oder auch zwei mit Botond genehmigen sollen. Dann

hätte er weniger getrunken, und sie wäre in eine andere Stimmung geraten, und sie hätten tatsächlich miteinander geredet.
Sie hatte bereits den Vertrag für die Anstellung in dieser anderen Stadt unterschrieben und die meisten ihrer Sachen gepackt — es war klar, daß Aron mit ihr kommen würde —, als Botond, diesmal nüchtern, aber sehr erschöpft, nach Hause kam, sich zu ihr in die Küche setzte und erklärte, sie solle es sich noch einmal überlegen, schließlich sei sie es, die ihn verlasse. Und dann fügte er hinzu: »Das hätte ich dir nie zugetraut, nie im Leben!«
Da war ihr klar, daß sie es sich nicht mehr überlegen durfte. Nicht jetzt. Und schon gar nicht nach diesem Satz. Er habe nun endlich, sagte er, die Möglichkeit, tatsächlich nach Amerika zu gehen. Und wenn er sich erst eingelebt und eine entsprechende Wohnung gefunden habe, könne er sie und Aron nachkommen lassen, er werde ihr schreiben. Sie müsse sich nicht sofort entscheiden, aber sie solle es sich bitte überlegen. Sie hatte genickt, die ganze Zeit nur genickt, und irgendwie hatte sie wohl noch immer gehofft, einmal zu Botond zurückkehren zu können, und sei es bis nach Amerika.
Anderntags brachte Botond sie und Aron zum Zug, und als er sich verabschiedete, war er so blaß, daß sie wünschte, er würde sie noch einmal und in aller Form bitten, bei ihm zu bleiben. Aber er tat es nicht, und sie brachte es nicht über sich, ihren Entschluß, der durch diese Zugfahrt erst Wirklichkeit zu werden begann, rückgängig zu machen. Vielleicht, ging es durch ihren Kopf, fahren wir schon in einem Jahr zu ihm nach Amerika, Aron und ich, oder in einem halben, aber sie sprach es nicht aus.
Botond war nicht nach Amerika gegangen, und er bat sie auch nicht mehr, zurückzukommen. Wenn sie Aron später in den Zug setzte, damit er seinen Vater besuchen fahre, fiel es ihr schwer, nicht mit ihm zu kommen, und ihr Herz

klopfte, wenn sie sagte »Grüß den Papa auch von mir«, aber sie brachte es nicht fertig, dem Kind aufzutragen, es solle Botond bitten, sie einmal zu besuchen.

»Was soll ich dir viel erzählen, Mano kommt morgen von einer Reise zurück, dann wirst du ihn ohnehin sehen.«
»Lebt ihr schon lange miteinander?«
»Wir kennen uns ewig, haben es aber erst vor drei Jahren gewagt, zusammenzuziehen.«
»Du hältst es ja geradezu geheim.«
»Pröbstl, verstehst du denn gar nichts? Das Publikum gehört zum Beruf, nicht zu unserem Leben.«
Es ist das erste Mal, daß sie Vevi UNS sagen hört. Es klingt überzeugend.
»Und was macht dieser Mano? Entschuldige schon ...«
»Jetzt redest du wie meine Mutter.«
»Ich meine, welchen Beruf hat er?«
»Antiquar. Was lachst du denn, Pröbstl?«
»Ich lach gar nicht«, aber sie spürt selbst, wie es ihr das Gesicht auseinanderzieht. Vevi und der Antiquar. Sie weiß nicht, was sie sich darunter vorstellen soll.
»Komm mit und schau selber.« Vevi zieht sie in den hinteren Teil der Wohnung, in dem sie bisher noch nie gewesen ist. Alles steht voller Bücher. Die Wände, die Tische, selbst am Boden liegen welche.
»Das alles ist Mano.«

Aron hat sich angesagt. Offenbar will er sie allein sprechen. Er kommt nach Büroschluß und bringt ihr sogar einen Strauß Blumen. Sie hat Tee gekocht. »Möchtest du was essen?«
Er schüttelt den Kopf.
»So sieht es bei dir aus?!« Es stimmt schon, sie wohnt einstweilen sehr bescheiden, in einem einzigen Zimmer mit Bad und Kochnische. Mehr hat sie bis jetzt nicht ge-

braucht. Gestern abend war die letzte Vorstellung. Man wird sehen, wie es weitergeht. »Von nun an werde ich mehr Zeit haben, mich nach einer kleinen Wohnung umzusehen.«

Sie spürt, daß er ihr etwas sagen möchte und nicht weiß, wie anfangen.

»Wenn du irgendwas in Erfahrung bringen solltest ...«

»O ja, natürlich, ich habe schon ...«

»Ich meine, wegen einer kleinen Wohnung.«

»Ach ja ...« Wieder schweigen sie ein Weilchen.

»Möchtest du nicht wenigstens ein belegtes Brot? Tee allein ist doch nichts um diese Tageszeit.«

»Von mir aus, aber nur ein kleines.«

Sie steht auf und macht ihm ein Schinkenbrot. Aron ist genauso blond wie sie und genauso unbeholfen, denkt sie plötzlich wütend, wenn es darum geht, etwas auszusprechen.

»Also, was möchtest du mir sagen?« fragt sie unvermutet. Woher sie nur den Mut nimmt? Sie schaut sicher genauso erstaunt drein wie Aron. Der beißt erst einmal in sein Schinkenbrot und kaut und kaut.

»Irgendwas ist es doch. Und ich nehme an, Elisabeth soll es nicht hören!« Sie kommt sich geradezu aufdringlich vor, aber sie möchte es wissen, sie möchte es tatsächlich wissen.

»Ich war bei Botond.« Sie stellt die Tasse mit einem solchen Ruck zurück, daß sie den Tee verschüttet.

»Bei deinem Vater?« Natürlich ist Botond sein Vater, aber Aron hat ihn in ihrer Gegenwart noch nie Botond genannt.

»Er hat mir geschrieben, daß ich ihn nun besuchen kann. Und da bin ich gestern hingefahren.«

Schon hat der Mut zu fragen sie wieder verlassen. Sie nimmt ihre Tasse, stellt sie ins Spülbecken und tupft mit der Serviette den verschütteten Tee auf.

»Möchtest du wissen, was er zu mir gesagt hat?«
Sie nickt und setzt sich wieder. Aron soll nicht sehen, daß ihre Hände zittern, sie legt sie übereinander in ihren Schoß, damit eine die andere festhalten kann.
»Ich habe zu ihm gesagt, ich würde gerne verstehen, warum er es getan hat. Und er sagte, da gebe es nichts zu verstehen. Die Frau habe gedroht, ihn zu verlassen, und er habe den Gedanken nicht ertragen können. Ich wollte wissen, ob er die Frau schon länger gekannt habe. Nein, sagte er, gar nicht lange. Sie sei erst kurz zuvor bei ihm eingezogen. Aber das Wort, das Wort verlassen habe ihn verrückt gemacht. Es gehöre zu diesen schlimmen Wörtern, die für sich selber sprächen, die eine dermaßen verletzende Wirkung hätten, daß sie Macht über einen bekämen.«
»Er hat sie umgebracht, weil sie gesagt hat, daß sie ihn verlassen wolle? Weil sie es gesagt hat?«
Aron legt das Gesicht in die Hände und zuckt die Achseln.
»So jedenfalls habe ich es verstanden.«
Sie sitzen wieder eine Weile schweigend, dann hebt Aron den Kopf. »Er hat auch nach dir gefragt.«
»Was? Nach mir?«
»Ob du noch immer allein lebst oder ob er sich auch dahingehend in dir getäuscht hat.«
»In mir getäuscht? Was meint er damit?«
Und plötzlich spricht Aron geradewegs auf sie zu, und es ist nicht zu unterscheiden, ob er sagt, was sein Vater gesagt hat, oder ob er selber es ist, der das meint. »Du hast ihn nicht geliebt. Nicht wirklich.«
Der Satz fährt durch ihren Kopf wie ein flatternder Vogel, der alles um sich her aufscheucht.
»Wieso?« Sie hat noch nicht ganz begriffen, was der Satz bedeutet.
In Arons Augen steht das Wasser, und es ist, als sei er wieder jener kleine Bub, der ihr vorwurfsvoll zuruft: »Ich möchte, daß der Papa wiederkommt.«

»Ich soll Botond nicht ...«
»Ich weiß«, sagt Aron, »du kannst nichts dafür. Niemand kann was dafür. Es ist schrecklich. Vielleicht liebe ich Elisabeth auch nicht, nicht wirklich. Wie soll man denn wissen, ob man jemanden liebt, ich meine wirklich liebt?«
Ihr schwindelt ein wenig, doch sie steht auf und legt ihre Arme um Aron. Bei Aron ist es ihr immer leicht gefallen. Ihre Stimme klingt ganz ruhig, zumindest in diesem Moment.
»Aron, ich bin froh, daß er endlich mit dir gesprochen hat, wenigstens mit dir. Es hat ihm sicher gutgetan.« Weiter kommt sie nicht, sie kann nichts mehr sagen. Eine Weile bleiben sie so. Dann nimmt Aron ihre Hände von seinen Schultern und steht auf.
»Ich muß nach Hause.« Er umarmt sie ganz kurz, dann ist er fort.

Was heißt Liebe! Sie geht in ihrem Zimmer auf und ab. Sie kann nichts trinken. Die Tränen steigen ihr auf und eine ungekannte, hilflose Empörung. Sie soll Botond nicht geliebt haben? Sie muß jetzt jemanden sehen, sie kann nicht allein bleiben, nicht in diesem Zimmer.
Auf der Straße schlägt ihr die warme Luft eines Frühsommerabends entgegen. Die Menschen gehen ohne Mäntel und Jacken, sitzen in Straßencafés oder flanieren einfach. Sie läuft. Es ist nicht weit bis zu Vevi, etwa zehn Minuten. So, wie sie unterwegs ist, schafft sie es in fünf. Sie muß mehrmals den Knopf der Gegensprechanlage drücken, bis Vevi sich endlich meldet.
»Ich muß dich unbedingt sehen, ich werde sonst verrückt.«
Vevi zögert einen Augenblick, dann sagt sie: »Ach, du bist es, Pröbstl. Komm rauf.«
An der Tür empfängt sie ein etwas gedrungener Mann mit Bauchansatz, Stirnglatze und großer Brille. Sie gibt ihm die

Hand. Erst da fällt ihr ein, daß das möglicherweise Mano ist. Er lächelt freundlich, aber sie ist schon unterwegs zu Vevi, die mit einem Glas in der Hand auf dem Sofa sitzt und sie verwundert anstarrt.

»Was haben sie denn mit dir gemacht?«

Pröbstl läßt sich neben sie fallen und schlägt die Hände vors Gesicht.

»Mano, ich bitte dich, bring ihr was zu trinken. Ich glaube, sie braucht was Stärkeres, einen Cognac zum Beispiel.«

Mano geht.

»Was ist los mit dir?« Vevi nimmt ihr die Hände vom Gesicht, aber Pröbstl ist befangen.

»Sag schon. Mano kann zuhören.«

»Aron war bei Botond.«

»Und? Hat dein wahnsinniger Mörder-Mann endlich den Mund aufgemacht?«

Sie nickt. Wiederholt, was Aron gesagt hat. Mano drückt ihr einen gefüllten Cognacschwenker in die Hand. Sie nimmt einen Schluck.

»Was heißt Liebe?« fragt Pröbstl in ihr Glas hinein.

»Mach dich nicht lächerlich, Pröbstl.« Vevi drückt sie an sich. »So kann man doch gar nicht fragen. Was meinst du, Mano?«

Mano hebt die Schultern und die Brauen.

»Das kommt drauf an.«

»Ach, Mano! Gib zu, daß du es auch nicht weißt.«

»Was es heißt, weiß ich nicht, ich weiß nur, wie es sich anfühlt.«

Und mit einemmal muß Pröbstl lächeln. Manos Gesicht ist die reine Verschmitztheit, und die obersten Brauenhaare stehen so weit in die Stirn hinauf, daß sie wie tief angesetzte Hörner oder kleine Flügel wirken.

Es läutet das Telefon. »Mano, bitte geh du ran.«

Vevi hält Pröbstl noch immer umarmt. Mano ist im Arbeitszimmer verschwunden und ruft: »Es ist für dich.«

Murrend rappelt Vevi sich aus dem Sofa auf, das sie bereits zu verschlingen droht. Und Mano schenkt Pröbstl noch einen Schluck Cognac ein.
Als Vevi nach einigen Minuten wieder zurückkommt, setzt sie ihre Schritte ganz vorsichtig. Ihr Gesicht ist weiß, und sie verfolgt die eigenen Schritte mit den Augen. Pröbstl hat das Gefühl, als stünden Vevi die Haare zu Berge.
Vevi räuspert sich ein paarmal, bevor sie den Kopf hebt und mit einer Stimme, die ziemlich sachlich klingt, sagt: »Onkel Philipp hat angerufen. Meine Mutter ist gestorben.«

TAG- UND NACHTSTÜCKE IN SCHWARZ'SCHER MANIER IV

Ich hatte einen Wunsch, der alle anderen Wünsche bei weitem übertraf. Nur die Seraf wußte davon, es war unser Geheimnis. Dabei hätten die anderen es längst wissen können, wenn sie gewollt hätten.

Mein Aussehen erweckte in meiner Familie und der dazugehörigen Freundschaft den Glauben, daß in meinem Leben das Kapitel Liebesglück ungeschrieben bleiben müsse und man deshalb auch keinerlei Vorkehrungen zu treffen habe. Das bescherte mir zwar ein weit größeres Maß an persönlicher Freiheit, die ich auch schamlos ausnutzte, doch blieb der Grund für diese mir zugestandene Freiheit ein kränkender, obgleich sich meine Erscheinung, wie ich fand, ohnehin gebessert hatte.

Ich war zumindest größer geworden, und meine Figur berechtigte mich zu gewissen Hoffnungen. Auch sollten demnächst meine Augen korrigiert werden; ich fürchtete mich vor der Operation, aber nachdem ich so lange erfolglos eine Schielbrille getragen hatte, blieb mir wohl nichts anderes übrig.

Mein Wuschel wurde während der Schulzeit noch immer ziemlich kurz gehalten, im Sommer verzichtete ich jedoch auf die Schur — wider alle Vernunft natürlich —, und gegen Mitte August waren dann doch gewisse mädchenhafte Züge an mir zu entdecken. »Wie eine Wildfrau halt«, sagte die Seraf, und das freute mich. Die Wildfrauen galten zwar nicht als besonders schön, aber als sehr verführerisch.

Ich war in einem dauernden Zustand der Verliebtheit und

wäre auch nicht angestanden, es die jeweils Betroffenen wissen zu lassen, was heißt, daß das Nichtzustandekommen einer Liebesbeziehung keinesfalls mit einer gewissen Schüchternheit meinerseits zu begründen gewesen wäre, man nahm mich nur einfach auf dieser Ebene, nämlich der des Verliebtseins, nicht wahr. Ich konnte anstellen, was ich wollte, selbst wenn ich mich jemandem nackt in den Weg gelegt hätte, man achtete nicht darauf oder gab meinen Annäherungen und deutlichen Gesten einen anderen Sinn.

Ich war wach im Kopf, hatte einiges gelesen und interessierte mich für vieles, was lag da näher, als mir irgendein Thema zu schnappen und damit auf jemanden zuzugehen. Die meisten Menschen sind in dieser Hinsicht leicht zu beeindrucken. Da sie träge im Denken und nicht sehr aufmerksam sind, vergessen sie auch die Dinge, die sie schon einmal gewußt haben und eigentlich noch immer wissen, nur sind ihnen die entscheidenden Namen oder Begriffe entfallen, so daß sie Schwierigkeiten haben, zu sagen, was sie sagen wollen. Ich hingegen, die ich gar nichts sagen, sondern auf mich als Liebenswerte aufmerksam machen wollte, ertappte mich sehr bald dabei, wie ich mein Gegenüber, das ich ja in mich verliebt hatte machen wollen, in Grund und Boden redete, ihm die dies- und die jenseitige Welt erklärte und mich dann in dem von mir gar nicht angestrebten Schulterklopfen auch noch sonnte.

Alle waren sich darüber einig, daß ich gescheit war und begabt, eine sogenannte »Hoffnung«, nur wofür ich eine Hoffnung war, schien niemandem klar zu sein. Man unterhielt sich gerne mit mir, und ich saß öfter in der Gaststube, wo ich gelegentlich beim Servieren aushalf, bei den Einheimischen, vor allem bei Männern wie dem Förster oder einem Bergrat aus dem Salzbergwerk, und redete mit ihnen über Dinge der Wissenschaft, was damals, als es noch kein Fernsehen gab, viel leichter ging, verschaffte

einem doch schon ein Aufsatz auf der Wissenschaftsseite einer überregionalen Zeitung enormen Vorsprung.
Da ich das ganze Schuljahr über kaum zu Hause war, hatte ich die Verbindung zu den Gleichaltrigen, die schon in einer Lehre waren, zum Teil verloren, und wenn ich mir dann einen der Burschen, die ich noch von der Volksschule her kannte, plötzlich als Gegenstand meines Liebesinteresses einbildete und ihm nachzustellen begann — ich war ungeheuer geschickt im Herausfinden von Arbeits- und Freizeiten der Betreffenden und welchen Weg sie von der Arbeit nach Hause nahmen oder wann sie ins Kino oder ins Café Schöngart gingen —, um die alte Bekanntschaft in anderer Form zu erneuern, stieß ich auf Scheu oder Verächtlichkeit meiner Studiererei gegenüber. Es kostete mich enormen Einsatz, beides aus dem Weg zu schaffen, und führte dann doch nur dazu, daß ich mich als Verkünderin meines Wissensstandes in Szene setzte, ohne der von mir angestrebten Verliebung auch nur einen Schritt näher gekommen zu sein. Ich erreichte damit höchstens, daß man mich als Nachrichtenquelle über unsere hübsche Serviererin Luzi benutzte, und sobald ich das begriffen hatte, heulte ich der Seraf die Ohren voll, indem ich pausenlos mit meinem Schicksal haderte. Worauf die Seraf »Hör zu, so geht das nicht« sagte und »wir müssen uns etwas ausdenken«. Die Seraf litt mit mir, so nahe stand ich ihrem Herzen. Kein Wunder also, daß sie sich mein Schicksal zur Aufgabe machte. Sie neigte von Natur aus zu Inszenierungen und hatte ihr Talent bei unzähligen Faschingsumzügen und Geburtstagsfeiern erprobt, hatte meinen Eltern den zehnten und den zwanzigsten Hochzeitstag ausgerichtet und aus meiner Firmung eine Festlichkeit gemacht, die sogar meine Firmpatin auf Lebenszeit beeindruckte.
Ich hatte Ende August, kurz bevor die Internatszeit wieder beginnen sollte, Geburtstag, und die Seraf hatte mir bereits

zu Anfang der Ferien versprochen, daß sie mir meinen Wunsch bis spätestens dahin erfüllen würde, es sei denn, ich brächte davor selber etwas zuwege. Falls nicht, würde sie die Sache in die Hand nehmen, das wäre doch schließlich gelacht.

Mein Vater, das Papili, war gerade fünfzig geworden und litt unter Anfällen von schwarzer Melancholie, bei denen er kaum dazu zu bringen war, seinen Sessel im Büro zu verlassen, um die paar Dinge, die sein Ressort waren, zu erledigen, wie Gäste vom Bahnhof zu holen oder in den Nachbarort, der die größeren Geschäfte hatte, zum Einkaufen zu fahren. Ich mußte dann mit ihm kommen, damit er nicht irgendwo am Straßenrand stehenblieb und sich nicht mehr vom Fleck rührte. Manchmal gelang es mir, ihn ein wenig aufzuheitern, indem ich ihm haarsträubende Geschichten aus der Klosterschule erzählte, oder wir spielten zwischendurch im Büro eine Partie Schach. Wenn dann jemand von den Gästen hereinplatzte, einer Auskunft wegen oder um seine Rechnung zu bezahlen, hatte er nach wie vor seine Sprüche alle parat, die kollerten wie von selber aus seinem Mund. Sobald wir dann wieder allein waren, hatte sein Gesicht wieder jenen traurigen, in die Länge gezogenen Ausdruck, und er sagte gelegentlich: »Krüppel gehören sofort erschossen. Sie taugen nicht für dieses Leben.« Ich wußte damals bereits, worauf sich das bezog, aber das machte es ja so schwierig, ihn zu trösten. Das einzige, was ihn außer der täglichen Schach-Partie noch zu interessieren schien, war mein zukünftiges Leben und welchen Beruf ich einmal ergreifen würde. Wenn ich Schauspielerin oder Sängerin sagte, schaute er mich nur ungläubig an und meinte: »Sei nicht kindisch, Vevi, am wichtigsten ist, daß man seine Fähigkeiten richtig einschätzt.«
Es war damals schon klar, daß ich keinen Sinn fürs Gastge-

werbe als Lebensaufgabe hatte, auch wenn ich gelegentlich in der Gaststube aushalf.
»Das muß sie auch nicht«, hatte mein Vater, das Papili, immer wieder gesagt, wenn die Mama, meine Großmutter, sich erkundigte, ob ich nicht doch das SEEBLICK einmal übernehmen und zuvor in die Hotelfachschule gehen wollte. »Ich bin der letzte, der das eigene Kind in einen Beruf zwängen würde, mit dem es nichts am Hut hat.«
»Hut hin, Hut her«, sagte die Mama, meine Großmutter, »man muß sich rechtzeitig Gedanken machen, wer den Besitz einmal übernehmen soll. Der Papa hat nicht umsonst sein ganzes Leben gerackert, damit der Besitz dann in alle Winde zerstiebt.« Seit der Papa, mein Großvater, tot war, übernahm die Mama zusehends seine Redeweise.
»Jetzt machst du aber einen Punkt«, sagte mein Vater, das Papili, darauf. »Noch leben die Regula und ich. Und die Regula wird alt, das kannst du mir glauben.«
Regula, das war Mami, meine Mutter. Sie war jetzt Anfang vierzig und noch immer eine Schönheit. Und je mehr mein Vater verfiel, desto schöner wurde sie, ich weiß auch nicht warum.
»Deine Mutter ist eine Herbstrose, der kann nicht einmal der Frost etwas anhaben. Wenn ich nur einen Funken Anstand im Leib hätte, müßte ich mich sofort erschießen. Dann könnte sie noch einmal heiraten.« Ich hatte das alles schon so oft gehört, daß ich nichts mehr darauf sagte, sondern von was anderem zu reden anfing, obwohl ich begriff, daß mein Vater tatsächlich mit diesem Gedanken spielte.
Wenn ich mit Mami, meiner Mutter, darüber redete, sagte sie: »Er wird sich nicht erschießen, glaub mir, aber es hilft ihm, wenn er es sagen kann.« Und, wie fast immer, hatte sie recht, zumindest für die nächsten zehn Jahre, und selbst dann war nie wirklich klar, ob es nicht doch ein Unfall gewesen war.
»Dein Vater hat wirklich nicht das große Los gezogen, und

für mich macht es das nicht gerade leichter. Aber was willst du, fünf seiner Brüder sind überhaupt nicht mehr nach Hause gekommen.«

Es gab noch immer eine Reihe von Männern, die meiner Mutter ganz offen den Hof machten, aber sie ließ sich nie anmerken, ob ihr auch nur ein einziger von ihnen gefiel. Sie hatte sich mit ihrer Wirkung auf andere Menschen abgefunden, ohne daraus einen persönlichen Nutzen zu ziehen, und verkörperte die Schönheit, so als sei das der wahre Sinn ihres Lebens. Sie pflegte sich und zog sich gut an, ohne sich mit irgend etwas hervorzutun. Sie behandelte die meisten Menschen freundlich und konnte es sich leisten, still zu sein. Früher oder später setzte sich jeder der Gäste einmal zu ihr hin, und sei es nur, um sie anzuschauen. Wenn sie sich ein neues Kleid kaufte, dann nicht, weil es ihr gefiel, sondern weil sie wußte, daß es ihr stehen würde; sie fühlte sich verantwortlich für ihr Aussehen, es gehörte zu ihren Aufgaben.

Genauso, wie die Häßlichkeit meine Aufgabe war, die ich lösen mußte, mit Intelligenz, mit Klugheit, mit Bildung. »Du willst sicher später studieren«, sagte sie von Zeit zu Zeit. Ich nickte. Ich wußte, es wäre sinnlos gewesen, ihr zu sagen, daß ich Schauspielerin werden wollte. Das war auch nicht nötig. Sie brauchte nicht wirklich zu wissen, an welchem Institut ich mich ausbilden lassen würde, an der Universität oder in einer Schauspielschule. Zählen würde einmal nur, was dabei herauskam. Die Seraf sagte es richtig: »Du kannst mit deinem Kopf durch die Wand. Aber wenn du nicht ganz blöd bist, setzt du vorher einen Sturzhelm auf.«

Es war einer jener seltenen Sommer mit trockenen, sonnigen Tagen, und wenn es regnete, dann nachts, oder es gab ein Gewitter am Nachmittag, und abends war es wieder schön. Ich verbrachte viele Stunden im Strandbad, wo sich

fast alle jungen Leute einfanden, Gäste und Einheimische, die Lehrlinge kamen zumindest in der Mittagspause.
Ich hatte einen neuen Badeanzug, blitzblau und mit eingebautem Büstenhalter, und tat mich vor allem im Turmspringen hervor, aber auch im Tauchen. Ich nahm an allen Balgereien teil, nur um eine Hand an meinem Arm oder einen Arm um meine Schultern zu spüren. Und wenn ich in der Sonne lag, träumte ich davon, daß jemand meinen Rücken eincremen oder langsam mit seinem Bein an meinem hochfahren würde.
Meist lag ich bei einer Gruppe von Mädchen, die sich über die Bemerkungen, die ich machte, halb totlachten. Ich wußte über jeden was, vor allem über die Burschen, die mir am besten gefielen. Mir blieb keine ihrer Ungeschicklichkeiten verborgen, und die Mädchen meinten, ich hätte nicht nur zu viele Haare auf dem Kopf, sondern auch auf den Zähnen. Damit verschreckte ich dann auch einen der jüngeren Burschen im Café Schöngart, der sogar bereit gewesen wäre, mit mir zu tanzen. Ich konnte einfach nicht anders, obwohl ich mir danach am liebsten die Zunge abgebissen hätte.
Als ich es der Seraf erzählte, schüttelte sie nur den Kopf und sagte: »Vevi, Vevi, am gescheitesten ist, du sagst gar nichts!«
Die meisten nannten mich noch immer Zigeunerin, das heißt, die Mädchen sagten einfach Zigi, dieser Name war mir geblieben, und ich tat alles, um ihm Rechnung zu tragen, schminkte mich auf Teufel komm raus, rauchte und trug billige Ohrringe, wenn ich ins Café Schöngart ging. Als Seraf die Ohrringe einmal an mir sah, nahm sie sie mir weg und sagte, meine Mutter würde in Ohnmacht fallen, wenn ich ihr so über den Weg liefe.
Ich las sehr viel, alles, dessen ich habhaft werden konnte. Oft sperrte ich mich in meinem Zimmer ein, um eine Rolle einzuüben oder laut vor dem Spiegel zu lesen. Ich setzte

dabei eine Sonnenbrille auf, um meine verdammten Augen nicht zu sehen, und beobachtete meine Mundstellung, dazu mußte ich natürlich die jeweilige Passage auswendig lernen. Oder ich suchte mir eine Rolle aus, meist eine der markanten Nebenrollen, und »spielte« sie, mit Ton, Farbe und Bewegung. Das heißt, ich zog mir was Entsprechendes an, meist ein Kostüm aus unserem unerschöpflichen Faschingsfundus. Es waren fast immer Hosenrollen, als Mann ertrug ich mich irgendwie besser, äußerlich zumindest, und die Seraf, die, was Verkleidungen angeht, von gnadenloser Urteilskraft war, hatte mehrmals behauptet: »Hosen stehen dir, wirklich!«

Seit Jahren schon schrieb ich auch selber kleine Szenen, meist mit gestohlenen Figuren, und das Ganze dauerte nie sehr lang, aber das war ohnehin im Sinne der Zuschauer. Mein Vater, das Papili, zum Beispiel, wünschte sich gelegentlich, daß ihm was vorgespielt werde, während Mami, meine Mutter, es lieber hatte, wenn ich etwas »vortrug«, am liebsten irgendwas Klassisches.

Luzi, die Kellnerin, die am Morgen die Frühstücksgäste bediente und am Abend in der Gaststube die Einheimischen — Restaurant-Betrieb gab es nicht im SEEBLICK, nur Kleinigkeiten —, war eine spitznäsige Rothaarige, kaum älter als ich, die sehr hübsch aussehen konnte, wenn sie sich ein bißchen zurechtmachte. Sie war auch sofort einverstanden, in dem Dracula-Stück, das eigentlich nur ein Dracula-Sketch war, mitzuspielen, das für den Fünfzigsten meines Vaters gedacht war.

Wir feierten an einem Montag, auch wenn mein Vater erst am Mittwoch Geburtstag hatte, am Montag war nämlich die Gaststube geschlossen. Onkel Philipp, der dem Papa, meinem Großvater, als Hotelier nachgefolgt war, kam mit seinem Sohn Max auf einen Sprung herüber, während seine Frau zu Hause blieb. Ein Hotel konnte man keinen Augenblick allein lassen, es sei denn, man sperrte es zu.

»Du hast es gut, Leo«, sagte Onkel Philipp oft zu meinem Vater, »du bist nicht so ein Kettenhund wie ich.« Meist spielte er auch etwas auf seiner Geige, einen Satz aus dem Violinkonzert von Tschaikowsky, das gefiel meinem Vater am besten.
Die Mama, meine Großmutter, kam immer erst am richtigen Geburtstag, nach Möglichkeit gegen fünf Uhr nachmittags, die Stunde, in der mein Vater aus ihr heraus ins Leben gefallen ist. Er war eine sogenannte Sturzgeburt.
Luzi und ich wurden von der Seraf ausstaffiert. Luzi wandelte nacht in einem bodenlangen, mit Spitzen besetzten Nachthemd, das ein Stück von ihrem Busen freiließ, und mit kunstvoll hochgesteckten Haaren, die die Seraf mit einer alten Brennschere behandelt hatte.
Serafs wahre Kunst zeigte sich erst beim Schminken. Ich hätte Luzi bald selber nicht wiedererkannt, so edel und entrückt wirkte sie, das zukünftige Opfer meiner blutsaugerischen Gier.
Ich selber war ganz in Schwarz, mit Umhang und Gamaschen, nur meine Augen wurden so geschminkt, daß angeblich niemand mehr merkte, daß sie nicht in dieselbe Richtung schauten. Außerdem war das bei einem Vampir ohnehin egal. Der Sarg, in dem ich anfangs liegen mußte, war ein alter Backtrog, und Luzi schwebte mit einem ganzen Kerzenleuchter voller Kerzen herein, während die Seraf im Hintergrund das hallende Echo machte.
Mein Vater, das Papili, und die Mami, meine Mutter, thronten in ihren Armsesseln wie König und Königin in Helsingör, während Onkel Philipp, sein Sohn Max und ein paar Bekannte sich wie der dänische Hofstaat drumherum gruppierten. Am wichtigsten war natürlich, daß man meine Zähne gut sah. Ich hatte mir noch im Vorjahr beim Kirtag ein phosphoreszierendes Ansteckgebiß mit langen Reißzähnen und entsprechender Leuchtkraft gekauft, und es erregte auch Staunen und Bewunderung, als ich es zum

ersten Mal fletschte. Doch gerade als ich es auf Luzis Hals senken wollte, setzte sich eine Fliege auf meine Nase, und ich machte eine so heftige Bewegung mit dem Kopf, daß das Gebiß davonflog. Dann passierte etwas, womit niemand rechnen konnte. Zottel, die schon ziemlich alt war und sich ansonsten kaum mehr von ihrem Platz wegrührte, sprang unvermutet auf, schnappte sich meine Zähne und widerstand allen Bemühungen, sie ihr wegzunehmen. Während wir gemäß der absoluten Forderung der Bühne »the show must go on« die Sache zu Ende zu bringen suchten, hörten wir das Krachen von Plastik im Maul von Zottel, die alles fein säuberlich in seine kleinstmöglichen Bestandteile zerlegte, während mein Vater, das Papili, so laut und hemmungslos lachte wie schon seit Jahren nicht mehr. Also hatte die Vorstellung ihr Ziel mehr als erreicht, wenn auch Zottels Einlage auf reiner Improvisation beruhte.
Seraf raufte sich im Hintergrund die Haare, denn nun war die Sache mit dem Blut, die auf einem Einfall von ihr beruhte, nicht mehr als der dramatische Höhepunkt zu spielen, als der sie gedacht war. Wir hatten den einen meiner Plastikreißzähne ein wenig mit der Feile geschärft, damit er ein aus einem Präservativ hergestelltes und mit Himbeersaft gefülltes Bläschen ritzen konnte. Ich half mir, indem ich das Bläschen mit den Fingern aufdrückte, aber es war nicht mehr dasselbe.

Alles, was ich las, berief sich, wie mir schien, auf Erfahrung. Es gab Erfahrung, die man sich anlesen konnte. So wußte ich, daß die Beduininnen in Ägypten zum Beispiel ihre Schwiegertöchter eigenhändig entjungferten. Einerseits, um sicherzugehen, daß ihnen nichts Gebrauchtes unterschoben würde, andererseits um das erste Zusammensein zwischen Mann und Frau nicht durch diesen Schmerz zu stören. Ich weiß nicht mehr, ob ich letzteres tatsächlich gelesen hatte oder bloß vermutete, jedenfalls leuchtete es mir ein, und ich erzählte der Seraf davon. Die fügte noch einen dritten, nicht beduinischen Grund hinzu: »Daß keiner damit prahlen kann.«

Ich hatte eine Beziehung zur Völkerkunde, die der Arzt in unserem Ort schürte, ein Hobby-Ethnologe, der mit der Königin von Tonga korrespondierte, mit einer Reihe von Büchern sittengeschichtlichen Zuschnitts, die er mir geborgt hatte.

Aber da war vor allem die Erfahrung, die man sich nicht anlesen oder aus Erzählungen anderer aneignen konnte, wie mir die Lektüre des »Malte Laurids Brigge« von Rilke aufs schmerzlichste bestätigte. Erfahrung, die man gemacht haben mußte, um etwas weitergeben zu können. Ich war innerlich und äußerlich reif für diese Erfahrung, verlangte danach, und mein Hirn verzehrte sich in Neugier. Ich war bereit, auf einiges zu verzichten und vieles hinzunehmen, um mir ein umfassenderes Bild von der Welt zu machen. Was nützten mir all die Zärtlichkeit und Leidenschaft auf dem Papier, wenn ich sie nicht am eigenen Leib erfahren hatte. Die Nonnen waren für mich das beste Beispiel dieses Mangels an Erfahrung. Sie sollten versuchen, uns auf ein Leben vorzubereiten, von dem sie selber nicht viel wußten. Darum überzeugten sie mich auch von nichts, im Gegensatz zur Seraf, aber auch ihre Erfahrungen waren für mich letztlich Erzählungen. Luzi dagegen erzählte mir nichts, aber ihr und ihrem Lächeln sah ich an, daß sie bereits über Erfahrung verfügte. Sogar Mami, meine Mutter, konnte ich einmal sagen hören, daß Luzi sich noch ins Verderben reiten würde, bei dem Lebenswandel, den sie führe. Aber leider gehe sie das nichts an, und mehr als ins Gewissen reden könne sie ihr auch nicht. Das machte die Sache für mich erst recht interessant.

Das SEEBLICK war, wie immer im Sommer, voll mit Gästen, meist Familien, aber es gab auch Einzelreisende, Männer, die es sich nicht leisten konnten oder wollten, eine Freundin mit in den Urlaub zu nehmen. Sie kamen an, sahen sich um und versuchten, sich an Ort und Stelle was zu finden, eine Urlaubsbekanntschaft oder einen kleinen Flirt, was sich eben ergab. Die meisten fanden jemanden am Strand oder im Café Schöngart, aber zuerst versuchten sie es einmal bei Luzi. Luzi konnte es sich also aussuchen. Was ich so beobachtete, war sie ziemlich wählerisch, bei allem, was ihr Mami, meine Mutter, auch nachsagen mochte. Sie war inzwischen auch vorsichtiger geworden, weil die Chefin, wie sie meine Mutter nannte, es nicht gern sah, wenn sich das Personal mit den Gästen einließ. Während mein Vater, das Papili, dazu höchstens bemerkte: »So laß ihr halt die Freud, wenn sie im Service so gut bleibt, wie sie ist.« Aber damals bestimmte, was das SEEBLICK anging, schon längst meine Mutter, und mein Vater führte im Grunde das Leben eines Pensionisten, der sich verpflichtet hat, gewisse Besorgungen noch zu machen.

Um den zwanzigsten August herum kam ein junger Mann an, dessen Eltern schon seit einer Woche bei uns wohnten. Es hieß, er studiere noch und habe gerade eine anstrengende Ferialpraxis hinter sich. Jetzt müsse er sich ein paar Tage erholen, um sich besser auf eine große Prüfung im Herbst vorbereiten zu können.
Der junge Mann hieß Dieter, und mein Auge fiel wie der Flugschatten eines Bussards auf ihn, und zwar mit Wohlgefallen. Ich folgte ihm so unauffällig und so ausdauernd wie möglich ins Strandbad, in den Park, wo er ein paar Stunden am Tag las oder studierte, ins Café Schöngart, und wenn er mit seinen Eltern abends um den See spazierte, kam fünfzig Meter dahinter ich, allein oder mit einer Freundin.
Dieter kam und blieb allein. Die Mahlzeiten nahm er zusammen mit seinen Eltern, das Frühstück bei uns, das

Abendessen in einem der Gasthäuser des Dorfes, zu Mittag versorgten sie sich meist beim Kaufmann oder an der Jausenstation am See. Ansonsten lag Dieter auf einem großen, blauweiß gestreiften Badetuch im Strandbad — allein. Wenn er ins Café Schöngart ging, bestellte er tatsächlich Kaffee oder einen weißen Gespritzten und las die Zeitung — allein. Sein Vater machte verschiedene Bergtouren mit unseren anderen Gästen, Dieter blieb zurück — allein. Seine Mutter saß halbe Tage lang auf dem Balkon und hörte Musik aus dem Radio, oder sie fuhr mit dem Autobus in den Nachbarort zum Kurkonzert, Dieter saß auf seinem eigenen Balkon — allein. Wenn er in den Park ging, suchte er sich den abgelegensten Winkel, breitete seine Bücher um sich her aus und war dabei so offensichtlich allein, daß es zum Himmel schrie. Alle meine Versuche, mit ihm ein Gespräch anzufangen, schlugen fehl, er schaute, wenn sein Blick schon in meine Richtung fiel, freudlos durch mich hindurch. Ich lag der Seraf Tag und Nacht in den Ohren, sie solle mich wenigstens einmal in sein Zimmer lassen, vielleicht sei da ein Anhaltspunkt zu finden, wie er zu interessieren wäre. Mein Geburtstag war am siebenundzwanzigsten, und ich glaubte an gar nichts mehr.
»Der Mythos von Sisyphos« von Camus lag auf Dieters Nachttisch, und als ich das Buch da so liegen sah, wußte ich, daß ich es mir ebenfalls besorgen mußte, aber es würde Wochen dauern, bis die Buchhandlung im Nachbarort es geliefert bekäme. In unserem Ort gab es nicht einmal eine Papierhandlung.
»Wo nichts ist, hat der Kaiser das Recht verloren«, sagte die Seraf düster, sie war sich ihres Versprechens voll bewußt.
Dieter versuchte es nicht einmal bei Luzi. Das war ungewöhnlich und forderte Luzis Ehrgeiz heraus. Nicht daß es ihr wirklich um diesen Dieter gegangen wäre, aber ein einzelner junger Mann im SEEBLICK, der gar nicht erst ver-

suchte, mit ihr anzubändeln, war untragbar. Sie begann, ihm schöne Augen zu machen, nur damit die Sache wieder ihre Ordnung hätte, aber es dauerte drei Tage, bis er es überhaupt bemerkte. An dem Tag, an dem Dieter Luzi zum ersten Mal in der Augensprache antwortete, begann die Seraf mit ihren Vorbereitungen. Sie kam auffallend oft auf diese alten Beduininnen zurück, bis ich begriffen hatte.

»Keine Blutspuren! Sonst gibt es gleich wieder ein Geschrei in der Wäscherei. Außerdem könnte sich der junge Mann schrecken.« Das leuchtete mir ein, und da die Seraf nicht nur unser langjähriges Stubenmädchen, sondern immer auch eine Art Kinderfrau für mich gewesen war, vertraute ich ihr bedingungslos. Als wir die Sache hinter uns gebracht hatten, gab sie mir ein Glas von ihrem selbst angesetzten Hollerschnaps, der mir wirklich schmeckte, und schickte mich ins Bett.

Es standen uns noch drei Tage zur Verfügung. Die Seraf hatte eine Reihe von Berechnungen angestellt, bis wir soweit sein mußten. Sie war natürlich dagegen, Luzi einzuweihen. »Was sie nicht weiß, macht sie nicht heiß.« Wir konnten nur hoffen, daß Luzi weiter für uns arbeiten und Dieter auf das, was wir mit ihm vorhatten, vorbereiten würde.

Am Vorabend meines Geburtstages — da ich um drei Uhr früh auf die Welt gekommen war, war es meine Geburtstagsnacht — lag ich bereits um elf in Dieters Bett. Die Seraf hatte fürsorglich alle Birnen lockergeschraubt, damit er, wenn er schlafen ging, kein Licht machen konnte.

Mein Herz klopfte laut, doch meine Augen hatten sich bereits an die Dunkelheit gewöhnt, so daß ich zumindest die Umrisse der einzelnen Gegenstände unterscheiden konnte. Nach etwa einer Viertelstunde kam er, versperrte die Tür hinter sich, versuchte Licht zu machen, sagte »Putz Licht«,

als es nicht ging, zog sich die Kleider vom Leib und ließ sich ins Bett fallen, wobei er heftig gegen mich stieß.
Ich spürte seinen momentanen Schrecken, auf den mich die Seraf natürlich vorbereitet hatte, überdeutlich, obwohl ich gleichzeitig das Gefühl hatte, daß der Körper neben mir einen Körper wie den meinen instinktiv und sofort erkannte.
»Dieter?« flüsterte ich nervös. Einen Augenblick blieb es still.
»Tut mir leid, Luzi, ich bin nicht Dieter!« Ich versuchte, ohnmächtig zu werden, aber es ging nicht.
»Nur sein Vater. Meine Frau hat uns gebeten, zumindest für diese Nacht die Betten zu tauschen. Ich schnarche nämlich.« Seine Hand begann meinen Körper abzutasten, verweilte an bestimmten Stellen und schob sich dann weiter.
»Ich bin auch nicht die Luzi«, flüsterte ich. Die Hand schloß sich gerade um eine meiner Brüste.
»Ja, wer denn sonst?«
»Ich möchte anonym bleiben.« Gerade daß ich es herausbrachte. Die Hand schob sich nun unter meinen Rücken und suchte gerade an meinem Oberarm Halt. »Bist du am Ende noch Jungfrau?«
»Teils — teils«, antwortete ich wahrheitsgemäß. Und dann fühlte ich mich hochgehoben und zur Seite gedreht, auf einen anderen, nicht mehr ganz schlanken, behaarten Körper zu.
»Was für eine herrlich weiche Haut du hast.« Eine ziemlich große Nase schnupperte an meinem Hals. Die Seraf hatte mich zuvor ins Bad geschickt und mich dann mit allerlei Salben eingerieben. »Und wie gut du riechst!« Eine Zunge leckte an meinem Ohr.
»Du bist wohl noch sehr jung?!« Ich antwortete nicht.
»Was soll's«, sagte die Stimme, »man muß die Feste feiern, wie sie fallen.« Und wir feierten.

Anderntags bekam ich das Frühstück ans Bett, wie immer an meinem Geburtstag. Mein Vater, das Papili, kam mit einem riesigen Blumenstrauß herauf, und Mami, meine Mutter, brachte mir das Kofferradio und die paar Bücher, die ich mir gewünscht hatte. Ich strahlte übers ganze Gesicht, bedankte mich überschwenglich und wartete eigentlich nur auf die Seraf.

Im Augenblick, als meine Eltern gegangen waren, stellte sie sich mit einer Jacke ein, die sie zusätzlich für mich gestrickt hatte und die ich sofort anprobieren mußte. Ich glaube, sie wollte nur sehen, ob ich an Rumpf und Gliedern heil geblieben war. Ich strahlte noch immer. Sie war sichtlich erleichtert.

»Und?« fragte sie, als sie sich versichert hatte, daß auch niemand auf dem Gang war.

»Ich habe eine weiche Haut, rieche gut, bewege mich wie ein Engel und habe ein Gefühl für Rhythmus.«

»Das hat dieser maulfaule Studiosus alles zu dir gesagt? Ich versteh ja noch immer nicht, was du an dem findest.«

»Er war es gar nicht.«

»Was?« Die Seraf schaute mich an, als wäre ich noch immer der Graf Dracula, und das am hellichten Tag.

»Nur sein Vater. Er schnarcht nämlich.«

Die Seraf verstand gar nichts, und ich ließ sie auch eine Weile zappeln.

»Weißt du«, sagte ich dann, »was er noch gesagt hat? ›So gut ist es mir schon lange nicht mehr gegangen.‹«

»Und du? Was hast du gesagt?« Die Seraf kam wieder langsam zu sich, nachdem sämtliche Katastrophen ausgeblieben waren.

»Was hätte ich sonst sagen sollen als: Mir auch nicht.«

Als ich hinunterkam, hatten die Graumanns — so hieß Dieter und seine Familie mit Nachnamen — schon gefrühstückt.

»Die reisen heute ab«, sagte Luzi, »mit dem Nachmittagszug.«
Ich ging ins Büro und schaute unauffällig im Meldebuch nach, um herauszufinden, wie Herrn Graumanns Vorname war, um meine großartige Erfahrung benennen zu können. Er hieß Alfons.
Bald darauf ging ich ins Herrenklo, was ich um diese Tageszeit leicht riskieren konnte, außerdem hätte ich jederzeit sagen können, daß ich nachschauen wollte, ob noch genügend Toilettenpapier da sei. Im Herrenklo schrieb ich dann mit stumpfem Bleistift an die innere Türseite »ALFONS THE GREAT« und »ALFONS MY LOVE«.
Bei der Abreise der Graumanns drückte ich mich in der Halle herum. Mein Vater, das Papili, sollte die Graumanns an die Bahn bringen. Bevor sie zu ihm ins Auto stiegen, verabschiedeten sie sich von uns allen, meiner Mutter, Seraf, Luzi und dem Küchenmädchen. Als die Reihe an mich kam, hatte ich das Gefühl, daß Dieter mich zum ersten Mal richtig wahrnahm. Er gab mir die Hand und sagte: »Auf Wiedersehen, Fräulein Schwarz. Wie ich vom Stubenmädchen gehört habe, interessieren Sie sich für Camus. Ich habe das Buch für Sie in meinem Zimmer zurückgelassen, weil es doch so schwierig ist, es hier zu besorgen!«
Vor einem Tag noch hätte mich das schier um den Verstand gebracht, jetzt freute es mich nur. Wichtiger war mir, Alfons noch einmal die Hand zu geben. Er schaute mich schon die ganze Zeit über so merkwürdig an. Als wir uns die Hände entgegenstreckten, kam er ganz nahe und roch deutlich an meinem Hals, zum Glück waren seine Frau und Dieter schon beim Auto.
»Alles Gute«, sagte Alfons, während sein fragender Blick langsam in einen erkennenden überging. »Alles, alles Gute.«
Mehr ist ihm nicht eingefallen, aber ich gebe zu, daß die Umstände erschwerend hinzukamen. Und dann geschah

doch noch was. Er ließ meine Hand nach dem Händedruck nicht gleich los, sondern führte sie an die Lippen. Es war der erste Handkuß meines Lebens.

Pröbstl, was nun folgt, brauchst du nicht zu tippen. Ich will nur, daß du es weißt. So muß es einem gehen, trotz aller Berechnungen der Seraf. Das allererste Mal — und schon schwanger. Wir mußten bis Allerheiligen warten, da konnte ich aus dem Internat kommen, und meine Eltern waren noch auf einer kleinen Urlaubsreise in Italien, zum ersten Mal nach dem Krieg.
Die Seraf ist mit mir zu einer sogenannten Engelmacherin gegangen. Zu Hause verlor ich dann so viel Blut, daß ich schon glaubte, ich geh drauf dabei. Die Seraf hat mich gepflegt. Sie ist fast gestorben vor Sorge um mich und vor Angst.
Als meine Eltern zurückkamen, ging es mir wieder besser. Sie wunderten sich, daß ich noch zu Hause war.
»Eine ganz arge Grippe«, sagte die Seraf.
»Und was ist mit Ihnen, Seraf?« fragte meine Mutter entsetzt.
»Ich hab sie auch gehabt, diese Grippe.« Sie schaute noch viel schlechter aus als ich.
Die Seraf hat damals ein Gelübde gemacht. Wenn ich davonkomme und alles gut ausgeht, stiftet sie die Hälfte ihrer Ersparnisse für die hungernden Kinder auf der Welt. Soviel ich weiß, hat sie es auch eingehalten.

ELEUSIS

TRUDE SCHWARZ IST INS OFFENE GRAB GEFALLEN! Sie lebte noch, als der Totengräber, ihr angeheirateter Neffe Max und der am Begräbnis von Regula Schwarz teilnehmende Feuerwehrhauptmann, ein entfernter Verwandter der Familie, sie wieder heraufholten. Während man sie auf eine Bahre legte, erlangte sie noch einmal das Bewußtsein und rief mehrere Male: »Nicht trinken. Ich möchte nicht trinken, noch nicht!« In der darauffolgenden Nacht erlag sie ihren Verletzungen. Ihre Widerstandskraft war von einer Krankheit, an der sie seit längerem litt, bereits völlig aufgezehrt. Wie es zu dem Sturz gekommen ist, läßt sich nicht mehr genau feststellen. Einige neben dem Grab Stehende wollen einen Schrei gehört haben, den Frau Sigune Molnár, geborene Pröbstl, Begleiterin der Tochter der zu Grabe Getragenen und ehemalige Arbeitskollegin der Verunglückten, ausgestoßen haben soll, als plötzlich ein Hund auf sie zulief, der sie angeblich so sehr an einen früheren, längst eingegangenen Hund erinnerte, daß sie nicht anders konnte, als an ein Wunder glauben, wie sie zu ihrer Rechtfertigung mehrmals wiederholte.

Nachdem Frau Trude Schwarz auf der Bahre abtransportiert worden war, ließen es sich die zahlreich erschienenen Ortsbewohner nicht nehmen, der allseits beliebten Pensionsbesitzerin Frau Regula Schwarz dennoch das Schäufelchen Erde nachzuwerfen sowie ein paar Tropfen Weihwasser, damit dem Brauch Genüge getan werde, obgleich manchem von ihnen der Schrecken noch ins Gesicht geschrieben stand.

Anschließend setzte sich der kleinere Teil derer, die dem Sarg gefolgt waren, nämlich die zum Leichenschmaus Geladenen, unter Führung von Herrn Philipp Schwarz, dem Schwager der Verstorbenen sowie der Verunglückten, ins Hotel SEEGARTEN, das Stammhaus der Familie Schwarz, ab, allen voran natürlich Frau Genoveva Schwarz, besser wohl als die Schauspielerin Vevi Schwarz bekannt, die Tochter der zu Grabe Getragenen, samt Anhang und restlichen noch lebenden Verwandten.
Am Abend desselben Tages erhielt die trauernde Familie Schwarz dann auch noch eine freudige Nachricht. Wie Herrn Philipp Schwarz vom Kreiskrankenhaus bestätigt wurde, und zwar per Telefonanruf, war seine jüngste Tochter Marilies kurz zuvor von einem Mädchen entbunden worden. Mutter und Tochter sind wohlauf. Übrigens scheint bereits festzustehen, daß Frau Marilies Schwarz nach Beendigung der Umbau- und Renovierungsarbeiten, die etwa ein halbes bis ein dreiviertel Jahr dauern werden, die Pension SEEBLICK, in der sie als rechte Hand der Frau Regula schon seit Jahren gewirkt hat, übernehmen und allein weiterführen wird.
So oder so ähnlich würde es nächste Woche in der ALPENPOST, dem alle zwei Wochen erscheinenden Periodikum der umliegenden Landgemeinden, zu lesen sein. Dazu ein Foto von Trude Schwarz, eines von Regula Schwarz und gewiß auch eines von Vevi Schwarz. Eine kurze Chronik der Denkwürdigkeiten, die sich bald zur Legende fügen würde. INS OFFENE GRAB FALLEN —

Trude war am Vortag des Begräbnisses plötzlich durch die Tür gekommen, und keiner erkannte sie. Sie war die mehr als hundert Kilometer von ihrer Wohnung bis zum SEEBLICK im Taxi gekommen, ohne Gepäck, nur mit einer Handtasche, und wie sich herausstellte, hatte sie sich im Tag geirrt. Bei Marilies hatten plötzlich die Wehen eingesetzt, zumindest bildete sie sich das ein, und sie standen alle bei der Rezeption, um auf Max zu warten, der Marilies ins Krankenhaus bringen wollte.

»Wo ist Regula? Ich möchte zu Regula!« Trude erweckte anfänglich den Eindruck, als wisse sie gar nicht, daß Regula tot war. Alle starrten sie an, und keinem fiel ein, wer sie sein könnte. Der Sarg sollte anderntags in der Früh gebracht werden, damit die Leute bis zum Nachmittag ihre Kondolenzbesuche machen konnten.

In diesem Augenblick kam Pröbstl aus der Küche. Als sie Trude sah, ging sie auf sie zu und begrüßte sie.

»Liebe Frau Schwarz, was machen Sie denn hier?«

Da war Vevi klar, daß das nur die Dreizehnte sein konnte. Trude Schwarz, die aus den Augen verlorene Witwe von Werner Schwarz, dem Onkel, an den sie sich nicht mehr erinnern konnte.

Marilies war die erste, die Trude die Hand gab. Sie ging so weit auf sie zu, daß ihr großer, vorstehender Bauch sie beinah berührte.

»Ich bin die Tochter von Philipp und die Schwester von Max. Ich kenne dich zwar nur aus Erzählungen, aber ich freue mich über dein Kommen, auch wenn der Anlaß ...« Sie küßte Trude auf beide Wangen. Marilies hatte eine Herzlichkeit, die in der Familie ihresgleichen suchte.

Dann streckte auch Vevi ihr die Hand hin.

»Emanuel Stein.« Mano stellte sich in aller Form vor.

Trude, die bei ihrem Hereinkommen verwirrt gewirkt hatte, war durch Pröbstls Stimme wieder in die Wirklichkeit zurückgerufen worden, grüßte, ein wenig mürrisch, wie es ihre Art war, zurück und nahm zur Kenntnis, daß das Begräbnis erst am nächsten Tag sein würde.

»Kann ich bleiben? Ich zahle auch gern, wenn damit irgend jemandem geholfen ist.« Trude zog das eine Bein nach, während sie zur Rezeption ging.

»Freilich kannst du bleiben.« Marilies blickte zur Tür,

Max war gerade vorgefahren. »Die Betten sind alle überzogen, nur versorgen müßt ihr euch selbst, ich meine bei Frühstück und Jause. Es ist alles da. Zu den Hauptmahlzeiten geht ihr sicher ins SEEGARTEN.«
Max kam zur Tür herein. Auch er wußte nicht, wo er die alte Frau hintun sollte.
»Das ist Tante Trude, die Witwe von Onkel Werner.« Marilies schien die Familiengeschichte auswendig gelernt zu haben.
»Spielst du noch immer Geige?« Max schaute Philipp in diesem Augenblick tatsächlich sehr ähnlich.
»Ich habe nie ...« Max sah sich hilflos um. Marilies erfaßte, worum es ging. »Vater spielt nur mehr sehr selten. Die Gicht ...«
Trude betrachtete ihr eigenen Finger, die alt, hautig, aber schlank waren. »Das kommt vom vielen Fleisch. Ich ziehe mein Gemüse selber.«
»Was du nicht sagst!« Marilies beugte sich interessiert zu Trude, zuckte aber dann zusammen und griff sich an die Seiten. »Max, wir sollten jetzt fahren.« Und als sie bereits an der Tür waren, drehte sich Marilies noch einmal um und sagte, plötzlich von Schluchzen geschüttelt: »Wenn es ein Mädchen wird, heißt es Regula!«

Die Küche sah anders aus, als Pröbstl sie in Erinnerung hatte, aber auch in ihrer für sie neuen Form wirkte sie schon wieder alt und abgenützt. Sie sollte umgebaut werden, modernisiert, den Bedürfnissen der neuen Gastronomie angepaßt, so wie das ganze Haus. Ein Anbau war geplant und die Hebung des Dachstuhls vom einstigen Anbau, in dem noch ein paar Zimmer Platz finden sollten.
Pröbstl hatte Kaffee gekocht und einen Kuchen angeschnitten, den Marilies noch gebacken hatte. Jeder aß ein Stück, nur Trude nahm bloß einen Bissen, vergaß einfach weiterzuessen.

»Das Rezept ist von meiner Mutter. Diesen Kuchen gab es immer, wenn ich vom Internat nach Hause kam.« Und beinah wütend verlangte Vevi ein zweites Stück.

»Ein wunderbarer Kuchen«, sagte Mano. »Aber ich esse keinen Kuchen. Hast du nicht ein Stück Brot für mich, Sigi?« Sie duzten sich seit jener langen, traurigen Nacht in Vevis Wohnung.

Plötzlich wollte Trude Heini Winklers Grab im Nachbarort sehen.

»Heini, der Springer?« Vevi verschluckte sich beinahe.

»Der Chef der österreichischen Freiheitsbewegung«, sagte Trude mit leuchtenden Augen. »Ich will sehen, wie man es ihm gedankt hat.«

»Das Gedenkjahr läßt sogar ihn wieder auf die Beine kommen.«

»Welches Gedenkjahr?« Trude blickte mißtrauisch von einem zum anderen. »Ein Gedenkjahr für Heini Winkler? Daß ich nicht lache. Doch wohl für Major Henry. Habt ihr Whisky im Haus? Ich habe Lust auf einen Schluck Whisky.« Sie kicherte blechern. »Was ist? Was erstaunt euch so? Ich habe tatsächlich Whisky gesagt.« Sie schaute in die Runde, als bezichtige sie sie, ihr die Existenz von Whisky verheimlichen zu wollen. Dann murmelte sie: »Es hat mit Whisky geendet, warum sollte es nicht mit Whisky wieder anfangen?!«

»Also gut, ich bringe dich zu Heini Winklers Grab, aber nur, wenn wir gleich fahren«, versuchte Vevi sie auf andere Gedanken zu bringen. Trude war sofort auf den Beinen. Sie wickelte das angebissene Stück Kuchen in die Serviette und steckte es in die Handtasche.

Als Vevi die Autoschlüssel geholt hatte, sagte Trude von der Tür her noch einmal: »Ich zahle auch gern, wenn irgend jemandem damit geholfen ist.«

Pröbstl war mit Mano allein zurückgeblieben. Es war eine große Küche. Damals, nach dem Krieg, hatte Vevis Mutter für alle aufgekocht, wenn es was zu kochen gab. Erst später war aus dem SEEBLICK eine reine Frühstückspension geworden. Der große Herd stand noch immer da, seine Platte diente wohl nur mehr als Abstellplatz, gekocht wurde auf einem Elektroherd. Mano sah in der Speisekammer und im Eiskasten nach.

»Was meinst du, Sigi, wenn ich uns ein Abendessen zusammenzaubere!« Er nannte sie Sigi und Vevi Zigi. »Sigi und Zigi«, hatte er damals in jener langen Nacht gesagt, »dies ist die größtmögliche Annäherung in der kleinstmöglichen Form.«

»Morgen ist ohnehin großes Leichenmahl im Hotel drüben. Vielleicht bleiben wir heut abend lieber hier.«

Sie hatten schon zweimal im SEEGARTEN gegessen. Es war noch Vorsaison, aber es wohnten Gäste im Haus, und Philipp grüßte jedesmal, wenn sich jemand setzte oder wieder erhob, zum jeweiligen Tisch hinüber, während Max sich bei jedem einzelnen Gast erkundigte, ob es geschmeckt habe.

»Wenn du erlaubst, kann ich dir ja helfen.« Pröbstl versuchte, Mano so wenig wie möglich in die Quere zu kommen und ihm doch so viel wie möglich zu helfen. Er nahm eine der weißen Schürzen, die am Türhaken hingen, und band sie sich um. »Schade, daß es keine Kochmütze gibt. Ich würde so gern einmal eine aufsetzen.« Pröbstl mußte lachen, und Manos Augenbrauen schnellten wie kleine Flügel in die Höhe.

»Kochst du oft?« fragte Pröbstl.

»Nein. Nur leidenschaftlich.«

Als das Telefon läutete, hob Pröbstl ab. Es war Marilies. Die Wehen hätten aufgehört, aber man werde sie trotzdem dabehalten. Wegen der Aufregung morgen, und schon begann sie wieder zu schluchzen.

Mano knetete den Teig für einen Zwiebelkuchen, und als Pröbstl zum Tisch kam und auch was tun wollte, sagte er: »Du bist mir nur im Weg. Setz dich lieber und erzähl mir, wie du Regula Schwarz in Erinnerung hast, ich meine, wie hat sie auf dich gewirkt?«
Pröbstl verschränkte die Hände im Nacken, um sich besser erinnern zu können. »Sie steckte mir immer wieder was zu und sagte, ich dürfe nicht an meinen Nägeln kauen. Das würde die Schönheit meiner Hände ruinieren und das solle ich nicht zulassen. Man müsse auf das schauen, was man von der Natur mitbekommen hat. Und einmal meinte sie — da waren wir dreizehn, Vevi und ich —: ›Komm, Sigi, laß mich probieren, wie dir eine andere Frisur steht.‹ Dann nahm sie mein Haar und steckte es hoch. ›So ungefähr mußt du es einmal tragen, so paßt es am besten zu deiner Kopfform.‹ Sie machte sich Gedanken über mein Aussehen.«
»Jetzt kannst du mir doch helfen.« Mano schob ihr Messer, Brett und Zwiebeln hin. Da saßen sie beide und schnitten Ringe, während aus ihren Augen das Wasser schoß.
»Ich hab die alte Dame nur einmal gesehen. Wir hatten eine Woche hier Urlaub gemacht, im Winter, aber dann konnte Vevi es nicht mehr ertragen, und wir sind nach Venedig gefahren. Sie war noch immer sehr schön, auf eine zu Herzen gehende Art schön. Alles an ihr, was von Natur aus schön geformt war, Ohren, Nase, Brauenbögen, trat ganz deutlich hervor, so daß man ihre Falten gar nicht so recht wahrnahm. Sie wirkte souverän, nicht im geringsten hochmütig, aber souverän, wenn du verstehst, was ich meine. Sie wußte genau, was die anderen Menschen ihr verdankten, Augenlust, ich glaube, das ist das richtige Wort. Die Lust, sie anschauen zu dürfen, ohne daß sie es mißverstand.«
Pröbstl lief nun das Wasser in Strömen über die Wangen,

und sie fischte mit Zwiebelfingern nach einem Taschentuch in ihrer Handtasche. »Vevi hat sie wohl nicht mehr so oft besucht in den letzten Jahren?«
»Hin und wieder schon. Aber sie hat es nie lange ausgehalten. Sie konnten wohl nicht mehr viel miteinander anfangen. Du kennst Vevi. Und die alte Dame hatte ihre Aufgabe. Und sie hatte Marilies.«

Der Zwiebelkuchen war ein bißchen angebrannt, aber ansonsten genießbar. Als sie gegessen hatten, kam Philipp Schwarz auf einen Sprung herüber, um Trude zu begrüßen. Sie erkannte ihn nicht gleich. »Wir waren bei Major Henry«, sagte sie dann, »ihr habt ihm kein Denkmal errichtet.«
»Major Henry?« Philipp fuhr sich mit seinen gichtigen Fingern durch das drahtige weiße Haarbüschel über der Stirn. »Du meinst Heini Winkler?! Ich konnte ihn nicht ausstehen. Dieses ganze Getue um seine Person, und was er sich alles anmaßte. Entschuldige, Trude, ich weiß, du hast dabei auch eine Rolle gespielt. Aber sieh es, wie es war. Ein paar Wochen lang hat er den Helden gespielt, und dann war er jahrelang ein lausiger Politiker.«
»Er hat sein Leben riskiert!«
»Das tun all die jungen Männer, die Wochenende für Wochenende mit ihren Drachen und Paragleitern da oben vom Berg herunter ins Tal springen, auch.«
»Es ist doch nicht Krieg?« Trude blickte verunsichert von einem zum anderen. »Wir haben doch nicht wieder Krieg, oder?«
Philipp legte die Hand auf Trudes abgewinkelten Arm. »Wir haben keinen Krieg, glaub mir, Trude. Ich will ihn dir auch nicht vermiesen, deinen Major Henry. Er war ein guter Räuberhauptmann; als Gendarm hat er sich dann nicht bewährt.«
»Nach dem Krieg gab es doch nichts zum Anziehen, und

Regula hatte ein Kleid aus Fallschirmseide. Das war sein Werk.« Trudes Augen wurden groß und blitzten.
»Du meinst das cremefarbene Rohseidenkostüm«, Vevi redete wie im Traum. »Das war von dem Franzosen, dem Fremdarbeiter. Der hat uns nach dem Krieg wieder besucht und es mitgebracht. Und für mich ein geblümtes Taftkleid, das ich nicht anziehen konnte, weil es mir schon zu klein war. Es hing jahrelang in meinem Schrank.«
»Ja, natürlich, der Fremdarbeiter. Wie hieß er?«
»François«, sagte Vevi, obwohl sie sicher war, daß er anders geheißen hatte, aber sie wollte das Gespräch nicht durch unsinnige Namensklaubereien ins Stocken bringen.
»François. Ein hübscher Name. Ich sehe ihn nicht mehr vor mir. War er auch hübsch?«
»Sehr«, sagte Pröbstl. »Sehr hübsch.« Sie glaubte sich plötzlich an einen dunkelhaarigen jungen Mann erinnern zu können, der ihr und Vevi in der Sandkiste einen Kuchen geformt hatte. Einen *gateau*. Ja, natürlich. Das mußte der Franzose gewesen sein. Sie hatte sich immerhin das Wort gemerkt.
»Gateau heißt doch Kuchen, oder?« Mano und Philipp warfen sich einen Blick zu, und Vevi meinte: »Er roch nach Vanillecreme und hatte die Haare mit Brillantine an den Kopf geklebt.«
Sie hatten zum Essen Bier getrunken, und Philipp machte sich erbötig, eine Flasche Wein zu holen. Mano sollte mit ihm kommen, damit er den Hausbrauch wisse und die Damen später versorgen könne.
»Ich habe euch heute schon einmal um einen Schluck Whisky gebeten. Ich bezahle gerne die ganze Flasche, wenn es euch dann leichterfällt.«
Vevi ging in die Gaststube und holte die Whiskyflasche, die mit den anderen Spirituosen hinter der Theke stand.
»Mit Eis und Wasser?«
»Pur«, sagte Trude, »es geht mir um den Geschmack.«

Vevi holte ein dickes Glas und schenkte Trude einen Daumenbreit ein.
»Du bist wie dein Großvater«, ätzte Trude, »aber ich werde es sagen, wenn ich noch was davon will.«
Es wurde langsam dunkel draußen, und die Küche bildete eine durchsichtige Glocke aus Wärme und Backrohrgeruch, die sich sofort wieder um Mano und Philipp schloß, sobald sie mit dem Wein zurückgekommen waren.
»Warum sitzen wir eigentlich alle in der Küche?« fragte Philipp, aber auch er machte keinerlei Anstalten, sie in die Gaststube hinüber zu bitten. Als Vevi den Whisky geholt hatte, war ihr der Wirtshausgeruch von Jahrzehnten kalt und verdünnt entgegengeschlagen. Es war, als spüre die Gaststube, daß es sie in dieser Form nicht mehr geben sollte, und alles, was in ihr gewesen war, sonderte plötzlich den dumpfen Atem von Überlebtem aus. Marilies wollte links und rechts von den Fenstern die Wand herausbrechen und die so entstehende Fläche durchgängig verglasen lassen. Das würde viel freundlicher wirken, vor allem morgens, wenn die Gäste frühstückten.
Trude führte das Glas an die Lippen, wobei sie dermaßen zu zittern begann, daß sie schließlich beide Hände nehmen mußte. Sie machte einen Schluck und dann gleich noch einen. Das Blech in ihrer Kehle begann wieder zu scheppern.
»Gar nicht schlecht. Komme, was da wolle, gar nicht schlecht.« Die anderen prosteten sich mit ihren Weingläsern zu.
»Von dem«, sagte Philipp und klopfte mit dem Zeigefinger ans Glas, »hat die arme Regula auch hin und wieder ein Glas getrunken. An ihrem letzten Geburtstag zum Beispiel«, er warf Vevi einen Blick zu, der einen leichten Vorwurf enthielt. »Wir saßen auch hier in der Küche. Und dein Blumenstrauß«, er blickte wieder zu Vevi hinüber, »stand dort vor dem Fenster. Das war im Februar. Es war so kalt draußen, daß ich die Ohrenschützer unterm Hut nehmen

mußte. Man hat ihr noch so gut wie nichts angemerkt, aber sie muß schon krank gewesen sein, sonst wäre es danach nicht so schnell gegangen.«

»Sehr schnell«, sagte Trude, »schneller hätte es gar nicht gehen können. Wie im Krieg. Ein letztes Zucken, das durch den ganzen Körper läuft — und dann nichts mehr.«

Pröbstl griff sich an den Hals und sagte: »Ich wünsche mir, daß es so schnell gehen möge, daß man nichts mehr hört und sieht.«

»Nicht wie bei meiner Frau«, Philipp hustete in sein Glas, »die sich monatelang, ja, im Grunde jahrelang gequält hat. Wenn ich an all die Operationen denke ...«

»Erschießen ist das einzige, was absolut hilft«, sagte Trude, »aber man muß was hineinstecken, damit was herauskommen kann. Wenn nichts drinsteckt, dann weiß man danach, wie groß das Grauen ist.«

Vevi blickte Trude an, als habe sie sie im Visier.

»Glaubst du, hat mein Vater es noch erfahren, das Grauen?«

»Leo?« Vevi schaute jetzt durch Trude hindurch.

»Er hat sich dort drüben im Wald erschossen.«

»Leo? Sich erschossen? Das hätte ich ihm nie zugetraut.« Trude nahm einen Schluck. »Auf Leo!«

Alle hoben das Glas, nur Philipp stellte seines gleich wieder hin. »Vevi, ich hab es dir schon so oft erklärt. Dein Vater ist kein Selbstmörder. Er sollte einen alten Hund erschießen und hatte eine Ladehemmung. Beim Untersuchen des Gewehrs ist es passiert. Glaub mir.«

»Warst du dabei?«

Philipp seufzte ungeduldig. »Nein. Aber es hat ihn jemand beobachtet. Ich weiß nicht, warum sich manche Gerüchte sogar innerhalb der Familie so hartnäckig halten.«

»Auf Leo!« sagte Trude noch einmal und hob ihr Whiskyglas. »Er war trotz allem ein feiner Mann.«

Es war ein langer, seidiger Junitag gewesen, nicht zu heiß noch, aber regenfrei, mit blassen Bergen, deren Bild sich verwaschen im See spiegelte, und einer leichten Brise, die die Wäsche an den Leinen nur ein wenig hin und her bewegte. Erst jetzt begann durch das offene Küchenfenster merkbar kühle Luft hereinzuströmen, und Mano stand auf, um es zu schließen.

»Ist das dein Mann?« fragte Trude unvermittelt, so als habe sie Mano erst jetzt bemerkt und versuche nun, ihn in irgendeinen Zusammenhang zur Familie zu bringen.

»Sozusagen.« Vevi lächelte Mano zu, der sich wieder neben sie gesetzt hatte.

»Ich hätte nie gedacht, daß du einmal so etwas wie einen Mann haben würdest.«

»Ich auch nicht.« Und Vevi begann mit ihren korrigierten Augen dermaßen zu schielen, daß Trude sich beleidigt abwandte und sich einen Schluck Whisky, den letzten im Glas, in den Mund goß. »Na ja, Major Henry ist er keiner! Aber gib mir lieber noch was.« Sie streckte Vevi ihr leeres Glas hin.

»Ich wünsche mir ...« sagte Pröbstl, aber das allgemeine Gelächter ließ sie nicht ausreden.

Vevi schenkte Trude nun das Glas halbvoll. »Zufrieden?«

Trude nickte abwesend, ihre Gedanken waren sehr sprunghaft.

»Ihr nehmt doch wohl einen Kredit auf, um das alles hier zu Tode zu renovieren?!«

»Natürlich. Anders wäre es nicht machbar.« Philipp fuhr sich wieder mit den Fingern durch den Haarschopf. »Einen ziemlich günstigen Kredit.«

»Daß ihr euch nur nicht verrechnet. Habt ihr die Kalkulation überprüfen lassen?«

»Ach, Trude, du bist ja doch noch die alte, jetzt erkenne ich dich endlich wieder.« Philipp drückte gerührt ihren Arm. »Vielleicht kann ich dir nach dem Begräbnis einmal die

Unterlagen zeigen. Ich bin sehr an deiner Meinung interessiert.«
»Wenn schon sonst nichts mehr, Zahlen erkenne ich immer.« Sie wandte sich plötzlich Pröbstl zu. »Sagen Sie, Frau Molnár, was ist eigentlich aus Ihnen geworden?«
Pröbstl zuckte mit den Achseln. »Nichts.«
»Sie arbeitet für mich.« Vevi stellte gerade einen Korb mit Salzbrezen auf den Tisch.
»Was macht man, wenn man für dich arbeitet? Propaganda?«
»Das gehört selbstredend dazu, so wie maschinschreiben, Gagen einfordern, Tourneen planen und so weiter.«
»Frau Molnár«, sagte Trude und griff nach einer Salzbrezel, die sie dann aber neben ihrem Glas ablegte, ohne sie auch nur anzubeißen. »Sie sollten sich einen ordentlichen Beruf suchen, etwas, das Sie können, und arbeiten. Arbeit macht alles vergessen, vorausgesetzt, man kann, was man sich zumutet.«
Vevi setzte zu einer Widerrede an, aber Mano ergriff ihre Hand und drückte sie.
»Arbeit, die man kann und mag, hilft fast so absolut wie erschießen.«
Von ferne war ein Flugzeug zu hören, und unwillkürlich lauschten sie ihm alle nach. Es schien keine Verkehrsmaschine zu sein, die einfach ihren Kurs flog, denn es zog eine Schleife und kam wieder, entfernte sich und zog noch einmal über den Ort hinweg.
»Es schneit«, sagte Trude mit glasigen Augen. »In den Bergen schneit es. Das war der Truppentransporter.« Niemand sagte etwas dagegen. »Der Schnee ist dazu da, daß sie weich landen.«
»Als meine Frau gestorben ist«, unterbrach Philipp nach einer Weile das Schweigen, »hat es so geschneit, daß der Leichenwagen nicht über den Paß kam. Wir mußten das Begräbnis um einen Tag verschieben. Sie ist im selben Spital

gestorben wie Regula. Im Kreiskrankenhaus machen sie diese Operationen nicht.«
»Regula hat nie jemanden verraten«, flüsterte Trude. »Man konnte tun, was man wollte, sie hat alles verschwiegen. Den Fremdarbeiter und Major Henry. Und in ihrem Kleid aus Fallschirmseide konnte sie schweben. Ich bin nach wie vor gut mit Regula, daran wird sich nichts ändern. Ich weiß nicht, ob ich Werner wiedererkennen würde, Regula bestimmt. Aber was heißt schon rosig?!« Trude war der Kopf zwischen die Arme gefallen. Es sah so aus, als sei sie beim Sprechen eingeschlafen.
»Mein Gott, wie wir uns alle verändert haben.« Philipp schüttelte andauernd den Kopf.
»Mano, bitte hilf mir.« Mano und Vevi trugen Trude nach oben, während Pröbstl bereits die Tür zu dem für Trude vorgesehenen Zimmer geöffnet hatte. Sie zogen ihr die Schuhe aus und legten sie aufs Bett.
»Kommt gar nicht in Frage«, sagte Trude plötzlich ganz deutlich und richtete sich auf. »Warum habt ihr euch nicht alle längst zum Teufel geschert?«
Pröbstl stellte ihr gerade ein Glas mit Wasser aufs Nachtkästchen und wollte ihr helfen, die Kostümjacke auszuziehen.
»Was schaut ihr denn so blöd? Raus mit euch! Ich will endlich aus diesen Kleidern kommen.«
»Angenehme Ruhe«, sagte Mano besänftigend und schob Sigi und Zigi aus Trudes Zimmer.

Trotz gegenteiligem Wetterbericht war es schön geblieben. Sie schwitzten sogar, als sie am Friedhof während der Worte des Pfarrers und der Rede des Obmannes des Fremdenverkehrsvereins in der stechenden Nachmittagssonne standen, den Blicken und Bemerkungen der Ortsbewohner ausgesetzt, die zahlreich erschienen waren.
Der Sarg war gegen neun Uhr gekommen, um halb zehn

waren bereits die ersten Kondolenzbesucher mit ihren Totengeschenken dagewesen. Pröbstl hatte den üblichen Imbiß und die Getränke vorbereitet, sie führte die Leute herein, redete mit ihnen und begleitete sie auch wieder hinaus, während Vevi mit dunkler Brille, ziemlich wortkarg, sitzen blieb, sich die Hand drücken und Geschichten aus dem alltäglichen Leben ihrer Mutter erzählen ließ.

Mano hatte versprochen, sich um Trude zu kümmern, die einmal ihre alte Wohnung über dem Stall sehen, dann wieder auf den See hinaus rudern wollte, von einer seltsamen, wirren Unruhe erfaßt, so als begreife sie nur von Zeit zu Zeit, warum sie eigentlich gekommen und was heute für ein Tag war. Sie war in einem hellen Jersey-Kostüm angereist, ohne Sachen zum Wechseln, und so stand sie auch jetzt auf dem Friedhof und schaute immer wieder zu dem Dach hinüber, unter dem sie während des Krieges gelebt hatte. Im letzten Moment hatte Mano noch Kamelien für sie besorgen müssen, von denen sie dann behauptete, daß sie schlecht gezogen seien und auch nicht mehr ganz frisch, aber nun hielt sie sie doch in der Hand.

Vor allem die Frauen, die im Alter von Vevis Mutter waren, tupften sich die Wangen, was sie nicht daran hinderte, sich gelegentlich anzustoßen, wenn ihre Blicke auf Vevi und Mano fielen. Die meisten hatten Mano noch nie gesehen, sie fragten einander wohl, wer er sei und was für einen Beruf er habe.

Vevi und Philipp hatten sich bereits auf der anderen Seite des Grabes aufgestellt, um sich von den Vorbeiziehenden noch einmal die Hand drücken zu lassen, während Mano sich im Hintergrund hielt.

Pröbstl hatte natürlich der Familie den Vortritt gelassen und stand hinter Maxens Frau und den Kindern, als Trude ans offene Grab trat und ihre Kamelien fallen ließ. Vevi hatte den Blick abgewandt, so sah sie den Hund nicht und konnte sich auch später nicht daran erinnern, einen Schrei

gehört zu haben, sie hörte nur das Aufprallen von Trudes Körper auf dem darunterliegenden Sarg und das Rufen des Totengräbers, der den Weihwasserkessel und den Spendenteller gehalten hatte.
Jemand war sofort losgelaufen, um die Rettung zu verständigen, während der Totengräber, Max und der Feuerwehrhauptmann die Gurten, mit denen der Sarg hinuntergelassen worden war, unter Trudes Körper zu schieben trachteten, um sie damit aus dem Grab zu heben. Als die Leute begriffen hatten, was geschehen war, drängten sie sich immer dichter um die Unglücksstelle, so daß der Feuerwehrhauptmann mehrmals »zurück, zurück, wir können sonst nicht arbeiten« rufen mußte und die Sanitäter mit der Bahre sich ebenfalls ihren Weg erst freizukämpfen hatten.
Vevi war starr vor Schreck, bis Mano sie aus der herandrängenden Menge schob, in einen abgelegenen Winkel des Friedhofs, wo sie dann, von Mano umarmt, stehenblieb, bis die Rettung mit eingeschaltetem Folgeton das Friedhofsgelände wieder verlassen hatte.
Später, im SEEGARTEN, wo die Familie und die Freunde der Familie sich zum sogenannten Leichenschmaus zusammengefunden hatten, war von nichts anderem als von Trudes Sturz ins offene Grab und ob sie diesen wohl überleben werde, die Rede. Von Regula sprach kaum mehr jemand, es sei denn, im Zusammenhang mit Trude.
Pröbstl war verschwunden. Jemand hatte sie angeblich mit dem Hund zum See hinuntergehen sehen. Als sie eine Stunde später doch noch auftauchte, ohne Hund, wirkte sie bedrückt und in sich gekehrt und ließ den Teller, den man ihr vorsetzte, so gut wie unberührt wieder zurückgehen.
Nach dem Essen begann Philipp ein Loblied auf Trude zu singen. »Wenn ihr wüßtet, was für ein Mensch sie gewesen ist.«

»Aber sie lebt doch noch«, sprach Vevi plötzlich dazwischen, das Essen hatte sie wieder zu sich gebracht.
Philipp ließ sich nicht beirren. »Ich meine damals, im Krieg und danach, solange sie noch hier war. Sie war die einzige, die sich wirklich was getraut hat. Herb, ja, das war sie schon, aber sie hatte wunderschöne Beine.«
»Der Papa war ja geradezu verliebt in sie«, sagte eine alte Frau, die Vevi als Tante Adelheid in Erinnerung hatte. Sie war die Witwe ihres Onkels Mathias, eine pensionierte Volksschuldirektorin, die noch einmal geheiratet hatte, es sich aber dennoch nicht nehmen ließ, zu allen Hochzeiten, Taufen und Begräbnissen zu erscheinen.
»Wir waren alle in sie verliebt, wir, die jüngeren Brüder, wenn wir nicht gerade in Regula verliebt waren.« Philipp lächelte Vevi zu, wie er vor mehr als vierzig Jahren Trude zugelächelt haben mochte. »Der Papa hat sie sehr geschätzt.«
»Bis er ihr auf verschiedenes draufgekommen ist«, sagte Tante Adelheid. Vevi nannte sie noch immer Tante, wahrscheinlich, weil sie sie nur zu den bestimmten Anlässen sah, während sie ihren Onkel Philipp längst mit Philipp ansprach.
»Sie soll heimlich Leute bei sich beherbergt haben, oben überm ehemaligen Stall, wo sie damals gewohnt hat.«
Philipp winkte ab. »Flüchtlinge.«
»Keine Flüchtlinge. Deserteure, Verräter, was weiß ich. Hat sie nicht auch mit dem Heini Winkler was gehabt?«
»Die Trude? Nie und nimmer. Ihm zugearbeitet, das ja. Der Papa wußte das. Und sie hat der Familie keineswegs geschadet damit. Im Gegenteil. Wenn sie nicht gewesen wäre, hätten wir nach dem Krieg überhaupt keine Zuteilungen mehr fürs Hotel bekommen. Du weißt doch, wie der Heini Winkler war. So kam er selber des öfteren als Gast. Trude war, was Kalkulation und Organisation anlangt, ein Genie.«

»Jedenfalls sind die wildesten Gerüchte über sie im Umlauf gewesen. Mein Gott, wenn ich mich erinnere ...« Diese Tante Adelheid ließ nicht locker. Ihre Stimme hatte noch immer genügend Umfang, um eine ganze Schulklasse im Zaum zu halten. »Und wie sie dann Anfang sechsundvierzig, ja, ich glaube, es war schon sechsundvierzig, bei Nacht und Nebel auf und davon ist.«

»Bei Nacht und Nebel? Erzähl mir doch nichts, Adelheid. Kann schon sein, daß es noch dunkel war, als ich sie im Pferdeschlitten zum Bahnhof brachte, aber der Papa wußte längst, daß sie fort wollte. Und ich wäre damals am liebsten mit ihr gegangen.«

»Ja, ja«, seufzte Tante Adelheid plötzlich angerührt, »der Papa hat es einem nicht leicht gemacht. Wenn ich denke, wie er meine Kinder hat antreten lassen, wie zum Rapport, bevor er endlich mit dem bißchen Kirtaggeld herausrückte. Trotzdem war er ein großer Mann. Ich meine, er wußte schon, was er tat. Und den Besitz hat er eisern zusammengehalten.«

»Stimmt«, sagte Philipp säuerlich, »es blieb an mir hängen, alle Nichtgastronomen der Familie auszuzahlen. Die ganze Landwirtschaft ist dabei draufgegangen und zwei von den Seegründen.«

»Also meine Kinder haben seinerzeit das Haus von Mathias geerbt. Meine Kinder haben damit nichts zu tun.«

»Ich rede auch nicht von deinen Kindern.«

»Das will ich hoffen. Überleg dir lieber, was jetzt mit dem Holzrecht von der Trude geschieht. Meines Wissens hat sie sich nie darum gekümmert, oder? Aber es wird ohnehin an dich zurückfallen, wenn die Trude stirbt. Letztlich fällt alles wieder ans Stammhaus zurück, auch dafür hat der Papa gesorgt.«

»Dann laß es doch auch meine Sorge sein.«

Philipp wurde ans Telefon gerufen. Als er wiederkam, war aller Ärger vergessen. Sein weißer Haarschopf stand senkrecht vom Kopf ab, so oft war er sich mit den Fingern durchgefahren. Seine Augen glänzten, als sei ihm die Welt ein Wohlgefallen, und er küßte Vevi auf die Stirn, wie um sich bei ihr zu entschuldigen, dann sagte er laut: »Ich muß euch eine freudige Mitteilung machen — es gibt eine neue Regula!«

Alle hoben das Glas, auch Vevi, aber Philipp sagte: »Wartet einen Augenblick.« Und da kam Max mit einem silbernen Champagnerkübel und frischen Gläsern, damit alle würdig auf die neue Regula anstoßen konnten.

»Übrigens, Trude geht es sehr schlecht, sie liegt im selben Krankenhaus. Ich hoffe, ihr entschuldigt mich, aber ich muß sofort hin.«

Pröbstl stand auf und bat, mitkommen zu dürfen. Sie habe in den letzten Jahren von allen Anwesenden Trude Schwarz am häufigsten gesehen. Es könne ja sein, daß sie irgendwelche Wünsche oder Aufträge bezüglich ihrer Wohnung habe oder wolle, daß ihr langjähriger Arbeitgeber, ihrer beider gemeinsamer ehemaliger Chef, der Verleger, verständigt werde. Sie sei jedenfalls bereit, auch die Nacht über bei Frau Schwarz zu bleiben, falls das Krankenhaus das gestattete. Alle hatten das Gefühl, als versuche Pröbstl mit ihrer Hilfsbereitschaft gutzumachen, was sie durch ihren Aufschrei möglicherweise angerichtet hatte, und hielten es für richtig, daß sie sich mit Philipp auf den Weg machte.

Max meinte, er würde morgen am Vormittag hinfahren. »Du kannst mitkommen.« Er sah Vevi an. Sie nickte. Ein Teil der Gäste verabschiedete sich. Max wirkte erschöpft. Das Abendgeschäft war noch nicht zu Ende; der Tod, die Geburt, der Unglücksfall, das Begräbnis und dazu der ganz normale Betrieb, das war ihm offenbar zuviel. Er goß sich den Rest Champagner ein und trank ihn mit einem Schluck. »Weißt du, was mir die ganze Zeit im Kopf herumgeht? Wir haben natürlich auch dieser Tante Trude eine

Parte geschickt, wie immer, aber sonst ist sie nie gekommen. Ein paar Tage bevor deine Mutter starb, hat jemand an der Rezeption angerufen und — behauptet der Portier — unbedingt wissen wollen, wo sich Regula Schwarz aufhalte. Ob sie das gewesen ist?«
»Kann sein«, sagt Vevi, »sie und meine Mutter waren einmal sehr gut miteinander.«
»Warum sie dann nicht im SEEBLICK angerufen hat?«
Vevi fuhr ein paarmal mit der Hand vor den Augen hin und her, als wolle sie Trudes Verwirrtheit andeuten. »Vielleicht hat sie nur eure Nummer gefunden. Oder sie hat im SEEBLICK angerufen und niemand hat abgehoben. Das SEEBLICK ist doch schon seit einiger Zeit geschlossen. Oder sie war es gar nicht.«
Max schüttelte den Kopf. »Doch, doch, ich glaub schon. Ob sie sich noch gesehen haben?«

Der längst angekündigte Regen hatte kurz zuvor eingesetzt. Vevi und Mano gingen Arm in Arm die Seepromenade entlang. »Tut das gut!« Es war ein warmer Regen, der bis auf die Haut drang. »Ich kann das alles nicht mehr ertragen, ich kann es einfach nicht mehr ertragen«, sagte Vevi und stieg in eine Lacke, daß das Wasser bis in ihre Kniekehlen hochspritzte.
»Du hast wenigstens noch eine Familie.«
»Was heißt Familie?! Was heißt denn da Familie?!«
Mano rieb seine Wange an der ihren. »Wenn du willst, fahren wir morgen ab.« Nachdem sie sich abgetrocknet hatten, setzten sie sich noch mit einer Flasche Rotwein in die Küche, um dann besser einschlafen zu können. Es tat wohl, so im Schlafrock nebeneinander zu sitzen und nichts sagen zu müssen. Mano hatte den Arm um Vevis Schultern gelegt, und beide hingen ihren Gedanken nach, die um dieselben Ereignisse kreisten.

Als Pröbstl kurz vor Mitternacht zurückkam, war der

Hund bei ihr. Er hatte angeblich vorm SEEBLICK auf sie gewartet. »Bitte, schau dir das an«, sagte sie zu Vevi, »es ist die wiedererstandene Zottel. Ist das nicht ein Wunder? Ich hab es ja versucht, aber ich kann sie doch nicht mit Gewalt vor die Tür setzen. Nicht bei diesem Wetter.«
Auch Vevi war von der Ähnlichkeit berührt. Sie streichelte den Hund, der sich sofort auf den Boden legte und zaghaft das eine Bein hochstreckte, wobei er mit dem Schwanz das Linoleum schlug, so als wolle er gute Stimmung für sich machen. Plötzlich rief Vevi: »Du spinnst, Pröbstl! Das ist doch ein Rüde.«
»Na und?!« Pröbstl war zwischen Lachen und Weinen. »Was macht das schon? Hauptsache, er hat mich gefunden.«
Trude ging es wirklich sehr schlecht, sie würde nicht mehr erwachen, hatte man ihr, Pröbstl, gesagt und sie nach Hause geschickt. Während der Nacht durften keine Besucher, auch keine Angehörigen, im Spital bleiben. Sie war mehrere Stunden an Trudes Bett gesessen, zum Schluß zusammen mit Philipp Schwarz, da seine Tochter Marilies bereits schlief.
»Nur einmal hat Trude Schwarz noch das Bewußtsein erlangt. Sie redete von deinem Onkel Ferdinand und vom Gießen. Dein Onkel verstand nicht. Plötzlich schaute sie mich an und sagte ganz laut: Frau Molnár soll gießen!« Vevi seufzte und gähnte zugleich.
Pröbstl suchte nach was zu fressen für den Hund und gab ihm schließlich ein paar Scheiben von der Frühstückswurst. »Ich hoffe, ihr habt nichts dagegen.« Der Hund schlang alles sofort hinunter und ließ Pröbstl nicht aus den Augen. Vevi war zu müde, um irgendwas zu sagen, und Mano fand nichts dabei. Und so nahm Pröbstl auch den Hund mit nach oben. Am nächsten Morgen kam die Nachricht, daß Trude Schwarz tatsächlich in der Nacht gestorben war.

Sie sind noch immer da. Es regnet seit Tagen — oder kommt es ihnen nur so vor? —, und die einzige Unterbrechung des ständigen Rauschens ist noch heftigeres Regnen, das sich zum Trommelgeräusch steigert. Braune Nacktschnecken kriechen zu Hunderten über die Wege, kleben traubenförmig wie verfaulte Blüten auf Rittersporn und Kaiserkronen in den ausgewaschenen Gärten. Die Kaulquappen aus den großen, im Frühjahr nie ganz austrocknenden Pfützen sind zu kleinen Fröschen geworden, die die Straßenränder entlanghüpfen, und im See steigt das Wasser und steigt.

Noch ist Trude nicht beerdigt, noch ist Marilies mit ihrem Kind nicht zu Hause, noch haben die Handwerker im SEEBLICK nicht mit dem Umbau begonnen, noch ist nicht klar, was Pröbstl mit dem Hund machen wird, noch weiß keiner, wann sie tatsächlich abfahren.

»Die Zeit gibt es nur im Hinblick auf den Tod«, sagt Mano.

»Ich weiß nicht, was ich tun soll«, sagt Vevi, »ich komme zu keinem Entschluß.« In Gummistiefeln, Wettermänteln und Hüten stapfen sie um den See oder um einen der Kogel herum. Junge Vögel, regelrecht aus dem Nest gespült, ertrinken in den zu kleinen Bächen gewordenen Rinnsalen längs der Straßen. Am Wehr unter der Klause wird der See zum reißenden Strom, der sich wie ein Wasserfall in den Fluß stürzt, sein Tosen ist bis zum SEEBLICK zu hören.

Sie bleiben lange im Bett. Vevi schreckt aus Träumen hoch, die sie Mano erst während des Frühstücks erzählt. Die nassen Sachen haben sie in der Küche zum Trocknen aufgehängt. In den Zimmern unterm Dach regnet es herein. Sie stellen Töpfe und Schüsseln auf, um die Tropfen aufzufangen, denn die Böden sollen beim Umbau nicht herausgerissen werden.

Mano hat ein paar Bücher mitgebracht, seine eiserne Ra-

tion, wie er sagt, aber auch er liest kaum. Sie schlafen oder reden, essen, trinken und gehen spazieren.
Es geht um die Sachen von Vevis Mutter, irgendwas soll mit ihnen geschehen, und wenn Vevi schon einmal da ist, so Philipp. Es kommt sie hart an, in ihr längst fremd gewordenen Dingen zu wühlen. Was man noch brauchen kann, wer was bekommen soll, wohin mit dem Zeug, das ihr Erbe ist, all das Persönliche, das seine Funktion verloren hat, die Puderdose, die Haarbürste, die Leibwäsche, die Briefe und Schuhe. Mano geht die Bücher durch, nichts Nennenswertes, nur von lokalem Interesse. »Sprung in die Freiheit«, »Unternehmen Bernhard«, »Das Wirtshaus am See«.
Die Zimmer kühlen langsam aus und werden klamm. Sie nehmen zwei Alben und eine große Pappschachtel mit Fotos hinunter in die Küche. »Meine Mutter wollte die Fotos immer ordnen und einkleben, in fortlaufende Alben, und sie beschriften. Aber entweder hatte sie gerade keine Lust oder wenn sie Lust hatte, keine Alben. Je mehr Fotos hinzukamen, desto aussichtsloser wurde das Vorhaben. Irgendwann hat sie es dann wohl aufgegeben und alles nur mehr in diese Pappschachtel gelegt.«
Mano kocht noch immer am Nachmittag Tee, obwohl ihnen der Tee hier nicht schmeckt, es liegt am Wasser. Es ist Wasser für Kaffee. Aber was läßt sich gegen eine lebenslange Gewohnheit schon ausrichten?! Zu einer bestimmten Tageszeit heißt diese Gewohnheit eben Tee. Sie blättern in den Alben.
Nummer I enthält Fotos von Regula als Kind und jungem Mädchen. Im Spielkleid, im Schulkleid, im Tanzkleid. Regula mit ihrer Mutter, Regula mit ihrem Großvater, dem alten Bäckermeister.
»Ist dir aufgefallen, daß auch die neue Regula keinen Vater hat?«
Mano grinst. »Was heißt, keinen Vater?«

»Ich meine, keinen, von dem man weiß.«
»Hast du nachgefragt?«
»Wofür hältst du mich?« Vevi gießt dampfenden Tee ein, der zwar nicht schmeckt, aber wunderbar riecht.
»Wenn man von ihm wüßte, wäre irgendwann von ihm die Rede gewesen. Aber nichts, kein Wort. Die Marilies mit ihrem Kind. Aus, Schluß!«
Mano hält einen Teil des Albums, sie den anderen.
»Wenn ich mir vorstelle, daß das meine Mutter war. So kannte nicht einmal ich sie. Als ich klein war, ist es mir furchtbar schwergefallen, zu denken, daß auch meine Mutter einmal ein kleines Mädchen gewesen ist. Immer, wenn ich dieses Album anschaute, dachte ich, sie würden zu mir nur sagen, daß das meine Mutter wäre, um mich zu trösten.«
»Zu trösten?« Manos Augenbrauen steigen.
»Ich fürchtete damals, daß ich immer ein Kind bleiben müßte, so langsam verging mir die Zeit.«
»Als du noch ein Kind warst, habe ich mich schon rasiert.«
»Du übertreibst maßlos. Außerdem, was beweist das?«
»Nichts.«
Album II. Die Hochzeitsbilder. Die Herren in Frack und Zylinder.
»Ich halte diese Hochzeiten, Taufen und Begräbnisse nicht mehr aus, dieses ewige Liebe-Leben-Tod. Und davor und danach alles finster.«
»Darum denken wir.«
»Ich denke nicht, ich denke nach. Da, das ist Tante Trude. Die Trude von damals. Kannst du dir vorstellen, daß sie je so ausgesehen hat? Ich meine, nachdem du sie in den letzten Tagen erlebt hast?!«
»Das Foto spricht dafür.«
»Ich konnte sie nicht leiden. Immer, wenn sie zu Besuch kam, redete sie mit meiner Mutter, und zwar ununterbro-

chen. Wenn ich mich dann setzte, um zuzuhören, sagte sie: Warum gehst du nicht spielen?«

»Dir geht es doch auch so mit den Kindern von Max.«

»Mir? Wieso?«

»Erinnere dich, nach dem Begräbnis, als du fragtest: Müßt ihr denn nicht endlich ins Bett?«

»Ist dir aufgefallen, daß eines seiner Kinder schielt?«

»Welches?«

»Das kleinere Mädchen.«

»Aber es ist blond.«

»Blond schon, aber es schielt.«

»Wenn es größer ist, wird man seine Augen korrigieren lassen, und es wird Schauspielerin werden.«

»Mano, ich bitte dich, hör auf.«

»Du siehst deiner Mutter überhaupt nicht ähnlich.«

»Ihr Tod geht mir nahe, näher, als ich gedacht hätte. Aber eigentlich war die Seraf meine Mutter.«

»Du siehst auch der Seraf nicht ähnlich, wenn das hier die Seraf ist.«

»Aber sie war viel mehr meine Mutter als meine Mutter. Als sie gestorben ist, war ich tagelang völlig erstarrt. Es war, als hätte man mir ein Stück von meinem Körper abgeschnitten. Nicht daß ich sie lieber gehabt hätte, wir waren nur enger verbunden. Ich hatte gerade mit dem Studium begonnen. Die Seraf starb an einer Grippe, während einer der großen Epidemien. Einfach an einer Grippe. Wie sich herausstellte, war ihr Herz zu schwach. Sie war noch gar nicht alt, jünger als ich jetzt bin. Ich werde dir ihr Grab zeigen.«

»Zeig mir lieber die Fotos, darunter kann ich mir mehr vorstellen.«

»Sie hätte zum Film gehen können. Oder an ein großes Theater.«

»Die Welt besteht auch noch aus was anderem.«

»Ich meine als Kostümbildnerin, als Maskenbildnerin. Sie

hätte alles geschlagen. So hat sie nur die Faschingsumzüge und unsere Familienfeste arrangiert und ausgestattet. Sie ist nie von hier weggekommen. Sie war ein Häuslerkind. Aber ohne sie wäre ich nicht geworden, was ich bin.«
Mano blättert im Album weiter. Vevi mit drei, Vevi mit sechs, Vevi mit neun Monaten. Vevi mit zwei, Vevi mit vier, Vevi mit acht Jahren.
»Mein Gott, ich habe tatsächlich ausgesehen wie ein Waldschrat. Und das hier ist Pröbstl, Prinzessin Sigune. Daneben ich als Rumpelstilzchen. Wie findest du mich?«
»Ganz du.« Mano fährt mit dem Finger über das kleine Foto, es bleibt unverändert. »Ganz und gar du, nur jünger.«
»Mano, ich bitte dich. Was soll ich mit diesem entsetzlichen Balg hier auf dem Bild noch gemein haben. Es sieht aus wie ein Monster.«
»Du bist ein Monster.« Mano küßt sie und steht auf, um seine Pfeife zu holen. Die Vorräte gehen langsam zu Ende. Sie haben vergessen einzukaufen, also werden sie im SEEGARTEN essen. Max hat schon angerufen, er erwartet sie.
Als es zu regnen aufhört, ist der See über die Ufer getreten. Die Klause ist beschädigt, und weiter unten am Fluß hat das Hochwasser eine Brücke weggerissen. Das Wasser ist bis in den Garten vom SEEBLICK gestiegen. Am Morgen pfeilen kleine Fische durch das tiefer gelegene Stück Wiese, und die Sonne spiegelt sich in einem überschwemmten Kiesweg. Ein Teil des Bootsstegs hat sich über den anderen geschoben, und in der Bootshütte stehen die gewasserten Boote so hoch, daß sie sich an den von der Decke hängenden reiben. In zwei Tagen soll Trude beerdigt werden. Der Totengräber hatte sich geweigert, bei der Nässe ein Grab auszuheben.
»Da reißt einem die Schaufel ja den Arm ab. Wissen Sie, wie schwer Wasser ist?«
Marilies muß noch ein paar Tage im Krankenhaus bleiben.

Eine leichte Infektion der Geburtswege, man will auf Nummer Sicher gehen. Als Mano und Vevi sie am Nachmittag besuchen, bricht sie in Tränen aus. Man läßt sie das Kind nicht stillen, solange sie mit Antibiotika behandelt wird. Sehen darf sie es schon und mit dem Fläschchen füttern.
»Und das soll die neue Regula sein?« Vevi ist außer sich, als sie wieder zum Wagen gehen. »Findest du nicht, daß es furchtbar häßlich ist?«
Mano fängt schallend zu lachen an. »Gib ihm eine Chance. Es ist noch ganz zerknittert. Erst muß es einmal seine Augen richtig aufmachen und seine Haut füllen.«
Sie fahren durch den Nachbarort. Einige Leute erkennen Vevi und machen sich gegenseitig auf sie aufmerksam.
»Mano, ich glaube, wir lassen das Einkaufen. Das bißchen zu essen kriegen wir auch bei uns im Dorf.«
»Seit wann stört es dich, wenn Leute dich anstarren?«
»Hier ist es was anderes.«

Pröbstl ist mit Philipp in die Stadt gefahren, um nach Trudes Wohnung zu sehen. Den Hund hat sie mitgenommen. Als sie spät am Abend zurückkommt, sagt sie: »Entschuldigt schon, daß es länger gedauert hat, aber wir waren auch noch im Verlag und in der Wohnung. Ich wünschte, ihr hättet das sehen können, ein Paradiesgarten auf einer Dachterrasse. Der Verleger würde die Wohnung gerne zurückkaufen. Übrigens«, sie zögert ein wenig, »ich könnte jederzeit im Verlag neu anfangen. Jetzt, wo es mir insgesamt wieder besser geht.«
Mano lächelt maliziös. »Und was machst du mit dem Hund?«
»Entschuldige schon, aber das ist es ja eben.«
Pröbstl muß noch am Morgen beim Friseur gewesen sein. Sie trägt das Haar hochgesteckt und sieht aus wie einer antiken Gemme nachmodelliert. Irgendwie hält sie sich auch

besser, und wenn sie sich zu dem Hund hinunterbeugt, macht sie nicht den Rücken krumm, sondern winkelt das Bein ab.
»Entschuldige dich doch nicht andauernd«, meint Vevi übellaunig, aber es ist gar nicht so, als würde Pröbstl sich entschuldigen, im Gegenteil, diese Formel verschafft ihren Sätzen Luft.
»Darf ich dir noch was einschenken?« Mano hält die Flasche bereits in der Hand. »Nur halb«, sagt Pröbstl. Der Hund streckt alle viere von sich und läßt ein zufriedenes Seufzen hören.
Pröbstl erzählt, wie schrullig Trude in den letzten Jahren gewesen sei. Nicht beruflich, da war sie noch immer die Nummer eins, aber sie und die Kollegin aus der Presse-Abteilung hätten sich oft gefragt, was sie mit dem Grasschnitt, den sie in ihrer Einkaufstasche sammelte, wohl anstellen mochte. Sie gibt zu, daß sie manchmal über Trude gelacht hatten, natürlich hinter ihrem Rücken, obwohl es ihnen ziemlich schwergefallen sei, ernst zu bleiben, wenn Trude von ihrer Katze erzählte, die zwar taub war, der es aber trotzdem gelungen war, ihr vorübergehend zu entwischen und sich im Treppenhaus von einem Kater begatten zu lassen — sie sagte tatsächlich begatten —, der dort schon auf sie gelauert haben mußte, und das, obgleich sie seine mörderischen Brunftschreie gewiß nicht habe hören und erwidern können. Oder wenn Trude ihre These von Mord und Totschlag auf die Vorgänge in dieser Welt anwandte. Was hätte sie, Pröbstl, auch sonst tun sollen als lachen, bis ihr das Lachen vergangen war, aber das hatte schon nichts mehr mit Trude zu tun gehabt.
»Nur, das alles ist nichts gegen ihre Wohnung. Ihr hättet euch das anschauen sollen. Ein Garten, wie ich noch keinen gesehen habe, auf einem Dach, aus dem Felsen herauswuchernd. Sträucher, Bäumchen, Stauden, Blumen, Kräuter, Rasen. Und beim leisesten Lufthauch ein Duften

und Summen. Auch Philipp Schwarz war sehr beeindruckt. Er sagte nur immer: ›Wer hätte das von der Trude gedacht? Wer hätte diese Seite an ihr vermutet?‹
Der Verleger war auch dabei, er weinte sogar, ich meine, er mußte sich mehrmals die Augen wischen, als er dieser ganzen Pracht gegenüberstand.«
»Und die Wohnung selber?« Vevi findet, daß Pröbstl sich zusehends verändert.
»Entschuldige schon, aber darauf wollte ich gerade kommen.«
»Dann komm endlich!« Irgend etwas stört Vevi an der Richtung, in die Pröbstls Veränderung weist.
»Die Wohnung selber ist karg wie eine Klosterzelle. Sie muß mit der Zeit alles losgeworden sein, was sie nicht unbedingt zum Leben brauchte. Selbst ihr Kleiderschrank — so gut wie leer. Ich meine, nicht wirklich leer, aber wenn ich bedenke, was sich selbst bei mir alles ansammelt.«

Der Hund ist immer in Pröbstls Nähe. Er kann sich selber die Tür aufmachen. Vevi zuckt manchmal. Wenn er in die Küche geschossen kommt, vermeint sie die Stimme ihrer Mutter zu hören: Zottel, da komm her! Aber es ist Pröbstl, und sie bewegt sich mit einer Sicherheit, als habe sie immer im SEEBLICK gewohnt.
Philipp kommt jeden Abend einen Sprung vorbei. Er küßt Pröbstl die Hand und bittet sie, ob er nicht mit ihr die Kalkulation fürs SEEBLICK noch einmal durchgehen könne. Zwei Paar Augen sähen mehr als eines. Bei ihm im SEEGARTEN seien alle viel zu sehr mit der anlaufenden Saison beschäftigt, Marilies habe noch keinen Kopf dafür, und Vevi habe sich für derlei Dinge nie interessiert. Und wo sie doch Vevi als Managerin so hervorragende Dienste geleistet habe.
Vevi ist dermaßen überrascht, daß sie nichts dazu zu sagen weiß.

Pröbstl ziert sich ein wenig, ist aber grundsätzlich einverstanden.
»Lieber Herr Schwarz, ich muß mich nur vorher ein wenig mit der Materie vertraut machen.«

»Ich habe an Botond geschrieben«, sagt Pröbstl beim Frühstück.
»Gibst du denn nie auf?« Vevi ist am Morgen genauso müde wie am Abend, wenn sie ins Bett geht.
»Entschuldige schon, aber ich glaube, du verstehst das nicht richtig. Ich will wissen, ob er denkt, daß er mich geliebt hat, nämlich wirklich. Oder ob wir uns bloß beide mit der Erwartung, einander Kind sein zu können, in diese Ehe gestürzt haben.«
»Einander Kind sein — was soll das wieder?«
»Das erwarten doch die Menschen voneinander, wenn es ihnen schlecht geht, wenn sie unglücklich sind oder in einer Krise. Sie erwarten, daß der andere sich wie eine Mutter verhält. Und nur im besten Fall vertauschen sie von Zeit zu Zeit die Rollen.«
»Wo hast du das denn her?« Vevi lächelt spöttisch. »Nicht daß ich mich dir gegenüber nicht wie eine Mutter benommen hätte, aber ich bin von Natur aus ein Sonderfall.«
»Ich habe da einmal etwas über diese beiden griechischen Göttinnen gelesen, Demeter und Kore. Demeter ist die Mutter und Kore die Tochter. Doch dann wird aus Kore, die von Hades geraubt worden ist, Persephone, die Göttin der Unterwelt. Und in diesen Mysterien von — jetzt hab ich den Namen vergessen ...«
»Eleusis«, sagt Mano, ohne von seiner Zeitung aufzuschauen.
»Ja, richtig. Eleusis. Bei diesen Mysterien werden Demeter und Kore, in der Gestalt von Persephone, geradezu austauschbar. Eine übernimmt die Funktion der anderen und umgekehrt.«

»Du hast von Männern und Frauen gesprochen.«
»Hab ich das?«
»Du hast gesagt, das erwarten die Menschen voneinander.«
»Entschuldige schon, aber genau das habe ich gemeint. Die Menschen, die miteinander zu tun haben. Den Wunsch gibt es einfach, aber man kann nicht ein Leben lang Kind für jemanden bleiben. Man sollte einander Kind und Mutter sein können.«
»Pröbstl, versuch nicht, mir über den Kopf zu wachsen.«
Vevi rüttelt an Manos Ellbogen. »Und was ist mit uns beiden?«
Mano zieht seine Brauenflügel hoch: »Im Augenblick bin ich die Mutter.«

Trude Schwarz wird in aller Stille beerdigt. Den wenigsten Ortsbewohnern sagt ihr Name noch was, sie war zu lange fort. Pröbstl weint ein bißchen, als sie vor dem Grab steht, der Hund hat sich in der Nähe auf den Boden gelegt und läßt sie nicht aus den Augen. Philipp Schwarz nimmt ihren Arm und geht ein paar Schritte mit ihr, bis auch die anderen ihre Schuldigkeit getan haben. »Ich wollte ihr zu trinken geben, als sie gießen sagte, aber sie hat den Kopf weggedreht. Erst als ich das Glas hinstellte, sah sie mich wieder an. Es war ein so merkwürdiger Blick, ich kann ihn nicht vergessen.« Pröbstl weint noch immer, und Philipp bietet ihr sein Taschentuch an.
Es gibt eine Schwarz-Gruft und Schwarz-Gräber, alle nebeneinander. Vevi liest Mano die Namen vor. Josefine und Adalbert. Mathias, Werner, Ferdinand, Alois, Anton, Regula und Leo, Marie liegt woanders, und Trudes Name fehlt noch. »So viele Tote.«
»Man kann den Toten nicht entgehen«, sagt Mano, »sie sind in der Überzahl.«
In der Ecke zur nächsten Reihe liegt die Seraf. Serafine

Kothbauer, geboren am 1. 8. 1919, gestorben am 3. 11. 1958. DIE TREUE LOHNT SICH IM EWIGEN LEBEN. »Das hat sich damals mein Vater ausgedacht. Ich bin fast in Ohnmacht gefallen, als ich den Stein zum ersten Mal sah. Aber es ließ sich nichts mehr machen, der Stein war bezahlt, die Inschrift eingemeißelt.«

Beim Friedhofsausgang begegnet ihnen eine hinkende alte Frau mit Kopftuch und einem kleinen Kranz aus Tannenreisig. »Ist es wahr, daß heute die Trude Schwarz begraben wird?« — »Ja«, antwortet Philipp, »sie liegt schon drin.« — »Bin ich zu spät dran?« — »Das Grab ist noch offen.« »Die Trude Schwarz hat damals meinem Buben geholfen, das hab ich ihr nie vergessen.« Und sie humpelt in Richtung Familiengruft.

Sie essen im SEEGARTEN. Der Verleger wollte kommen, hatte aber im letzten Moment absagen müssen. Zwei Kränze waren gebracht worden, einer von ihm, der andere von den ehemaligen Kollegen und Kolleginnen.

»Möchtest du die Alben von Trude haben?« fragt Philipp. »Ich glaube, deine Mutter war ihr die Liebste in der Familie.«

»Nur her damit«, sagt Vevi. »Ich mache demnächst eine Foto-Galerie auf.« Pröbstl und der Hund sitzen neben Philipp. Beim Kaffee bittet Philipp sie um einen Gefallen. Ob sie ein paar Stunden am Tag bei ihm im Büro aushelfen könne. Die Sekretärin ist mit dem Koch durchgebrannt, und Max ist vollkommen überlastet. Er muß einstweilen an der Küchenkassa sitzen, während seine Frau versucht, den Koch zu ersetzen, bis sie einen neuen bekommen, was während der Saison äußerst schwierig ist. »Der Hund kann ja bei Ihnen unter dem Schreibtisch liegen, er ist ohnehin so brav.«

Und er tätschelt dem Hund den Rücken.

»Warum nicht«, sagt Pröbstl, »ich habe Ihrer aller Gastfreundschaft lange genug mißbraucht.«

»Davon kann keine Rede sein«, beeilt Philipp sich, ihr zu widersprechen. »Ich hätte es auch nie gewagt, Sie darum zu bitten, wenn wir nicht in einer ausgesprochenen Notlage wären.«

»Aber gerne, lieber Herr Schwarz.« Vevi traut ihren Ohren kaum.

»Mir wird sonst ohnehin die Zeit lang. Ich bin schon alles abgegangen, all die alten Orte, wo wir damals gewohnt haben, die Volksschule, die Spielplätze. Einmal habe ich mich zu erkennen gegeben, und man hat sich sogar erinnert an mich.«

»Wie sollte man sich nicht an Sie erinnern. Jeder, der Sie einmal gesehen hat, muß sich an Sie erinnern.«

Das Geflöte schlägt sich Vevi auf die Laune. »Ihr schreckt wohl vor nichts zurück?«

Sowohl Philipp als auch Pröbstl schauen sie entgeistert an.

»Sie wird sich nicht mehr ändern«, sagt Mano, »sie bleibt so.«

»Vevi, Vevi«, Philipp droht ihr mit dem Finger. »Ich habe schon seinerzeit zu deinem Vater gesagt, er hätt dich öfter übers Knie legen sollen.«

Pröbstl hat sich bald ins Bett verzogen, um sich für die morgigen Bürostunden auszuschlafen. Vevi und Mano spazieren Arm in Arm lange durch die Nacht und kehren dann in einem Wirtshaus ein. Es ist ein Wirtshaus, in das hauptsächlich die Einheimischen gehen. Bierdunst und der Geruch nach billigen Zigarren bestimmen das Aroma, viele der Männer lassen ihren Hut auf. Der Besitzer ist mit Vevi in die Schule gegangen. »Na, Vevi«, sagt er, »bist auch wieder da?« Hinter der Theke hängt ein altes Bild von ihr mit Widmung und Autogramm, aus ihren Anfängen.

»Wann sehen wir dich wieder im Fernsehen?« Er hat ihre Hand einen Augenblick in der seinen behalten.

»Bald. Wenn die Saison vorbei ist und ihr Zeit habt, euch den Film anzuschauen.« Auch Mano wird begrüßt. »Guten Abend, Herr Doktor.«
Sie waren schon beim letzten Besuch ein paarmal gemeinsam hier gewesen. Am Stammtisch wird Karten gespielt. Ein paar ehemalige Einheimische, die nur mehr im Sommer kommen, haben sich ebenfalls mit ihrem Anhang hierher zurückgezogen. Vevi und Mano setzen sich allein an einen Tisch, bestellen Bier und rauchen.
»Mano, hilf mir bitte, ich muß von hier weg. Siehst du nicht, was mit mir geschieht? Ich habe Pläne, ich möchte arbeiten. In ein paar Wochen beginnen wir zu drehen. Danach will ich selber Regie führen. Ich weiß, daß ich es kann. Wie sagte Trude, arbeiten hilft genauso absolut wie erschießen. Aber anstatt zu arbeiten, sitze ich hier fest und schleppe mich auf Begräbnisse, es wird kein Ende nehmen. Je älter man wird, desto häufiger stirbt jemand, mit dem man verwandt war oder den man gekannt hat. Ich frage mich, ob ich überhaupt noch von hier wegkomme. Ich fühle mich wie gelähmt.«
»Es ist das Zeitloch«, sagt Mano.
»Die Erinnerungen von anderen fallen über mich her, ihre intimen Geheimnisse setzen sich in meinem Kopf fest, Dinge, an denen noch ihre abgestorbenen Hautzellen kleben, erzählen mir ihre private Geschichte. Das sind Übergriffe, Übergriffe auf mein Bewußtsein, das sich langsam auflöst in verschiedene Ebenen, die gar nicht mehr zu mir gehören. Mano, du mußt mich hier rausholen.«
»Wir werden abreisen, am besten morgen.« Mano verzieht den Mund zu einem wenig überzeugenden Lächeln.
»Sagen wir, in ein bis zwei Tagen. Ich bin sicher, daß dann alles erledigt ist.«
Vom Stammtisch kommt ein älterer Mann herüber und setzt sich zu ihnen. Er hat einen sitzen. »Stimmt es, daß ihr heute die Trude Schwarz begraben habt?« Vevi nickt.

»Na ja, die war auch bei der Winkler-Partie. Fesch war sie ja, aber ausgekocht. Und als dann der Heini Winkler an die Macht gekommen ist« — der redet wie von einem tatsächlichen Potentaten, denkt Vevi —, »dann hat sie's wieder bei ihm für den Alten, den schlauen Fuchs, gerichtet, bis sie dann abgepascht ist. Sie wird schon gewußt haben warum. Wenn sie wirklich eine Kommunistin war, wie's geheißen hat, hätt sie's hier eh nicht leicht gehabt.«
»Warum hätte sie eine Kommunistin sein sollen?« fragt Mano.
»Warum? Weil's geheißen hat, daß sie eine ist, und weil sie halt auch gegen alles war. Ich mein, es hat ja auch gute Sachen gegeben unterm Regime. Viele hätten ohne den Hitler nicht überlebt, ich mein von den Arbeitern und den Bauern.«
»Und mit dem Hitler erst recht nicht«, sagt Vevi müde. Sie weiß, daß es sinnlos ist, mit dem Mann, einem pensionierten Straßenarbeiter, einen Streit anzufangen. Er stippt seinen Hut aus der Stirn, daß der Gamsbart erzittert.
»Ich weiß schon, bei euch sind fünf Buben im Krieg geblieben. Ein Pech. Natürlich hat's das auch gegeben. Aber die Schwarz sind noch immer obenauf, und so wird's bleiben. Wo Tauben sind, fliegen Tauben zu.«
»Gut, daß ich das weiß«, meint Vevi.
Der Mann versucht, wieder aufzustehen. »Sei nicht angerührt. Du bist eh keine echte.«
»Keine echte was?«
»Keine echte Schwarz.«
»Was bin ich dann?«
»Na ja, so mein ich das auch wieder nicht. Aber so, wie du ausschaust, und mit deinem Beruf. Verzeihung. Ich mein, du bist eh anders.«
Auf wackeligen Beinen geht der Mann zum Stammtisch zurück. Bevor er sich wieder setzt, winkt er noch einmal mit drei Fingern herüber und schreit: »Nichts für ungut,

Vevi, ich hab dich noch gekannt, wie du ein kleines Kind warst.«
Sie trinken in langsamen Zügen ihr Bier, Mano legt seine Hand auf ihren Arm. »Es gibt Schichten im Menschen, die können durch keine Art von Aufklärung erreicht werden.«
»Und warum nicht?«
»Es sind die Schichten des Erlebens. Man ergreift Partei, bevor man noch weiß, was mit einem geschehen ist und warum.«
»Und es gibt keinen Ausweg?«
»Ein Ausweg, den man nicht sieht, ist kein Ausweg.«

Zum erstenmal, seit sie sich erinnern kann, fühlt sich Pröbstl stark. Sie begreift auch schneller als sonst, was man von ihr will. Sie ist zeit ihres Lebens in Büros gesessen, und so eine Hexerei ist ein Hotel-Sekretariat gar nicht, wenn man einmal in einer Vertrags- und Lizenz-Abteilung gearbeitet hat. Was sie nicht gleich versteht, erfragt sie, und der Hund ist bei ihr.
Wenn Leute ins Büro kommen, hebt Zottel höchstens den Kopf und läßt ihn dann seufzend auf die Pfoten fallen. Sein Rückenfell berührt ihre Zehen wie ein eingeschlafenes zärtliches Streicheln. Sie hat das Gefühl, als passe sie hierher, und Philipp Schwarz strahlt Wärme und Zuneigung aus. »Ein alter Mann, Pröbstl, was willst du«, hat Vevi gesagt. Dabei ist er noch keine siebzig.
»Wollen tu ich gar nichts«, hatte sie geantwortet. »Ich fühle mich nur wohl hier.«
»Also gut, dann bleib. Die Familie kann jeden brauchen, der entsprechend für sie arbeitet. So wie sie meine Mutter brauchen konnte oder Trude.«
»Ich habe nur gesagt, daß ich mich hier wohlfühle.«
»Aber ich ahne, worauf es hinauslaufen wird. Wenn sie hier wieder klarkommen, werden sie dich bitten, im SEE-

BLICK bei Marilies auszuhelfen, und immer so fort, wo sie dich gerade brauchen können.«
»Ich habe es gern, wenn man mich braucht.«
»Mach dir nichts vor, Pröbstl. Wer sich in die Familie begibt, kommt darin um.«
»Ach, Vevi ...«
»Ach, Pröbstl, ich will nur nicht, daß du es später bereust.«
Die Gäste, die ins Büro kommen, fragen auch gelegentlich nach Vevi. Ob das wirklich die bekannte Vevi Schwarz sei und in welchem Verwandtschaftsverhältnis sie zur Familie stehe.
Pröbstl entdeckt eine Fähigkeit zur Freundlichkeit an sich, die sie längst verschüttet glaubte. Nach Büroschluß geht sie zur Ortsschneiderin und läßt sich ein Leinenkostüm anmessen, den Stoff hat sie im Nachbarort gekauft. Als sie mit Aron telefoniert, erfährt sie, daß Elisabeth wieder schwanger ist. Ob Botond ihr wohl je auf diesen letzten Brief antworten wird?
Langsam setzt sich der Sommer durch. Das viele verdunstende Wasser macht die warme Luft schwül, im Hochgebirge schmilzt der letzte Schnee, und in Ufernähe schwimmt eine dicke Schicht Blütenstaub auf dem Wasser.
Morgens, auf dem Weg vom SEEBLICK ZUM SEEGARTEN, geht sie nicht auf der Promenade, sondern über die frisch gemähten Wiesen und wirft dem Hund Hölzchen. Es ist ein herrliches Gefühl, so über das kurze, feuchte Gras zu gehen, und sie ist versucht, Schuhe und Strümpfe auszuziehen.
»Was willst du, Pröbstl?« Sie weiß nicht, was sie tatsächlich will. Sie möchte nur, daß dieses neue Leben so weitergeht. Philipp Schwarz hat sie noch nicht gefragt, ob sie bleiben würde, wenn man sie darum bäte. Was heißt: man, wenn er sie im Namen der Familie darum bäte. Aber sie weiß,

daß er es demnächst tun wird. Sie haben die kleine Wohnung über dem Stall für Marilies hergerichtet, für die Zeit, in der das SEEBLICK umgebaut wird. Da gibt es drei kleine Zimmer. In einem davon könnte sie wohnen und Marilies bei der Betreuung der neuen Regula helfen. Sie weiß, wie es ist. Sie hat schließlich selber ein Kind gehabt.

Vevi hat Trude in einem Traum gesehen. Sie saß unter einer Palme mit einer rosafarbenen Katze im Schoß. Sie hielt einen Schlüssel in der Hand und sagte: »Natürlich hab ich den Führerschein gemacht, ich bin auch ein paarmal gefahren. Aber nach dieser Fehlzündung ging es nicht mehr.« Sie streckte das eine Bein hoch und drehte ein paarmal leicht den Fuß, um die Aufmerksamkeit auf ihre schmalen Knöchel zu lenken. »Beine wie diese können sich nirgendwo festhalten.«

Heini Winkler fiel mit seinem Fallschirm vom Himmel. Er war so klein, daß er in der Vogeltränke unterzugehen drohte. Erst als Trude ihn herausgezogen hatte, begann er zu wachsen. Er streichelte Trudes Beine und fragte: »Wo ist Regula?« Da war es plötzlich ihr Vater in Uniform, und er beklagte sich bei Trude, daß ihre Mutter ihn immer so merkwürdig ansehe, wenn er wieder einrücken müsse. Und da merkte sie, daß es nicht Trude, sondern sie selber war, und die Katze ein blutiger Embryo, der sie das Grauen erkennen ließ.

Als sie aufwacht, schiebt sie ihr eines Bein unter der Decke hervor und streckt es in die Luft. Mano muß schon länger wach gelegen sein.

»Turnst du jetzt im Bett?« Vevi dreht den Fuß im Gelenk hin und her.

»Wie findest du meine Beine?«

Mano zupft an ihrem Haar. »Laß uns abreisen, gleich heute.«

Vevi nickt unter Tränen. Dann: »Nicht heute! Morgen

nachmittag. Ich bin mit den Sachen meiner Mutter nicht fertig. Außerdem habe ich noch ein Wohnrecht hier, verstehst du? Ein Wohnrecht! Glaubst du, ich möchte wiederkommen, wenn sie umgebaut haben? Wir werden das SEEBLICK nicht einmal mehr erkennen.«

Mano hat wieder zu lesen und Notizen zu machen begonnen. »Ein paar Stunden am Tag mußt du mich in Ruhe lassen. Ansonsten ist es mir egal, wo wir Urlaub machen.« Er sitzt auf der Veranda im ersten Stock mit Blick auf den See, neben sich eine große Mineralwasserflasche. »Immer wenn ich so viel Wasser sehe, muß ich trinken«, und sein Gesicht verzieht sich wie das eines Wassermannes, der am Trockenen sitzt.

Vevi findet ein Foto von sich und der Seraf in barocken Puderperücken. Sie gehen als Haydn und Mozart, und Vevi hat auch noch eine Halbmaske auf, sie erkennt sich nur, weil sie weiß, daß das sie ist. Fasching 1953 steht auf der Rückseite. Also noch vor dem Staatsvertrag. Wie klein die Seraf eigentlich war, damals schon nicht mehr größer als sie. Sie waren auf einem der Wagen des Umzugs zusammen mit einem Pappklavier mitgefahren, und ihre Mutter war die Kaiserin Maria Theresia, mit einer großen Frisur und einem riesigen Dekolleté, das sie während des Umzugs nicht bedecken wollte — sonst habe das Ganze ja keinen Sinn —, um danach Wochen an einer schweren Bronchitis zu leiden.

»Aus lauter Stilgefühl«, wie ihr Vater allen erklärte. »Deine Mutter weiß nur zu gut, was sie den Augen der Leute schuldig ist.«

Eigentlich war es Pröbstls Idee. Philipp Schwarz schlägt sich mit der Hand an den Kopf, weil er nicht selber draufgekommen ist.

»Wenn wir Vevi schon hier haben. Ich werde sie heut abend darum bitten.«

Philipp Schwarz begleitet Pröbstl zum SEEBLICK. Es geht darum, daß Vevi einen ihrer Vortragsabende im SEEGARTEN halten soll. Die Gäste würden sich sicher freuen. Es ist ohnehin noch nichts los an den Abenden, sogar das Kino hat letztes Jahr zugesperrt. »Du brauchst ja nichts Neues zusammenzustellen«, meint Pröbstl, »mach eben einen sechsundzwanzigsten Abend. Du wirst sehen, die Leute jubeln. Sie wissen ohnehin nicht, wohin sie am Abend gehen sollen.«

Vevi will nichts davon wissen, aber selbst Mano meint, es würde ihr vielleicht guttun, sich auf etwas allgemeinere als all die persönlichen Toten-Geschichten konzentrieren zu müssen.

»Und wann? Wann soll diese Benefiz-Veranstaltung stattfinden?«

Pröbstl und Philipp denken an den nächsten Sonntag. Da sind die Leute, die samstags ankommen, schon, und die, die montags abreisen, noch da.

»Und wo?«

Man einigt sich auf den Speisesaal, da könne bis knapp vor Beginn serviert werden und die Leute wüßten wenigstens, wo sie ihre Gläser abstellen könnten.

»Aber wir wollten morgen fahren.« Vevi schwankt zwischen dem bedrohlichen Termin und der noch bedrohlicheren Vorstellung, sich endgültig auf einen Reisetag festlegen zu müssen.

Mano seufzt und hebt die Brauenflügel bis zum Haaransatz.

»Ich werd es mir überlegen. Ihr braucht ja keine Plakate drucken zu lassen. Die Einheimischen kommen sowieso nicht.«

»Das ist eine Platzfrage«, überlegt Philipp, »wir werden sehen, wie viele Hausgäste wir zusammenbringen. Wenn es noch Stühle gibt, kann man ja den einen oder anderen noch persönlich einladen.« Vevi winkt ab.

»Ich weiß, den Herrn Pfarrer, den Doktor, die paar Lehrer. Und die Geschäftsleute nutzen die Gelegenheit für den längst fälligen Gegenbesuch.«
»Also abgemacht?«
»Ich habe gesagt, ich werd es mir überlegen.« Pröbstl zwinkert Philipp zu, und Mano tätschelt ihr die Schulter. »Sieh zu, daß du wieder auf den Damm kommst, altes Mädchen.«
»Mano, es gibt ein paar Dinge, die mich wirklich wütend machen. Sätze wie diese gehören dazu.«
»Eben deshalb. Wut richtet auf.«
Es bleibt lange hell, und die Luft kühlt erst bei Einbruch der Dunkelheit etwas ab. Sie sitzen auf der Terrasse, die Akeleien blühen in großen Büschen. Sie sind wiedergekommen, obwohl sich niemand um den Garten kümmert. Ein paar Ruderboote sind noch draußen. Der See gleicht der Fläche eines soeben ausgeschalteten Fernsehers, von dessen Schirm die Bilder sich zurückziehen.

Nichts hört auf. Kein Ende ist endgültig. Vevi irrt im SEEBLICK umher, von einem Zimmer zum anderen, vom Keller bis in den Dachboden, in einem alten, ausgemusterten Frisiertischchen, dessen Spiegel blind geworden ist, findet sie ein Foto von Marie, ihrer Taufpatin. Es ist ein Foto von der Promotion, im Hintergrund ist die Hälfte von Adolf Hitler zu sehen, als Bild im Bild.
Marie ist vor fünfzehn Jahren gestorben, vom Balkon ihrer Wohnung im sechsten Stock gestürzt. Ein Unfall, wie Philipp noch immer behauptet. Sie wollte angeblich einen außen befestigten Blumenkasten hereinholen. Zwei Jahre zuvor hatte sie sich die Pulsadern aufgeschnitten, und ein andermal soll es einen Versuch mit Tabletten gegeben haben.
Maries Kinder sind gut versorgt, laut Philipp, sie studieren alle. Ihr Mann hat wieder geheiratet. Was hätte er sonst

tun sollen, so Philipp. Die Kinder waren noch nicht aus dem gröbsten heraus. Sie ist Marie immer aus dem Weg gegangen, obwohl sie ihre Taufpatin war. Zuerst hatte sie es mit der Rasse und dem Blut, dann mit der Religion und dem Opfer.

»Du mußt besonders viel beten«, hatte Marie zu ihr gesagt, »in dir hat der Herr ein Zeichen gesetzt.«

Als sie es ihrer Mutter erzählte, meinte die: »Entschuldige schon, aber vor ein paar Jahren hat sie noch geglaubt, ich hätte über einen meiner Vorfahren Rassenschande in die Familie eingeschleppt. Jetzt ist es also wieder der liebe Gott.«

Sie selber hat seit Jahren vor, aus der Kirche auszutreten. Und hat es nicht getan. Aus Nachlässigkeit, aus Sentimentalität, was auch immer, jedenfalls gegen ihre Überzeugung. Weil Marie damals aus so jämmerlichen Gründen ausgetreten ist? Sie kann sich doch nicht ihr Leben lang auf Marie ausreden. Jetzt wünschte sie, sie hätte es getan. Man wird sie sicher bitten, die neue Regula aus der Taufe zu heben. Was soll sie sagen? Vorher abreisen. Das einzige, was hilft, ist abreisen, davonlaufen. Aber nichts hört auf, kein Ende ist endgültig.

Als sie die Dachbodenstiege hinuntersteigt, sieht sie ihre Mutter mit Zottel aus dem Elternschlafzimmer kommen. Sie hört sich schreien, sieht sich stürzen und spürt, wie ihr Körper aufschlägt. Sie kann die Stimmen nicht gleich verstehen, spürt nur, daß Mano sie festhält. Er tätschelt ihr Gesicht, immer heftiger, bis sie ihn endlich anschaut.

»Was ist denn passiert?« Pröbstl kniet an ihrer anderen Seite und starrt sie aus geweiteten Pupillen an.

»Was hast du im Zimmer meiner Eltern zu suchen?« Pröbstl ist den Tränen nah.

»Ich habe die Fenster geschlossen, ein Gewitter kommt.« Und wie zur Bestätigung grollt ein Donner. Mano und Pröbstl versuchen, sie aufzuheben. Es geht besser als er-

wartet. Sie kann auftreten, ihre Glieder sind heil geblieben. Trotzdem fährt Mano sie zum Arzt. Ein kleiner Muskelriß im Kreuz und eine leichte Gehirnerschütterung.
»Keinen Alkohol«, sagt der Arzt. Er ist jung, erst seit zwei Jahren hier ansässig. Das hat ihr gerade noch gefehlt. Gespenster am hellichten Tag, die Nächte voller Alpträume und keinen Alkohol.
Mano verzieht das Gesicht. »Das wird sie hart ankommen.«
Der Arzt zuckt mit den Augenlidern, hat er denn etwas übersehen?
»Ich trinke, aber nur gelegentlich. Nehmen Sie das zur Kenntnis, Herr Doktor.«
»Sehen Sie, es geht ihr schon wieder besser. Geben Sie ihr trotzdem was für die Nacht. Schlimmstenfalls nehme ich es. Einer von uns muß schließlich schlafen.«
Sie weiß, was sie Mano verdankt. Sie darf es nie vergessen, auch jetzt nicht. Sie möchte, daß er ihr hilft, aber wie soll er ihr helfen?
Sie war durch einen finsteren Gang mit versperrten Türen gegangen. Als die Türen sich öffneten, schloß der Gang sich zum Kreis, sie blieb in der Mitte, ausweglos. Eine Musik ertönte, in der das Klicken der Walzen einer Spieluhr zu hören war. In den Türen erschienen holzgeschnitzte, bemalte Figuren und glitten an ihr vorüber. Es waren Soldaten, Zivilisten, Frauen. Eine Kinderstimme las stockend die Namen ab: Alois Schwarz, Mathias Schwarz, Anton Schwarz, Werner Schwarz, Ferdinand Schwarz, Leo Schwarz, Unbekannt, Unbekannt, Serafine Kothbauer, Marie Wimmer, Unbekannt, Unbekannt, Regula Schwarz, Trude Schwarz, Unbekannt, Unbekannt, Erich Stein, Judith Stein, Herbert Stein, Claudia Stein, Unbekannt, Unbekannt, Georg Stein, Sybille Stein, Unbekannt, Unbekannt, Jura Soyfer, Alfred Polgar, Anton Kuh, Unbekannt, Unbekannt … Die Uhr begann zu ticken. Sie wußte, was

das bedeutete. Die Holzfiguren drehten sich an ihr vorüber, plötzlich sah sie ihre Füße, die im Nichts standen. Merkwürdig, warum stand sie überhaupt, aber sie stand gar nicht, sie fiel.

Diesmal hört sie ihren Schrei nicht, spürt ihn nur noch im Mund. Mano schläft tief und fest, hat er wirklich ihr Valium genommen?

Sie steht auf. Mit Mühe. Alles tut ihr weh, was sie beim Arzt noch nicht gespürt hat. Sie geht aufs Klo, hat Schwierigkeiten, sich zu setzen. Über den Bergen kriecht ein Schimmer von Frühlicht hoch. Jetzt da oben sein, auf dem Gipfel. Ganz allein. Der Sonne entgegenfrieren, um sich den neuen Tag mit aller Kraft zu wünschen. Sie hat sich nie was aus Bergsteigen gemacht, früher nicht und jetzt schon gar nicht. Sie hat Angst vor dem Aufstehen, der Muskelriß. Sie wird hier sitzenbleiben und warten, bis die Sonne heraufkommt. Seit Jahren hat sie um diese Zeit immer am besten geschlafen. Sonnenaufgang, etwas, das man aus der Literatur kennt.

Langsam verstummt die Spieluhrmusik in ihrem Kopf. Jetzt, wo sie gestürzt ist, braucht sie den Abend im SEEGARTEN nicht zu halten. Kein Mensch kann von ihr verlangen, daß sie mit schmerzenden Gliedern auftritt. Diese Entscheidung ist ihr gottlob abgenommen.

Das Licht schiebt sich bis zu einer Wolkenbank vor und läßt sie schwarz erscheinen. Eine kleine Drehung noch, und der erste Strahl wird in diese Wolkenbank stechen. Sie hält den Atem an.

Am Morgen findet Mano sie im Badezimmer, sie liegt auf der Bademattte und schläft. Mano trägt sie ins Bett und massiert ihr die eiskalten Füße, die nackt auf dem Kachelboden gelegen waren. Sie ist zu müde zum Sprechen und schläft gleich wieder ein.

Der Arzt kann nichts Ungewöhnliches feststellen. Der Blutdruck ist niedrig, eine kleine Kreislaufschwäche.

Mano hat Pröbstl aus dem Haus gehen lassen, ohne was zu sagen. Er bringt Vevi das Frühstück ans Bett. Sie sagt: »Ich habe die Sonne aufgehen sehen, an alles andere kann ich mich nicht erinnern.« Mano schmiert ihr ein Butterbrot und überredet sie, das weiche Ei zu essen. Plötzlich laufen ihr Tränen über die Wangen. »Mano, was ist los mit mir?«
Mano stellt das Tablett auf den Tisch. »Weißt du es wirklich nicht?« Vevi schweigt verstockt. »Du versuchst zu trauern.«

Pröbstl hat an Aron geschrieben, er soll ihr ihre Sachen schicken und das Zimmer kündigen. Sie möchte jetzt nirgendwohin fahren, sie hat genug zu tun, und Aron kann auch einmal was für sie tun. Und Aron und Elisabeth können einmal auch sie besuchen kommen.
Philipp Schwarz hat sie gefragt, und sie hat mit ja geantwortet. Max und seine Frau sind sehr froh darüber, sie haben noch immer keinen Ersatz für Koch und Sekretärin. Und Marilies ist zwar wieder zu Hause, kann aber nur arbeiten, wenn ihr inzwischen jemand auf das Kind schaut. Und im Winter? Im Winter wird sie mit Marilies und dem Kind ins SEEBLICK ziehen. Man ist ohnehin nach Kräften bemüht, die Wintersaison auszubauen. Neulich hat sie sich mit dem Obmann des Fremdenverkehrsvereins unterhalten, der übrigens auch mit ihr und Vevi in die Schule gegangen ist. Das Werbebudget ist klein, man muß es gezielt einsetzen. Natur! Nur die Natur kann den Fremdenverkehr retten, hat sie Philipp und Max erklärt. Sie kenne übrigens von ihrer früheren Tätigkeit her noch Leute, die Trenderhebungen machen. Wenn man das wünsche, könne sie dort einmal anrufen. Sie sei zwar wirklich nicht mehr die jüngste, aber sie habe mit einem Personal-Computer arbeiten gelernt, und falls Max oder Marilies daran dächten, ihre Büros umzustellen, sei sie gerne bereit, die

Sache in die Hand zu nehmen. Nach einer guten Saison brauche man ohnehin gewisse Abschreibposten.
Der Hund weicht nicht von ihrer Seite, höchstens wenn er einem anderen Hund begegnet, aber auch dann kommt er immer wieder zu ihr zurück. Sie versucht gar nicht erst, dieses Wunder zu begreifen. Es ist geschehen. Für sie ganz allein, und es hat den Umschwung gebracht. Sie weiß, daß sie sich und ihrem Körper gegenüber die Verantwortung trägt, ob sie nun Botond wirklich geliebt hat oder nicht. Was heißt Liebe?! Selbst wenn er nicht auf ihren Brief antwortet, was beweist das schon? Wenn sie etwas für ihn tun könnte, aber was?
Es hat sich so viel und so wenig in diesem Ort verändert, an dem sie einen Großteil ihrer Kindheit verbracht hat. Er ist ihr fremd geworden und doch so vertraut geblieben. Im Augenblick überwiegt die Vertrautheit, und daß sie sich die Arbeit, die sie sich zumutet, auch zutraut, bedeutet beinah so etwas wie Geborgenheit. Vielleicht wird sie sich in einem halben oder einem Jahr anders entscheiden müssen, weil irgend etwas Unvorhersehbares geschieht. Aber jetzt möchte sie bleiben, einfach hierbleiben und weiterleben, sich ein wenig aufrichten, nachdem sie so lange gebückt war.

Vevi bleibt liegen, weint und schläft, weint und schläft. Mano sitzt viel an ihrem Bett. »Scheiße«, sagt sie, »warum das gerade mir passieren muß!« — »Sei froh!« Mano geht zwischendurch allein spazieren.
In ihren Träumen stehen die Toten wieder auf und leben. Ein anderes Leben und in wandelbarer Form. Sie hat sich die Alben ins Bett geholt.
Trude, ihre Mutter und Adelheid auf der Veranda, zusammen mit den jüngeren Onkeln. Ihre Mutter hochschwanger, hochschwanger mit ihr, zusammen mit den Großeltern vor einer hohen Schneewächte, die ihre Köpfe

überragte. Die Großmutter mit den älteren Onkeln, als sie noch kleine Buben waren, auf einem Felsen an der gegenüberliegenden Seite des Sees. Eine Aufnahme Hugo von Hofmannsthals, der einmal im SEEGARTEN gewohnt hat, bald nachdem der Großvater das SEEGARTEN übernommen hatte. Marie mit langen blonden Zöpfen auf dem Schoß ihres ältesten Bruders Mathias. Sie selber, im Gras sitzend, mit den beiden Blau-Kindern im Arm. Seraf und ihre Mutter beim Decken der Tafel für den fünfzigsten Geburtstag ihres Vaters.

In einem ihrer Träume ritt ihre Mutter nackt, nur von ihrem langen offenen Haar bedeckt, auf einem weißen Pferd durch den Ort. Sie sagte: Ich weiß, daß du es warst. Aber du kannst dich so nicht zeigen.

In einem anderen Traum stand Seraf mit ihr vor dem Eingang zum Lager Ebensee. Ich komme mit dir, sagte die Seraf, das wär ja gelacht. Die Trude Schwarz wird uns da schon wieder rausholen. Ein Herr Bünzelberger kam ihnen entgegen und fragte: rassisch oder politisch? Er hatte ihr Haar auf dem Kopf. Sagen Sie politisch, flüsterte er. Die Politischen kommen in die Sauna. Was für eine SAU und was für ein NA? hörte sie sich fragen. Herr Bünzelberger schob die Ärmel seines gestreiften Anzuges hoch und deutete auf eine Nummer: Na, die Sau, die mich in den Arm gestochen hat.

Sie wacht auf und trinkt. Es regnet wieder. Sie kann und will nicht aufstehen. Es ist der dritte Tag. Ihr Herz ist schwerer als der ganze Körper. Sie hört, wie Mano sich im Badezimmer rasiert.

Ihr Großvater trug einen Dreispitz, sein eines Bein war aus Holz, es schlug auf den Brettern des Holzstegs auf. Trude stand in einem blau angestrichenen Schnabelboot und versuchte, mit dem Ruderblatt das Wasser zu schneiden, aber das Boot war am Steg angekettet. Geh hinauf, sagte der alte Seeräuber, und versperr das Magazin. Die KZler sind gekommen, um unsere Toiletten zu benutzen. Trude schüttelte den Kopf. Ich habe alles im Schnee vergraben. Und jetzt, wo der Schnee geschmolzen ist, liegt das Geld auf der Straße. Ich kann endlich wegfahren.

Am Morgen des vierten Tages legt Mano Vevi was zum Anziehen aufs Bett. »Komm, steh auf!«
»Ich kann nicht.« Sie dreht sich auf die andere Seite und schließt die Augen.
»Du kannst. Los, komm schon.« Mano sagt es ganz ruhig.
Vevi rührt sich nicht.
»Ich hab gesagt, du sollst aufstehen.«
»Kommandier nicht. Ich werde schon aufstehen, wenn ich das Gefühl habe, daß es sein muß.«
»Es muß sein.«
»Und warum? Warum ausgerechnet jetzt?«
»Marilies bittet dich, zu ihr zu kommen.«
»Das hat mir gerade noch gefehlt. Sie wird wollen, daß ich ihr Kind aus der Taufe hebe.«
»Es soll ja auch Regula heißen.«
»Davon wird meine Mutter nicht wieder lebendig.«
»Natürlich nicht. Aber es hätte sie vielleicht gefreut.«
»Es wird nie eine neue Regula geben.«
»Es gibt ein Kind, das Regula Schwarz heißen wird. Und seine Mutter bittet dich, sie zu besuchen.«
»Und darum muß ich hingehen?«
»Du mußt nicht. Aber ich möchte, daß du hingehst.«
»Ich werde nie mehr hierher zurückkehren.«
»Noch bist du da. Und du sollst dir dieses Kind genau anschauen, damit du dich später besser erinnerst.«
»Ich hab es schon gesehen.« Vevi setzt sich umständlich auf.
»Da war noch nicht viel zu sehen.«
»Und jetzt? Glaubst du, jetzt sieht man mehr?«

»Kann sein. Kommt darauf an, wie du hinsiehst.«
»Mir haben die beiden Begräbnisse gereicht, mein Bedarf an Ritualen ist gedeckt. Ich ertrage jetzt keine Taufe mehr.«
»Brauchst du auch nicht. Ich will nur, daß du es Marilies erklärst, persönlich.«
»Worauf du dich verlassen kannst.« Vevi ist mit einem Ruck aus dem Bett und verschwindet im Badezimmer.
Auf dem Weg zum SEEGARTEN fragt Vevi: »Was schleppst du da mit?«
Mano hebt die Tüte ein wenig an. »Ein Taufgeschenk. Oder möchtest du wie die dreizehnte Fee nur mit einer Verwünschung an die Wiege treten?«
»Mano ...« Vevi muß nach Luft schnappen.
»Reg dich ab. Sie verlassen gerade die Kirche. Wie du siehst, sind sie ohne dich ausgekommen. Man hat deinen ehemaligen Schützling, Freundin Pröbstl, gebeten. Wenn Zigi nicht will, muß Sigi herhalten.«
»Fein habt ihr euch das ausgedacht. Ein Wunder, daß ich überhaupt noch mitspiele.«
»Es wird dir nichts anderes übrigbleiben, wo ich uns schon ein Geschenk besorgt habe.« Vevi steht da und bohrt die Schuhspitzen in den Boden.
»Komm jetzt. Wir sind zum Essen eingeladen, und ich bin hungrig.«
Es hat vorübergehend aufgeklart, und einzelne Wolken spiegeln sich in den Pfützen. Pröbstls Hund kommt ihnen entgegengelaufen, so als wolle er sie holen. Zu allem Überfluß springt er auch noch an Vevi hoch.
»Kinder und Hunde ins SEEBLICK«, murrt Vevi und putzt sich mit einem Papiertaschentuch den Dreck ab.
»Mit Kindern und Hunden fängt alles wieder von vorne an.«
Mano streichelt den Hund, bis er wegläuft, zum SEEGARTEN.

Pröbstl steht in der Tür und winkt. »Kommt endlich das Kind anschauen!«
Mano nimmt Vevis Hand und zieht sie mit sich. »Wenn du willst, können wir gleich morgen früh abreisen.«
»Nein, heute!«
»Also gut, dann noch heute.«
»Und die Wetteraussichten?«
»Nicht gerade rosig.«
Aber was ist schon rosig …

INHALT

Barbara Frischmuth

Die Schrift
des Freundes

Roman

352 Seiten
Band 1387
ISBN 3-7466-1387-6

Unter merkwürdigen Umständen lernt die junge Wienerin Anna Margotti, die zwar gern Geschichten erzählt, aber sonst als Computerspezialistin eher nüchtern ist, Hikmet kennen. Zunächst scheint sich nur eine Liebesgeschichte zu entwickeln, doch plötzlich verschwindet Hikmet, und niemand will ihn gekannt haben. Bald ahnt Anna, daß seine Zugehörigkeit zu den Aleviten, einer antidogmatischen islamischen Glaubensgemeinschaft, mit dem Verschwinden zusammenhängt und daß sie selbst irgendwie schuldig ist.

»›Die Schrift des Freundes‹ ist gleichzeitig Multikultur-, High-Tech-, Wien-, Liebes-, Gesellschafts- und Kriminalroman, voll von neuer Alltagsrealität, ihrer intellektuellen Durchdringung und traumhaften Verarbeitung.«

DIE ZEIT

AtV
Aufbau Taschenbuch Verlag

Barbara Frischmuth

Das Verschwinden des Schattens in der Sonne

Roman

192 Seiten
Band 1653
ISBN 3-7466-1653-0

Eine Studentin der Orientalistik reist in die Türkei, um Material für ihre Dissertation über einen geheimnisvollen Orden zu sammeln. Doch so freundlich sie aufgenommen wird und so sehr sie versucht, Umgangsformen und Spielregeln zu beachten – sie stößt auf Schweigen. Ausgehverbote und Verhaftungen lassen sie begreifen, daß die Wirklichkeit wenig gemein hat mit ihren märchenhaften und mystischen Vorstellungen. Sie beginnt, Realitäten wahrzunehmen, und ahnt, warum manches im verborgenen geschehen muß.

AtV

Aufbau Taschenbuch Verlag

Helga Königsdorf

Der gewöhnliche Wahnsinn

Die besten Geschichten

Originalausgabe

260 Seiten
Band 1346
ISBN 3-7466-1346-9

Es ist passiert: der gewohnte Alltag ist aus den Fugen geraten, die vertraute Ordnung versagt. Plötzlich suchen verdrängte Sehnsüchte ein Ventil, werden alte Rollen zu Fesseln, fordern Lebenslügen ihren Preis. Dabei wären sie nichts lieber als unauffällige Durchschnittsmenschen, die Akteure dieser Geschichten. Nun aber müssen sie ihren Seelenfrieden retten: der langweilige Liebhaber wird über den Balkon gekippt, der Ehemann sucht als Ameise das Weite, den störenden Nachbarn holt ein Krokodil, und nachts im Dunkeln ist auch Schorsch wieder da.

Diese Auswahl von Geschichten aus 20 Jahren präsentiert die erzählerische Palette Helga Königsdorfs: vom grotesken Szenario bis zum nachdenklichen Märchen, in dem es wie im Leben zugeht. Wer ist schon darauf gefaßt, das Besondere so unauffällig zu finden?

Die bisher noch unveröffentlichte Titelgeschichte wurde für diesen Band geschrieben.

AtV

Aufbau Taschenbuch Verlag

Eva Strittmatter

Mai in Piešt'any

213 Seiten
Band 1320
ISBN 3-7466-1320-5

Zum zehnten Mal sind Eva und Erwin Strittmatter im slowakischen Kurbad Piešt'any, wie immer im Mai, und wie immer treffen sie dort eine bunte, zusammengewürfelte Gesellschaft an, eine Ballung von Lebensgeschichten. Eva Strittmatter ist eine genaue, unbestechliche Beobachterin, gewohnt, hinter die Dinge zu sehen, wenn sie diese Verwirrung von Welten und Werten beschreibt und ihre Reflexionen daran knüpft: Gedanken über Zeit und Existenz, über den Preis des Schreibens, über Schicksale, die sie berührten. Mit fast unheimlicher Konsequenz, von bohrenden Selbstzweifeln getrieben, gleiten diese Assoziationen über zu den schmerzhaftesten, brennendsten Fragen der eigenen Existenz, für die sie sich kein Ausweichen mehr gestattet: Wo liegen Schuld oder Recht, wenn es um den Anspruch auf den eigenen Weg geht? Was bleibt, wenn man, dem anderen zuliebe, sich reduziert, auf Freiheiten verzichtet, die man braucht, damit man schreiben kann?

AtV
Aufbau Taschenbuch Verlag